퉁소 소리

1970년대를 살아간 5060세대들의 노정소설

퉁소 소리

김홍석 소설

생각나눔

머리말

이 년 만에 책을 냈다. 그것도 전혀 다른 갈래인 소설로 말이다. 참으로 인고의 시간이었다. 수필을 쓴다고 몇 년 동안 끄적거리더니, 제 깜냥에 소설까지 해보겠다고 도전했다. 탄탄한 구성과 정겨운 서술을 지향하였지만, 초짜의 문장은 엉성하기만 하다. 처녀작이 그래서 힘든가 보다. 『김약국의 딸들』을 비롯해 문학사상 입지전적 업적을 남기신 박경리 선생은 살아생전에 그런 말씀을 하셨단다. "작품을 일단 탈고하고 나면 다시는 쳐다보기도 싫다." 충분히 이해가 된다. 글 쓰는 자의 고통은 잘 쓰든, 그렇지 않든 고통의 연속임은 분명하다. 일단 시작은 했으나 끝을 내는 심정으로 써나갔다. 어릴 적 운전기사를 하셨던 부친의 생애가 글 쓰는 데 많은 도움이 되었다. 지금은 뇌진탕 후유증을 앓고 계신 아버지에게 별스럽지 않지만, 이 작품을 바친다.

지천명의 나이를 훌쩍 넘어섰지만, 인생을 도통 모르겠다. 점점 복잡해지고 세상은 전광석화 같다. 그 속에서 사람 냄새나는 그 무엇을 찾아 헤매는 하이에나처럼 옛정이 그리워 추억에 잠긴다. 배고프고 힘든 시절이었지만 낭만이 있었고, 사랑과 인간미가 풍부했었다. 특히 경제성장 제일주의를 부르짖던 시대에 태어나 활약했던 5060세대들의 노고는 대단했었다. 그들이 지금의 선진국, 대한민국의 단초가 되었음은 확실하다. 그러나 그들이 이제는 사회의 은퇴자로서 서서히 풀이 죽어가고 있다. 그 대단했던 사람들이 사회의 퇴물로 뒷방에 전전긍긍하며 자리를

잡아가고 있다. 그들의 소중한 추억과 기억을 되살렸으면 한다. 이 작품이 그들에게 충분한 위로가 되었으면 하는 바람이다. 그리고 젊은 세대들에게는 자신의 아버지, 어머니가 살아왔던 족적들을 느끼게 하고 싶었다. 당시의 편린들을 주워 모아 모자이크를 보기 좋게 해놓으려 시도했으나 생색만 낸 것이 아닌가 한다. 부족하지만 그런대로 의미가 있을 것 같아 사회에 내던져 본다.

이제 코로나19와 더불어 살아가야 할 세상이 되었다. 처음의 혼란은 이제 어느 정도 자리를 잡아가는 인상이다. 그러나 여전히 출판 시장은 난관 속에 놓여있다. 이러한 상황에서 출판하게 된 생각나눔 출판사 이기성 사장님께도 감사드린다. 아울러 남편 잘못 만나 여러 차례 읽어보고 교정해준 이민아 선생에게도 가슴 깊이 마음을 표한다. 새로운 2022년이 되기를 간절히 빈다. 특히 최근 이 년간은 코로나로 너무 지치고 힘들었다. 예전이 너무 그리운 요즈음이다. 아! 그때가 정말 행복한 시절이었구나. 어쩌면 과거를 보면서 현재를 살고 미래를 설계하는 데 조그마한 파랑새라도 되기를 간절히 빈다.

2021년 세밑

저자 김홍석 씀

목차

1

탈출

"제기랄, 소 꼴 베는 놈이 나백이 없나!"

두 입술을 부르릉거리며 윗입술이 댓 발 나온 경구는 무엇이 못마땅한 것인지 매사가 짜증이 뒤섞인 목소리이다. 좁다란 산길에 고무신 뒤축을 질질 끌며 올라가는 그의 등에는 얼키설키 만든 지게가 걸려있고, 그 위에 퉁소 하나가 실에 매달려 있다. 그 실에 더께가 한참이나 묻어 거무튀튀한 것이 자발 맞기만 하다. 목을 한참 치켜올려 보이는 매안산(鷹眼山) 꼭대기는 이러거나 저러거나 신경 쓰지 않고 듬직한 위용으로 소년을 품고 있다.

무릎을 억지로 구부리며 산 중턱을 오르던 경구는 잠시 쉬어갈 요량으로 산 아래를 굽어본다. 구불구불 산협을 곁에 두고 옴팡지게 배치한 산밭들이 거북 등딱지처럼 덕지덕지 펼쳐있고, 어느 산자락이나 보랏빛 바위들은 마치 평평한 밭을 시기하는 시누이처럼 중간중간에 턱 하니 한두 자리를 잡고 있다. 맞은편 태학산(太鶴山)은 큰 두루미가 날개를 활짝 편 것처럼 매안산 아래에 자리 잡은 이십여 가구를 내려보는 위세가 자못 신비롭다. 계곡은 마을 아래를 이리저리 후비고 돌아다니다가 집 나간 미친년 꼴로 태학산을 향해 내리쏟아 달아나고 있다.

오월의 신록은 주체할 수 없을 정도로 활력이 넘치는 열일곱 살 소년에게 여전히 부담스럽고 싫은 풍광이었다. 보리누름으로 벌판이 누렇게 변하는 것도 역겨웠다. 새끼를 뱄는지 노란 꾀꼬리는 탁한 목소리로 '꺅꺅' 울어댔다. 원래 사람보다 새들의 고향으로 소문난 곳, 실곡마을은 두견이나 학이 지천으로 와서 머무는 산동네라 이곳저곳 새에 관한 이야기가 널브러져 있다.

옛날 어느 과부가 큰 홍수로 남편을 잃고 청상으로 살면서 딸 둘을 키웠는데, 첫째는 눈치가 야멸차게 많아 자기 것을 줄곧 챙겼지만, 둘째는 맨날 어디 흘리기만 하고 자기 단속을 전혀 하지 못하는 그런 아이였다. 과부는 두 딸 중 첫째는 생활태가 자못 듬직하였으나 둘째는 늘 못마땅하고 정이 가지 않았다. 산 주변에 온갖 나물이란 나물은 다 뜯어내어 시오리 되는 장에 나가 몇 푼 되지 않는 돈으로 근근이 살아가며 억척스레 살 수밖에 없는 생이었다. 자식들 입안에 풀칠하려고 나물 판 돈으로 두부 한 모와 쌀 한 말이면 됨직한 날품팔이였다. 지아비를 닮아선지 두 아이는 두부를 그토록 좋아했다. 첫째 딸은 커서 두부 장수에게 시집가 실컷 두부 먹는 게 소원이라고 했고, 둘째도 그 애 못지않게 두부를 보면 눈이 돌아갈 정도로 환장했다. 넉넉하지 못한 살림에 아이들은 거지반 배를 곯아야만 했고, 그 어미는 하루하루가 기근과의 전쟁을 선포하며 최일선에서 선전했다. 그러나 이마저도 신은 가혹하게 시련을 주어, 초봄에 귀하고 값나가는 두릅 순을 산마루까지 따러 가다가, 힘없는 돌을 밟아 구르면서 복숭아뼈가 으스러졌다. 겨우 하루를 거미줄에서 헤쳐나오는 것마저도 신은 허용하지 않았고, 과부가 병상에 누운 후 아이들은 배를 곯는 날이 많아졌다.

늦봄에 두 딸은 기근을 벗어나고자 어깨너머로 배운 어미의 나물 캐기를 몸으로 실행했다. 어머니는 그 많은 풀 속에서 용케도 나물을 척척 골라냈지만, 두 소녀에게 나물은 그게 그거고 다 풀이면서 다 나물이었다. 그러다가 첫째 딸의 눈에 호박잎처럼 넙데데하되 둥그런 잎이 들어왔다.

아! 머위다. 엄마가 가끔 따오면 쌈 싸 먹거나 된장을 박아 푸성귀로 소증 나게 짓이겨 넣었던 그 나물. 두 마장 떨어진 동생은 어느새 다섯 길가량 떨어져 회색 윗옷만 가끔 비출 뿐이었다. 동생을 불러 더불어 딸까 했으나 두 평 남짓한 둘레를 자력으로 충만하게 해치울 만하다고 생각했다. 손을 바지런히 놀렸다. 손에 잔가시가 생채기를 내기도 했으나 하나도 아프지 않았다. 이거라도 배불리 먹을 요량에 신바람이 났다.

그러나 사실 그것은 머위가 아니었다. 초록이 깊고 두꺼운 것이 윤기가 반들반들한 털머위였다. 털머위는 독초로 현기증이 나고 속도 울렁거리며 구토와 설사를 병행하는데, 이 소녀는 그것을 알 턱이 없었다.

오후 해거름 즈음에 산에서 내려온 두 소녀. 각자의 바랑에 산나물을 집어넣었는데, 동생은 기껏 아는 냉이나 쑥을 한 움큼 넣었을 뿐이었으나, 거짓 머위를 한 아름 캔 언니의 바랑은 배가 두둑하니 터질 정도였다. 언니의 바랑을 본 동생은 푸성귀라도 배를 채울 수 있음에 한껏 기분이 상승했다. 가벼운 발걸음으로 집 마당에 들어선 자매. 표표한 자태로 엄마에게 자랑하고 싶었으나, 곤하게 자는 어미를 깨우기는 싫었다. 언니는 부엌 모퉁이에 놓인 조그만 된장독을 찾아 자신이 나물무침을 시도했다. 동생도 언니의 일손을 열심히 도왔다.

소담스럽게 차린 저녁 밥상. 별이 하나둘 모습을 보이기 시작하자 언니는 엄마를 깨우고, 나물 뜯어 된장무침을 한 반찬에 몇 톨 되지 않은 쌀로 지은 밥을 보이며 나물 캐기 무용담으로 너스레를 떨었다. 잠이 덜 깬 상태로 엄마는 자매들의 넋두리에 환한 웃음을 지으며, 머위 된장무침을 맛나게 먹었다. 아이들도 그런 엄마를 보면서 감칠맛을 느꼈다.

그날 밤. 드디어 진통이 찾아왔다. 속이 뒤집히고 항문에 불이 났다. 다리가 불편한 과부는 뒷간을 수도 없이 드나들었지만, 그때뿐이었다. 참으로 끝없이 설사가 나오고, 구토가 이어졌다. 뭔가 잘못됨을 그때서야 알고 어린 딸들에게 소금물 한 됫박을 짓이겨 넣은 후 토하도록 했다. 과부 자신은 아이들 건사에 그동안 미약한 체력마저 고갈 당했다.

이튿날 아이들은 이웃의 도움으로 그럭저럭 살아났으나, 과부는 이내 몸져눕고 말았다. 그 이후로 시름시름 앓던 과부는 끝내 생을 접었고, 아이들은 자기 땅 한 평 없는 처지에 어미의 주검을 화장시킬 수밖에 없었다. 모질고도 혹독한 인생을 한탄하고 먼저 간 지어미가 그토록 미웠다. 화장하면서 새 한 마리가 푸르르 날아갔는데, 그게 바로 두견이다. 날아가면서 우는 소리가 하도 구슬퍼서 밤마다 그 울음소리에 딸 둘은 늘 밤을 지새웠다. 그 두 딸도 기어이 기근에 허덕여 생을 마감하는데, 소쩍새 한 쌍이 되어, 언니 새는 '솥', 동생 새는 '적다'고 맞대응을 하면서 '솥적솥적' 울부짖었다는 것이다.

항시 배고팠던 시절에 있을 법한 이야기를 되뇌며 경구는 꼴을 베기 위해 버들낫에 아귀힘을 잔뜩 주었다. 작년 가을, 있는 돈 없는 돈 다 모아 어머니가 작은아버지를 시켜 산 누렁이가 이제는 제법 튼실해져서 여물 먹는 양이 성가실 정도였다. 가족이라야 집 나간 아버지, 생고생하시는 어머니, 늦둥이로 난 젖먹이 동생뿐이었으니, 허드렛일을 할 사람이라곤 자기밖에 없음을 잘 안다. 그러나 매번 꼴 베는 일을 시키는 어머니의 목소리가 내침을 당하는 것 같아 싫었고, 허구한 날 이 일만 반복하는 일상이 무료했으며, 자신에게 미래는 어떻게 다가올 것인가 고민이었다.

오늘도 소가 잘 먹는 풀이 모여 있는 새미골 참나무군락 밑으로 갔다. 처음에 한두 그루였던 참나무는 서서히 소나무가 즐비한 산자락을 아랫녘부터 야금야금 갉아먹더니, 어느덧 산 중턱까지 침범하였다. 그 나무들 사이사이에 누렁이같이 곱다란 황톳빛을 띠는 개흙 자락이 있는데, 햇빛이 조석으로 살뜰히 들고 물 빠짐도 술렁술렁하여 각종 야생초가 앞다투어 자라는 곳이다.

누렁이는 여러 풀 중에서 특히 개찌버리사초를 좋아했다. 마을 사람들은 흔히 '개찌리'라고 부르는데, 다른 집소들은 식성이 까다롭지 않아 아무거나 잘 먹고 굳이 좋아한다면 갈퀴덩굴, 쇠뜨기를 잘 먹지만, 누렁이는 갈퀴덩굴이나 쇠뜨기를 싫어하지는 않으나 개찌리에 유독 집착했다.

개찌리는 이른 봄 새순을 돋기 시작하여 오뉴월이면 한 자 크기로 키를 키운다. 연하고 펑펑한 잎에 누런빛이 밑동에 감도는데, 누렁이 털빛과도 비스름하다. 누렁이가 그 덕분에 좋아하지 않을까 하는 엉뚱한 생각도 해보았으나 이내 접는다. 줄기를 곧추세워 꽃을 맺는데 흰 실타래가 뭉쳐 있는 것처럼 보이고 위에는 노랗게 수꽃이, 아래는 하얗게 암꽃이 피면서 약간 음지에서 무리를 지어 나는 잡초이다.

신명 없는 낫질을 반사적으로 하면서 곰곰이 머리를 굴려보면, 누렁이는 자기처럼 위해주는 사람이 있어 대접을 잘 받는데, '난 지금 뭐 하는 것인가?'라는 생각이 든다. 그러면서 불현듯 동구 느티나무집에 사는 순덕이의 웃음 띤 얼굴이 그려진다. 그래도 '내가 누렁이를 생각하듯, 나를 아끼는 것은 순덕이밖에는 없을걸.' 하며 입꼬리가 살짝 들린다. 오늘도 얼른 꼴 베고 나서 초저녁에 동구밖에 다녀와야겠다는 다짐을 한다.

해는 정상을 넘어 뉘엿뉘엿 서산으로 기울고 있었다. 잠방이와 속곳까지 땀을 흠뻑 머금었다. 가슴골로 흘러 내려온 땀방울은 사타구니 아래까지 내려와서 간지럽게 하고 있다. 바지 품속에 손을 넣어 두어 번 긁고 풀 섶 나뭇잎에 쓱 닦았다. 그리고 지게 등받이에 넣어둔 질삿반에서 주먹밥을 꺼내 들었다. 주먹밥이라고 해야 소금 조금 넣어 김 가루를 뿌린 것에 불과하지만, 시장한 데 이보다 입을 호사롭게 하는 것도 없다. 국민학교 다닐 적 김밥은 최고의 음식이었다. 흰쌀밥에 단무지 한 줄만 넣어도 그 맛이 기가 막혔다. 김밥도 일 년에 잘해야 서너 번, 봄·가을 소풍 때, 가족 야유회 갈 때나 겨우 먹을 수 있었다. 건너편 태학산은 뭐 한 일 있다고 그렇게 늘어져 있냐고 쳐다본다.

어릴 적부터 숱하게 보고 자란 태학산이지만, 정상을 오른 적은 딱 두 번이다. 여덟 살 때 삼촌을 따라 올라가다 지쳐 어부바를 당한 채 올라갔던 기억, 열 살 넘어 친구들과 한여름에 겁 없이 조선 바나나, 으름을 따먹으러 간 기억. 숨이 목 밑까지 기어 올라오고, 땀은 폭포수처럼 머리에서 떨어뜨려야 맛볼 수 있는 산. 산세가 거칠고 험하면 '–악산'이라고 하는데, 정말 태악산이었다. 결코 만만한 산이 아니었다. 경사가 가파른 곳이 많았고, 바위산이라 오르기가 여간 까다롭지 않았다. 그래도 마을 사람들은 골짜기를 잘도 찾아 삐뚤삐뚤 생긴 오솔길을 따라 산을 올랐고, 그 정상에서 보는 광경은 가슴이 벌렁거리게 시야가 탁 트였다. 멀리 이십 리 떨어진 염장(廉長) 읍내의 교회 십자가가 보이고, 이십 호가 가지런히 놓여있는 실곡마을도 장난감인 양 앙증맞게 자리 잡고 있다. 북향으로는 댐 건설로 만들어진 청수호가 진 파랑을 내뿜으며 출렁이고, 남향으로는 금남정맥의 줄기를 고스란히 이어 내리고 있었다.

마파람에 게 눈 감추듯, 주먹밥을 창자에 쑤셔놓으니, 살포시 눈가에 잠이 찾아온다. 질경이가 돗자리처럼 펼쳐진 자리를 찾아 조용히 등짝을 댄다. 하늘에는 구름 몇 알이 떠다니기는 하나, 연 파랑의 위세에 숨죽이고 있다. 덥지도 춥지도 않은 공기 흐름과 살랑이는 바람의 이동이 살갑다.

지겟다리에 묶어놓은 퉁소를 꺼냈다. 이태 전 장날 시장바닥 쓰레기장에서 삐죽하게 나온 작대기라 생각하여 집었는데, 투박하지만 엄연한 퉁소였다. 갈고 닦으며 곳곳을 손질했다. 번듯한 새 퉁소는 아니었으나, 손때가 묻고 정이 갔다. 그때의 인연으로 시간 날 때마다 가슴춤에 넣어두고 맘대로 소리를 내보았다. 입술을 펑퍼짐하게 또는 동그랗게, 숨을 훅 불어넣으면서 체호흡도 해보고, 때론 가슴호흡도 해보고. 이제는 제법 소리가 나와 손가락을 놀리면서 애잔하게 마음을 풀어준다.

비리비리리익~ 비리비리리~
비리리릭~~~~ 비리비리리이~

퉁소 소리는 바람에 실려 아랫녘까지 흘러내렸다. 긴소리는 실뱀 같은 파장으로 꿈틀거렸고, 짧은소리와 막은 소리는 둔탁하게 끊어졌으며, 퉁소 대롱을 타고 내려오는 음파는 공명의 음을 흠뻑 지닌 채 하루살이처럼 흩날렸다. 순덕이는 이 소리를 즐겼다. 만날 때마다 애원하며 소리를 청했다. 그러나 쉽사리 불 것은 아니었다. 그 소리에 사람들의 이목이 쏠릴 터이고, 그러면서 순덕과의 만남은 조심스러워지기 때문이었다.

경구의 퉁소 소리는 마을 아낙들에게 큰 인기가 있었다.

'어쩌면 그렇게 애절하게 부는 겨?'

'마을 샥시들 애간장을 모두 녹아 뿌렸겄네.'

'아이고매 구슬퍼라. 니는 뭐가 될라꼬 그리 구성진 가락으로 내맴을 후벼 파는 겨?'

'아이고야, 이 무녀리 새끼야! 너 참말로 징허다. 어찌 그리 퉁소를 애끓어지게 까부는 겨?'

마을 아줌씨들에게 댓거리 없이 그냥 눈웃음만 쳐도 그들은 자지러졌다. 가끔 감사한 마음을 가벼운 묵례로 답하기만 할 뿐.

이에 반해 마을 남정네들은 아낙들에게 눈 쏠림을 받는 경구에게 눈총을 주기 일쑤였다.

'사내놈이 퉁소에 빠지면 역마살만 생긴다더라.'

'너 퉁소만 갖고 놀다가 딴따라 된다.'

'남자는 니 거시기 하나만 작대기로 쓰면 되지, 쓰잘데없는 퉁소 작대기로 뭐 쓸 게 있다고….'

마을 어르신들이 이러거나 저러거나 경구는 신경 쓰지 않았다. 어머니나 작은아버지가 싫은 내색을 하지도 않았지만, 제가 좋아서 악기 하나 벗 삼아 사는 게 뭐 그리 대수는 아니었기에 나 몰라라 하는 식으로 불고 다녔다.

경구는 퉁소 소리에 노랫말을 한 번 붙여보았다. 그동안은 퉁소 가락만 퍼트렸으나, 이제는 소리에 내용도 담아보자는 욕심이었다. 오늘처럼 화창한 날, 초동의 가슴에도 시심이 불쑥 일어남을 느꼈다. 그래서 나오는 대로 마음속에 그냥 막 읊조렸다.

하늘은 맑고
들판은 푸르른데

꼴 베는 아이는
오늘도 이 자릴세.

흘러가는 저 구름아!
어드메로 흘러가니?

도회지로 가니,
바닷가로 가니?

산중 내 마음도
저 구름 위에 앉아

흘러가는 퉁소 가락에
이내 마음 곱게 실어

도회지든 바닷가든
어디론지 가고 싶네.

속으로 지어낸 노랫말에 멋쩍지만 내심 만족한다. 기필코 벗어나리라. 이 지긋지긋한 시골고랑탕을 어느 땐가 반드시 벗어나리라. 배곯는 것도 힘들고, 꼴 베는 것도 싫고, 집도 정이 안 가고, 어머니도 밉고, 삼촌도 거슬리고, 누렁이도 정떨어지고 정말 다 넌더리 났다. 그나마 비빌 언덕으로 젖먹이 동생 범구와 국민학교 동창 순덕이 말고는 내 맘을 편히 해주는 존재란 눈 씻고 찾아봐도 없었다.

실곡마을에서 몇 집밖에 없는 라디오는 나라가 돌아가는 정보를 주워듣는 소통의 유일한 창구였다. 그나마 작은아버지가 거금을 들여 재작년에 염장 시내 전파사에서 중고 라디오를 산 이후 경구네 집을 중심으로 둥그렇게 원을 그려 네댓 집의 정보 소식통이오, 드라마라는 허구화된 사실의 경연장이었다.

1971년 대통령 선거에서 박정희가 김대중 신민당 후보를 꺾고 대통령이 된 것도 이를 통해 알았고, 1973년 식량 자급자족률이 100%를 넘어섬을 알게 되었으며, 「경범죄 처벌법」이 시행되어 장발과 미니스커트 단속이 합법화된 것도 이때의 소식이었다. 1975년 2월 유신헌법 신임을 국민투표에 부치고 긴급조치 1/4호 위반자들을 풀어주는 것도, 1976년 몬트리올 올림픽에서 양정모가 레슬링에서 금메달을 획득한 것도 이를 통해 들었다. 가요계에서 나훈아와 남진이 경쟁자로 나오고 여가수 하춘화가 트로트에 덧보태졌으며, 양희은, 김민기 등이 포크 가수로 활동했었던 사실도 알았다.

텔레비전은 실곡마을 동구 밖 방아실에 근동에서 방귀나 뀐다는 방앗간 김 사장 댁에만 유일하게 있었다. 마을에서 십여 리 되는 그곳을 마을 사람들은 한 달에 한두 번씩 신기한 활동사진을 보러들 다녔고, 방앗간 주인은 푼푼이 시청료를 걷기도 했다. 특히 MBC에서 『113 수사반장』이 하는 날은 온 마을 사람이 일찍부터 방아실로 향했고, 맨 앞자리를 잡기 위해 서둘렀다. 김희준과 김세윤이 주연인 『아씨』 또한 놓치기 아까운 드라마였다. 라디오 드라마 『전설 따라 삼천리』는 날마다 다음 회가 궁금해 잠 못 이룬 적이 한두 번이 아니었고, 잠들기 전 황인용의

「밤을 잊은 그대에게」와 이종환의 「별이 빛나는 밤에」는 청춘의 모든 꿈과 사랑을 송두리째 담아내고 있었다.

해 질 녘 이른 저녁을 지어 먹고 하나둘씩 경구네 사랑방으로 듣는 요금을 대신해 고구마, 감자 등속의 주전부리를 갖고 모여든다. 서너 평 남짓한 사랑방에 어깨와 어깨를 겹치고 다리와 다리를 꽈서 모아 오밀조밀하게 자리 잡고, 사람 소리 나는 바보상자에 온 신경을 곤두세웠다. 참 신기하기 짝이 없는 요물이 라디오였다. 어찌 궤짝 반도 못 되는 상자에서 사람의 목소리가 나오고, 음악이 흐르니 놀랄 만한 소리통이 아니던가.

그런데 이 귀하고 귀한 라디오는 달포 전, 경구는 분해해버리고 말았다. 도무지 그 속에 무엇이 들었는지 궁금해서 참지 못했다. 겉 나사를 풀었다가 그대로 맞춰놓으면 되겠지 했었다. 그러나 일이 그렇게 만만치 않았다. 겉 나사 몇 개를 풀고 연 소리통 안은 더 복잡한 속 나사들의 연결이었다. 수십 아니 수백 개의 기상하고 요괴한 벌레 모양 물체와 각양각색의 바둑돌, 손톱 크기의 네모 각진 딱지들….

재조립에 실패한 경구는 결국 그날 밤 들통나버렸고, 작은아버지에게 손찌검을 당했다. 그런 모습을 어머니는 우두커니 쳐다볼 뿐, 말리지 않았다. 불쌍한 눈빛이 눈초리에 이슬처럼 남았지만, 당돌하게 그 이슬도 메말랐다. '그 라디오가 그렇게 중하면 나보다 더 중한 것인가?' 하는 마음에 더욱 서러웠다. 아픈 거야 시간이 지나면 낫겠지만, 어머니와 작은아버지의 행태가 미덥지 못하고 못내 서운했다. 그날 이후 나날이 괴롭고 숙면을 이루지 못했다. 아무리 곱씹어보아도 '이건 아니다.'라는 상념에 뱀이 똬리를 치듯 되돌아들고 되돌아들었다.

참나무 속에서 매미나 메뚜기 유충을 실컷 주워 먹었는지, 번식기에 침범한 외부인을 경계한 탓인지, 꾀꼬리가 펄럭펄럭 날갯짓에 '꺅꺅'대며 요란스럽고 힘차게 날아오른다. 경구는 이러던 차에 정신을 가다듬었다. 지게 위 곱바에 여물량은 반 정도 찼다. 두 식경 정도만 낫공치에 힘주어 꼴 베면 지게는 고다리까지 다 찰 것이다. 나머지는 내려가다가 뱀이 많은 양지뜸 벌판에서 흐드러지게 펴져있는 쇠뜨기로 채우면 될성싶었다.

'그려, 얼릉 집에 꼴 부려놓고 느티나무집이나 가야겄다.'

외롭고 신세가 처량할 때 순덕이를 만나는 게 최고다. 태어나면서부터 동년배로 더불어 자라난 순덕이는 마음이 넓고 배려심이 깊었다. 얼굴은 어릴 적 사고로 한쪽이 일그러졌으나, 단아하고 목소리가 낮았다. 피부는 보유스름한 게 달걀흰자처럼 하얬고, 목선은 갸름하게 빗장뼈로 흘렀다. 키는 올망졸망 짤따랗지만, 야무지고 단단했다. 단발머리에 서캐가 희끗희끗할 때도 있으나 다른 여자에 비해 그 정도는 애교였다. 엉덩이도 가냘프지만 펑퍼짐하고 장딴지는 실했다. 어머니가 폐결핵으로 일찍 죽고 할머니 손에 불쌍하다고 곱디곱게 오냐오냐 키운 손녀였다. 순덕이 아버지는 방아실 김 사장 댁 방앗간에서 허드렛일을 도우며 살았다. 술을 고주망태기로 먹는 것이 흠이지만, 유일한 혈육 순덕이만은 별처럼 우러르고 금처럼 귀하게 여겼다.

처음부터 둘이 친했던 건 아니다. '남녀칠세부동석'이라고, 남녀유별이 국민학교 시절에도 무척 심했다. 실곡마을 칠성이는 사내놈으로는 동리 내에서 가장 절친한 사이였으나, 암 사내였다. 놀지도 모르고 밖에 쏘다니는 것을 싫어했다. 응달진 그늘에 서 있는 한 줄기 고사리였다. 가느다랗게 뼈대를 세우고 철벅 철벅 걷는 모습은 흡사 가윗날이 걸어 다니는 것처럼. 그는 시간만 나면 자거나 책을 읽었다. 그리고 살갑게 이야기하는 꼴을 못 보았다. 늘 지쳐있었고 힘들어 보였다. 반면에 순덕이는 달랐다. 동급생이며 등굣길에 마냥 같이 걸어 다녀도 항상 신바람이 난 아이였고, 남을 즐겁게 해주고 힘을 주는 묘한 뭐가 있었다. 그게 순덕이의 매력이다. 곰살갑게 대해 주었고, 늘 힘을 주었다. 반이라야 한 반이 전부였는데, 유독 순덕이와는 자주 기회가 닿아, 몇 해 동안 짝꿍을 두 달여 동안 열 차례 이상을 함께했더니, 더더욱 친해진 것이다. 이승만 독재 정권의 장기화를 막는 4·19 혁명 즈음에 이 둘은 열흘 간격으로 태어났고, 그 어미들은 동병상련으로 서로를 토닥거리며 아이를 키워냈다. 어릴 때부터 오누이처럼 두 어미는 네 젖 내 젖 구분 없이 젖가슴을 내주고, 서로는 자기 엄마 젖만큼 상대 어미의 젖도 풍성히 먹었던 터였다.

지게 밀삐를 어깨에 걸었다. 밑세장까지 등어리 힘이 받쳐주고 무릎 위 허벅지와 종아리에 근육이 빳빳하게 줄을 섰다. 엉덩이 양 볼은 움푹 들어가며 힘이 더해졌다. 알구지를 움켜쥐고 '끙' 하며 일어섰다. 그리고 성큼성큼 발걸음을 옮겼다. 양지뜸까지는 한달음에 내 닿을 수 있는 거리이다. 그러나 서두르지는 않는다. 어차피 저녁노을이 비칠 때쯤 순덕이를 만나면 되기 때문이다. 지겟다리를 지팡이로 두드리며, 박자를 맞춰 본다.

(딱따다 딱딱, 딱따다 딱딱)

너무나도 그 님을
사랑했기에
그리움이 변해서

사무친 미움
원한 맺힌 마음에
잘못 생각해
돌이킬 수 없는 죄 저질러놓고
뉘우치면서 울어도
때는 늦으리
음 때는 늦으리

님을 따라가고픈
마음이건만
그대 따라 못 가는
서러운 미움

저주받은 운명에
끝나는 순간
임의 품에 안기운 짧은 행복에
참을 수 없이 흐르는
뜨거운 눈물
음 뜨거운 눈물

문주란의 목소리는 어쩌면 순덕의 목소리와도 비슷하다. 굵직한 저음에 신이 내려준 독특함은 듣는이의 심금을 마구 흔들어 놓는다. 자그맣고 강마른 몸매에서 어떻게 저러한 목소리가 나오는지…. 그러고 보니 몸태며 키도 딱 순덕이다. 갑자기 순덕이가 더 보고 싶다.「동숙의 노래」를 부르다가 생각해 보니, 못 본 지 이틀가량 지났건만 헤어진 지 이태가 된 착각이 들 정도였다. 여기부터 한 마장쯤 거리일 것이다. 쏜살같이 달려가서 와락 안아주고 싶었다. 그리고 퉁소 소리 한 자락을 풀어주리라.

'뜨거운 눈물'을 끝으로 양지뜸이 코앞에 다다랐다. 쇠뜨기는 '나 잡아잡슈~.' 하면서 꼿꼿하게 연대장의 열병식을 준비하듯 서있다. 예전에는 쇠뜨기 생식 줄기를 살짝 데쳐 나물로 해 먹기도 했었다. 성질이 차기에 몸에 열이 많은 이에게 잘 맞았다. 첫맛은 쌉싸래하고 뒷맛은 시금털털하다. 지금은 예전처럼 흔히 먹지는 않지만 아쉬울 때 나물로 먹으면 제격이다. 나무를 한목에 발매 놓듯 낫질 손놀림을 한 손, 두 손 재게 움직였다. 한두 움큼씩 지게 위에 쇠뜨기는 쌓이고, 해도 어느덧 산꼭대기를 넘어 그늘이 스미고 있었다. 한두 식경 지났을까. 꼴 더미가 제법 봉긋하니 풍성해졌다. 이만하면 되리라 맘먹으며 하산을 시작했다.

등짝에 진 꼴 짐을 다독이면서 헐레벌떡 내려와 사립문에 다다랐다. 초라한 초가이지만 두 동으로, ㄴ은 자 형을 갖추고 소담스럽게 앉아있다. 대문을 정면으로 동향으로 난 건물이 경구네 가족이 사는 방 한 칸이 자리 잡았고, 부엌이 옆으로 달아내 있다. 그 옆으로 남향으로 난 건물은 다섯 살배기와 세 살배기 사촌 동생들과 작은아버지 내외가 기거하는 사랑방이다. 대문 옆에 비가림막으로 함석을 덧댄 헛간 비스름한 것이 있는데, 이곳은 누렁이의 외양간이다. 새로 지은 지 얼마 되지 않았는데, 벌써 쇠락하여 곳곳에 녹이 슬고, 먼지가 이곳저곳 자욱하다. 밭에서 가져온 각담도 한구석에 뭉텅이로 놓여있다. 얼마 되지 않지만, 쇠두엄도 각담 옆에 모아있다. 그곳에 지게를 놓고 허벅지와 옆구리 쪽의 덤불과 티끌을 떨어내기 위해 툭툭 손 타작을 했다. 누렁이는 아침에 먹은 여물을 되새김질하느라 우물우물하며 왕방울 같은 눈알을 굴리고 있다. 부엌에서 저녁밥을 준비하는 어머니와 작은어머니의 손놀림으로 달그락거리는 식기의 부딪힘 소리가 나지막하게 마당을 맴돌고, 사랑방에서는 사촌 오뉘가 칭얼대는 밑 동생을 다섯 살배기 형구가 돌보는 듯, 오냐오냐 달래는 소리만 들렸다.

해가 완전히 떨어지고 마을에 어둠이 희미하게 내려오면 밥 먹으라는 외침이 들릴 것이다. 그때까지 족히 한두 시간은 남았다. 동구 밖 느티나무집까지 잰걸음으로 가면 십여 분이면 갈 수 있다. 순덕이와 한 시간가량 노닥거리다가 귀가하면 얼추 맞을 것 같다. 굳이 느티나무집에 다녀온다고 이를 것 없이 지게 짐을 부려놓고 바로 순덕이네를 향했다. 해 질 녘 마을은 개천에서 날뛰는 피라미의 비늘광이 번쩍이며 살포시 가라앉고, 집집이 저녁 식사를 준비하랴 화덕과 아궁이에서 잡목 타는 냄새가 온 마을을 휘감고 있다. 새벽부터 민생고를 해결하기 위해 나간 사람들은 귀소 본능으로 하나둘 자기 집에 모여들고, 놀러 나갔던 개구쟁이들도 가뭄 속 논바닥처럼 갈라지고 시꺼멓게 떡을 진 손과 흙으로 뒤범벅된 옷가지를 펄럭이며 대문을 향하고 있다.

'순덕이는 지금 뭘 할까? 가서 바로 만날 순 있겠지?'를 머릿속에 그리며 느티나무집 앞에 다다랐다. '비리비리릭' 소리를 담 안으로 내질렀다. '경구가 순덕이, 너를 만나러 왔다.'라는 그들만의 표식이다. 집안은 괴괴하니 심란하지 않고 잠잠했다. 비리비리릭 소리가 순덕이네 집 마당의 고요를 뒤흔들며 버스럭대고 짜랑거리게 울려 퍼졌다. 반응이 없다. 두어 번을 소리 내 다시 '비리비리릭'. 순덕 아버지가 집에 있을 리 만무하다. 만약 있다면 아마 나오기 어려우리라. 순덕 아버지는 초저녁에 귀가하는 일은 일 년에 열댓 번. 거지반 일을 마치고 방아실 대폿집에서 거나하게 막걸리를 기울이고 달이 중천에 떠 있을 때쯤에서나 집에 오는 것이 다반사이다.

한 오 분여가 지났을까. 안방 문살문이 스르륵 열린다. 뒷머리를 질끈 동여맨 순덕이의 머리가 주변을 좌우로 둘레둘레 훑는다. 그리고 이내 안심이 되는 듯 고양이 걸음으로 툇마루 밑 고무신을 신는다. 얼굴에 화색이 돈 상태로 마당을 가로질러 경구에게로 다가선다. 둘은 서로 눈인사를 잠시 주고받고 마치 약속된 장소가 있는 듯 재빠르게 집 뒤 다섯 길 크기의 감나무 밑으로 향한다. 그 뒤로 탱자나무 울타리가 곁에 있다. 경구는 지난여름 마을 앞 도솔천에서 수도 없이 새까맣게 깔려있던 다슬기가 그려진다. 해 질 무렵 순덕이와 허벅지까지 바지춤을 질끈 추켜올리고 다슬기를 소쿠리에 한가득 담았던 그 날. 된장 한 숟가락에 호박잎 몇 장 넣어 풀썩 끓인 후 살짝 익은 다슬기를 까먹는 데 쓰는 요긴하고 살가운 물건이 바로 이 탱자나무 가시 아니었던가!

둥그런 토끼 눈알로 순덕이 묻는다.

"웬일이랴?"

경구는 조금은 실망스러운 표정을 지으며,

"갑작스레 니가 보고 싶어서. 그냥. 왜, 오니까 싫냐?"

자기처럼 순덕이도 매양 좋아할 줄 알았는데, 웬일이냐는 물음에 경구는 잠시 힘이 빠진다.

"아니. 싫기는. 무슨 일 있나 혀서."

"매안산으로 꼴 베러 갔다가 이런저런 생각 속에 니가 보고 싶더라구. 니는 내게 큰 힘이잖에. 흐흐."

머쓱하게 경구는 뒷머리를 긁는다.

"그려? 고맙네. 왜, 뭐가 힘든 겨?"

"아니. 뭐 특별한 건 아니고. 기냥 갑작시리 사는 게 지치고 짜증 나."

"왜. 뭐 땜시?"

"꼴 베는 내가 싫고, 내가 이렇게 죽 살아야 허나, 답답한 내 삶이 처량도 허고."

"너 예전부터 한곳에 짱박히는 거 답답해 혔잖여. 마치 귀뿌리 빠진 똥강아지처럼. 흐흐."

"그려. 맞어. 난 여기저기 돌아댕길 팔자인개 벼. 시방 내 모습이 답답허니 싫어야."

"그려서 뭐 어쩔건디?"

"그러게. 달리 어치케 헐 바를 모르겄어서."

순덕이의 명쾌한 해답을 원했지만 그러지 않은 모습에 경구는 한풀 더 꺾인다.

둘은 잠시 말없이 멍해진다. 봄바람이 솔솔 그들 곁을 맴돈다. 뜸을 들인 이후에 이윽고 순덕이는,

"사실 나도 니랑 비슷혀. 국민핵교 졸업허고 집이 틀어박혀 집안일 도우며 하루 이틀 사는 게 그닥 재미는 읎어."

"니도 그랴?"

"응, 그렇다니께. 그려서 이렇게 내 인생이 허송되고 마는구나 허는 생각도 들고."

순덕은 한숨을 깊이 내뱉는다. 늘 힘을 안겨주었던 순덕이가 되려 풀이 죽었다. 경구는 이런 눈치를 놓치지 않고 당돌하게 한마디 한다.

"집 나갈래? 가출말여."

순덕이는 큰 눈알을 깜박이며 놀란 기색으로 얼굴을 붉히며,

"니 미쳤냐? 집 나가면 개고생이라고. 나가면 헐 일은 있고?"

"이것저것 다 재고 언제 집 나가냐? 그냥 무대포로 밀고 나자빠지는 거지"

대책 없이 밀어붙이는 경구의 생각에 순덕은 곧바로 일침을 놓는다.

"나가면 뭐 헐 일은 있겄지. 설마 산 사람 입에 거미줄 칠라고."

저돌적으로 경구는 댓거리를 한다.

"허기사, 니 말대로 산 사람 입에 거미줄은 치겄냐? 굶어 죽으란 벱 읎다고. 그려도 에멜무지로 그리 생각 말고 미리 계획을 짜봐. 그래야 뒤탈도 덜헐 것이니께"

"그려. 그려도 고맙네. 내 말 잘 들어줘서. 답례로 뭘 혀주나. 퉁소 한 가락 불어주랴?"

"아이고매야. 내야 좋지. 니 퉁소 소리는 맴을 짓이기는 뭔가가 있거든."

경구는 허리춤에 넣어두었던 퉁소를 힘차게 꺼냈다. 저녁 무렵이라 그 소리의 울림이 자못 크리라. 퉁소를 불기 위해 제방으로 순덕이와 향한다. 한 십 분 정도의 거리이다. 청수호 끝자락에 놓인 제방은 소리가 마을 쪽으로 가지 않고 그 반대인 호수 쪽으로 가도록 방파제가 병풍처럼 놓여있다.

비이~ 비이~

비리비리릭~ 비비리비리닉~

비이~ 비이~

비릭 비리릭 비리비리비릭~

순덕은 조용히 눈을 감았다. 그 소리가 오늘은 전과 달리 더 처량하다. 그리고 떠남과 헤어짐의 음표가 줄을 이어서 붙어있다. 낮고 긴 소리의 음파다. 이제는 경구를 떠나보내야 함을 직감한다. 하루 이틀 본 경구가 아니지 않은가. 어릴 적부터 서로에게 많은 도움을 주고받으며 비빌 언덕이 되었던 친구다. 언젠가는 자기 곁을 떠나리라 상상은 했지만, 오늘 퉁소 소리는 그 시간이 곧 오리란 걸 은근히 알려주고 있다. 경구도 예전처럼 부는 퉁소가 아니다. 헤어짐을 아쉬워하며 소리 소리마다 눈물이 스며있다. 순덕의 눈가에도 실지렁이 같은 눈물이 아랫눈

썹 위로 고인다.

그러면서 순덕은 갖은 생각으로 머리가 복잡해진다.
'이제 헤어지면 언제 볼라나? 도회지로 나가 정신없이 살다 보면 젊은 시절은 어느덧 흐를 테고, 거기서 제짝을 찾아 살림을 차리겠지?'
'아니야. 그전에 개고생만 주야장천 하다가 한 달쯤 지나면 돌아올 겨. 제아무리 제 뜻대로 다 될 것 같아도 세상이 그렇게 호락호락하지 않을 것이니께.'

스스로 영원한 이별을 걱정하다가도 곧 다시 만날 것이라 단정하며 생각을 접는다. 오늘은 경구의 어깨에 머리를 기대고 싶다. 가만히 머리를 기댄다. 경구의 어깨가 희미하게 흔들리더니, 바로 아무 일 없다는 듯이 퉁소를 분다. 경구도 조용히 눈을 감고 손가락을 퉁소에서 놀린다.
'떠나야 할 시간이 다가왔다. 이제 오늘 이 순간이 순덕과의 마지막일지도 모른다. 영원한 마지막이라 생각하기는 싫다. 동생 범구의 얼굴도 선하다. 아직도 어머니 젖무덤에서 허우적거리는 그놈의 옹알이가 가장 오랫동안 기억에 남을 것이다. 못되게 일만 시키는 어머니도 막상 떠나려니, 걱정이다. 나 없이 동생 돌보며 집안 살림을 어찌 잘 끌어갈 것인가 걱정이다. 집 나간 아버지는 생각하고 싶지 않다. 가장의 역할을 잊은 채 자기만 즐기고 제멋대로 사는 인생을 증오한다. 라디오 분해 일로 손찌검을 한 작은아버지 가족들도 생각해본다. 결혼 전, 그러니까 삼촌이었을 때는 내게 아버지 못지않은, 아니 어쩌면 이 사람이 내 아버지였으면 좋겠다고까지 생각했던 삼촌. 남에게 아쉬운 소리 하기 싫어 호락질로 농사일을 꾸려나가는 당찬 분. 결혼하고 나서 작은어머니 만나 없는 살림에 집안의 대들보 역할을 톡톡히 해내는 작은아버지가 밉기도 하고 고맙기도 하다.

'그래 가자! 나는 간다. 순덕아! 잘 있어라. 곧 성공해서 멋들어지게 차려입고 맛있는 거 사주러 오마. 범구와 어머니도 잘 있어요. 나 반드시 성공해서 올 것이니께.'

저녁 식사 전까지의 짧은 만남을 예정했지만, 어느 순간 훌쩍 지나가 어스레한 별이 하나둘 머리 위에 뛰놀기 시작했다. 어깨 위에 놓인 순덕의 머리는 약하게 떨리기 시작했다. 내버려 두었다. 코도 약간 훌쩍이더니, 경구를 멀거니 쳐다본다. 경구는

"가자. 순덕아!"

두 사람은 제방을 가로질러 터벅터벅 느티나무집으로 향했다. 힘없이 걷는 두 사람의 발걸음이 전쟁터의 패잔병처럼 풀이 죽고 나약하다. 두 사람은 아무 말이 없다. 그냥 가기로 했고, 그저 놓아주어야 했다. 경구는 생각한다. 지체하거나 미룰 필요 없다. 당장 내일이라도 노잣돈 준비해서 떠야겠다고 마음을 다잡는다.

2

새 세상

어머니가 해놓은 시래기 밥에 간장 한 숟가락 넣어 쓱싹 비벼 먹은 후 사랑방에 「전설 따라 삼천리」를 듣기 위해 모인 이웃들을 멀리하고 홀로 베개에 머리를 눕혔다. 일단 가출하기로 마음을 먹으니, 오히려 편안했다. 그간 푼푼이 모아놓은 헛간 뒤 음료수병과 폐품을 가지고 염장 시내 신협에 가서 폐품수납 창구에 내다 팔았었다. 이삼 년간 이렇게 해 모아놓은 통장 잔액이 만오천 원은 됐다. 일단 전액을 찾기로 맘을 먹는다. 옷은 두어 벌만 챙겨 가방에 넣는다. 따스한 봄기운이 하루가 다르게 달라지니, 입성 걱정은 크게 할 필요 없었다. 국민학교를 졸업할 때 상급학교 진학을 못 시켜준 미안함 때문인지, 작년 초에 아버지는 가방 하나를 사주었다. 그 가방으로 중학교 입학을 접어야 했다. 당시에 아버지가 그랬다.

"니가 면서기까지 될 게 아니면, 언문이나 깨치면 된다. 그 정도면 생활하는 데 큰 불편 없다. 집에서 집안일 도우면서 낭중에 형편이 피면 그때 중핵교에 보내주마."

그러나 지금까지 형편이 나아지기는커녕 오히려 아버지의 가출로 가세는 점점 더 기울어가고 있었다. 중학교에 다니는 읍내의 또래들을 몇몇 보았다. 걔들은 딴 나라 사람 같았다. 희고 고운 얼굴에 차이나 칼라의 검정 교복. 밤톨 같은 머리 가운데 번쩍번쩍한 황금빛 마크의 모자. 어찌 보면 순사 같고 어찌 보면 군인 같고. 보면 볼수록 겉으로 풍기는 위세에 주눅이 들고 쪼그라들었다. 열심히 돈을 모아 내 손으로라도 반드시 야간 중학교에 입학하겠노라고 몇 번이나 되뇌었다. 그러나 그렇게 녹록하지 않았다. 한두 푼이 드는 것도 아니지만, 당장 땟거리도 걱정하는 형편에 중학교 진학의 꿈은 점점 사그라들고 말았다. 대신 지긋지긋한 가난에서 벗어나 큰돈을 벌어야겠다는 생각만은 더더욱 충만해졌다.

이 가방에 돈을 가득 채워 귀향하겠다고 다짐했다. 그러고 보니 가방 안에 챙길 것이란 게 별로 없었다. 옷가지 몇 개뿐. 신협 통장과 도장, 퉁소, 기록할 작은 수첩 하나와 연필, 삼 년 전 졸업식장에서 찍은 가족사진 한 장과 순덕이 사진, 그게 전부였다. 내일 여명이 올 때 가야겠다고 마음먹는다. 가기 전에 수첩 속 한 장을 북 뜯어낸다. 그래도 어머니에게 편지 한 통은 남겨야겠다는 마지막 효도이다.

어머니 전 상서

그간 아버지께서 집안일을 신경 안 쓰는 데도 늦둥이 범구와 지를 여태까정 키워오신 엄니, 늘 감사허고 미안해유.

모지라지만 맏이 된 도리로서 엄니를 도와 집안일에 최선을 다허긴 했시유. 그런디 형편은 변허지 않대유. 나아지기는커녕 더 쪼그라들었으니께 말이유. 그래서 결단했시유.

집 나가게유. 이제 집을 떠날거유. 가서 돈 많이 벌어서 엄니 색동옷

사드리고, 범구 장난감도 사주고 헐팅께 그때까정 찾지 마시고 건강허게 지내셔유. 지가 어디 안착허면 나중에 기별 넣을게유.

부디 만수무강하시구유.

-불효자 맏이 드림

쓴 편지를 기다랗게 세 번 모로 접고 리본형으로 곱게 모아 부엌 뒤주 위에 올려놓았다. 어머니가 매일 아침밥을 지으시기에 일어나서 볼 수 있으리라. 마지막 하직 편지까지 쓰고 나니, 한결 마음이 편안해졌다. 무거운 발걸음이지만 사푼사푼 발을 내디디리라 맘먹었다.

이튿날, 닭이 횃대에서 아침을 알리는 자명종 소리를 내기도 전, 집 안은 괴괴하고 습한 공기가 마당을 감쌌다. 경구는 한숨도 자지 못했다. 눈만 감았을 뿐, 잠이 오지 않았다. 이리 뒤척, 저리 뒤척 하다가 이른 새벽에 미리 준비해서 헛간에 숨겨놓은 가방을 둘러메고 집을 나섰다. 두렵지만 궁금했다. 앞으로 나의 삶은 어떻게 펼쳐질 것인지. 기대감도 함께 가지며….

닭의 꼬끼오 소리가 울릴 무렵은, 경구가 벌써 염장 읍내 가까이 도달해 시외버스 차부가 오 리쯤 남은 때였다. 발을 재게 놀렸다. 이윽고 차부에 다다랐다. 등, 겨드랑이, 이마가 촉촉하니 땀으로 범벅이었다. 그러나 상큼한 새벽 공기는 새 도전을 하는 경구에게 힘을 주듯 신선하고 상쾌했다. 차부 안에 사람은 한둘이 고작 있을 뿐이었다. 모두 자기처럼 아침 첫차를 타려는 사람들로 보였다. 매표소에서 남자 매표원에게 물었다. 그는 잠이 덜 깬 게슴츠레한 눈으로 머리는 새집에 번들번들 윤기 나는 남자였다. 저런 몰골의 사람이 어떻게 이렇게 좋은 취직자리를 잡았는지 내심 부럽기도 하였다. 그에게 염장에서 가장 멀리 가는 표를 주문했다. 명천(名川)이 가장 멀다고 했다. 거금을 주고 명천행 첫 버스표를 샀다. 십 분 후면 출발이란다.

대합실 문밖을 나가 보았다. 먼발치에서라도 누가 오는 기색이 없나 살펴보기 위해서이다. 만약 있다면 숨거나 도망갈 준비를 단단히 해야 하니까. 새벽빛은 서서히 대합실을 비추지만, 아직 어둠이 완전히 가시지 않은 회색빛 아침에 촉촉한 습기와 적막감이 감돌 뿐이었다. 명천행 버스를 올라타기 직전까지 뒤를 돌아보았다. 어머니, 아니면 순덕이가 혹 보일까 해서이다. 기대와 달리 그들의 모습은 없었다. 이른 아침 차부는 쥐 죽은 듯 정적만 감쌌고, 버스의 머플러에서 나오는 붕붕 소리만 나불대고 있을 뿐이었다.

명천행 버스는 시간을 지켜 출발했다. 습기를 머금은 자욱한 아침 공기로 미루어 '오늘 낮은 화창하겠구나!' 예측했다. 눈시울이 미지근해졌다. 언제 다시 올 수 있으려나 마음이 참참해졌다. 그러나 새로운 세상에 도전한다는 긴장감에 이내 눈물을 오른 소매로 훔치고 의연하고 당당하게 앉았다. 짧게 단발머리를 한 여차장은 이런 경구의 모습을 힐긋 보더니, 이상하다는 듯 애꿎은 표정을 짓고 표를 걷어 갔다.

반듯이 놓인 신작로를 버스는 신나게 질주했다. 지나가는 버드나무 가로수도 새 출발을 하는 경구에게 환영과 찬사의 박수를 보내려 줄지어 서있는 듯했다. '그래, 이제 시작이다.'를 속으로 외치고 외쳤다. 불현듯 지난밤 잠을 설친 탓인지 눈에 추를 단 것처럼 눈꺼풀이 무거웠다. 잠시 눈을 스르륵 붙였다.

우왕좌왕하고 시끄러우며 어수선한 분위기에 선잠에서 퍼뜩 깼다. 출발하고 세 시간이나 지났다. 잠시 붙인 눈이 '이렇게나 오랜 시간을 흘려

보냈구나!' 했다. 다디단 선잠이었다. 여기가 말로만 듣던 명천시(名川市)였다. 참말로 휘황찬란한 별천지였다. 그렇게 멋질 수가 없었다. 신기한 세상 그 자체였다. 세상이 번질번질하고 몽실몽실하며 울툭불툭했다. 한 해 대여섯 번 볼까 말까 하는 고급 승용차며, 대형 버스가 시내 곳곳에 지천으로 즐비했다. 건물은 하늘을 향해 치솟고, 거리는 회색 시멘트로 간결하게 정돈되어있으며, 신작로는 미끈하게 검은 띠를 두르며 도시를 횡단했다. 어디서 나왔는지 사람들은 수도 없이 많아 북적대고 있었다. 사람들의 모습은 모두 환하고 웃음기 가득했으며, 지나가는 아이들도 하나같이 뽀얗고 날씬했다. 자신처럼 회색빛과 황토색이 아니라, 모두 파랑, 빨강, 노랑의 원색 옷을 깔끔하게 차려입었다. 모두 행복해 보였고 여유로웠다. 하늘은 가을 하늘처럼 맑고 청명했다.

경구는 이러한 도시 속의 자신이 왠지 도회지 사람들과 어울리지 않은 이방인처럼 느껴졌다. 급작스레 외로움이 밀려왔다. 아무래도 이들과 나는 별종인 듯한 인상을 받는다.

'아! 난 혼자구나.'

반 시간을 걷다가 잠시 상가 건물 계단에 쉬어가기로 한다. 많은 사람은 문지방이 닳도록 상가를 들락날락했다. 오가는 사람들이 자기를 슬쩍 보며 지나갔지만 크게 괘념치 않았다. 무신경한 그들이 내심 고마울 정도였다. 숨을 '휴우' 하고 몰아 쉬어본다. 그리고 정신을 가다듬었다. 먼저 취직과 묵을 곳을 얼른 찾는 게 급선무다. 어릴 적부터 기계를 좋아하고 분해하는 것이 취미였으니, 기계를 다루는 곳으로 찾아갈까, 네 발 달린 덩치가 사람이나 화물을 실어 나르는 운전을 배울까, 한참 골똘히 생각에 잠겼다. 일단 거리를 걸으면서 지나가는 사람이나 상점 주인들께 묻고 물어 먼저 되는 곳부터 가야겠다고 결심했다.

거리는 빵빵대는 차들의 경적과 바삐 움직이는 사람들의 발소리로 어수선하다. 명천 시외버스 차부를 내려서 느끼지 못한 소음과 혼잡함이 이제야 피부에 스며들었다. 참으로 시끌벅적한 세상이다. 가방을 움켜잡고 길을 나섰다. 다들 바빠 보여 말 붙이기가 쉽지 않았다. 그러다가 한 가롭게 가게 앞을 비질하는 초로의 주인장을 만났다.

"안녕허세유? 뭣 좀 여쭐게유~."

지나가는 열일곱 살의 뜬금없는 물음에 청소하던 주인장은 누구인가 살피며 위아래를 빨리 훑었다. 조쌀한 낯빛에 도회짓물이 흠뻑 든 주인장은

"뭔데?"

그나마 대꾸를 안 해주면 어찌하나 했는데 안도의 한숨을 쉬며,

"혹시 이 근처에 일손 필요한 곳은 읎을까유~? 아무거나 괘안치만 되도록 기계나 자동차와 상관있으면 좋겠는디유."

이야기를 듣고 머뭇거리다가 줄곧 비질을 한두 번 쓸어내며,

"취직자리를 찾는구먼. 나두 사실 뭐 알겠는가? 일손 구하는 사람이 요즘 워체 많아서."

"참! 기계나 자동차 일 얘기했지? 요 밑으로 죽 내려가다 두 번째 골목에서 오른쪽으로 돌면, 화물차 주차장이 있네. 거기 가면 화물차가 꽤 많아. 거기 가서 한 번 물어보게."

경구는 드디어 도회지로 처음 나와 처음 말을 건 사람에게 도움을 받게 된다. 세상이 흉흉해서 해코지하는 예도 다반사라 하는데, 경구의 새 출발은 순탄했다.

"감사해유. 감사해유"

연거푸 감사의 인사를 드리며 고개를 꾸벅였다. 시작부터 좋았다. 마치 취직인 된 양 신이 났다. 화물차 주차장을 향해 줄곧 내달렸다. 도로 위를 달리는 자동차들도 신나게 달려가고 있었다.

3

취 직

운동장 크기의 반만 한 주차장에 도라쿠(트럭)가 석 대 자리 잡고 있었다. 당시에 운전기사는 고급 전문직으로 월급이 꽤 많았고, 막 일어나면서 개발되는 신흥사업으로 운수업은 큰 주목을 받고 있었다. 차 한 대만 있어도 큰 부자였다. 이런 운전기사들은 자기들을 돕는 사람으로 조수를 한 명씩 두었는데, 화물을 싣고 내리거나 짐칸의 여닫이문을 여닫거나 후진할 때 차 뒤 상황을 안내하고 차계부를 작성하는 일을 할 때였다. 명천 시내에도 운전할 수 있는 사람들도 오만이 넘는 인구에서 불과 백 명 남짓이었고, 그 인기는 참으로 대단했다. 통상 조수로 적게는 이삼 년, 많게는 사오 년을 따라다니다가 기사에게 운전기술을 전해 받아 정식 기사가 되는 식이었다.

도라쿠는 시보레 택시보다 좀 더 컸다. 두 대의 도라쿠 안은 텅 비어 있고, 한 대만이 차 안에서 기사 양반이 운전대에 머리를 묻은 채 잠시 쉬고 있었다. 경구는 용기 내어 힘있게 기사 양반에게 물었다. 잿빛 점퍼에 폭넓은 검정 바지를 입고 있었다. 오래되지 않은 것이 바지에 주름까지 반듯이 잡혀있었다.

"기사 아자씨! 안녕허세유."

운전대에 얼굴을 묻었던 기사 양반은 귀찮다는 표정으로 얼굴을 들었

다. 조그마한 시골 촌뜨기, 소년의 당돌한 물음에,

"그려, 뭔 일여?"

경구는 때를 놓치지 않고 기회를 잡았다. 이런 기회가 오면 말하려고 수첩에 적어 놓고 수십 번 반복했던 대화를 이어갔다.

"지는 예서 서너 시간 떨어진 실곡마을에서 왔는디유."

"그런디?"

"취직을 할려고 도회지로 나왔시유. 나이는 열일곱이고, 아주 건강하며, 일도 참말로 잘 혀유. 한 번 시켜보셔유. 절대 게으름피지 않을게유."

기사 양반은 코웃음을 짓더니, 이내 다시 운전대에 얼굴을 묻었다. 그리고 귀찮다는 듯이,

"야, 절루 가. 나 피곤항께."

"아자씨, 도와주셔유. 지 진짜루 일 잘 혀유. 믿어보셔유."

경구는 한 발도 뒤로 물러서지 않는다. 여기서 물러날 사람이 아니었다. 어떻게 가출했는데. 이럴 바에는 가출도 안 했을 것이다. 강단지게 마음을 다지고 재차 기사 양반께 독촉을 했다.

"아자씨 한 번만 믿어보셔유. 진짜 저 일 잘혀유. 말 잘 들을게유."

"알았다. 알았어. 너 일 잘혀. 그러니께 조수로 시켜달란 말 아녀?"

기사 양반의 반응에 경구는 흥이나 크게 답한다.

"예~!"

기사 양반은 얼굴을 운전대에서 떼고 경구의 눈을 보며 말한다.

"난 월급쟁이 기사니께, 권한이 읎어. 차주가 따로 있걸랑. 그니에게 물어봐야 혀. 나도 조수가 마침 읎어서 아쉬운디 차주가 니를 허락할랑가 모르겄다."

차주가 따로 있다는 얘기다. 경구는 주저 없이 대답했다.

"그러면, 차주님을 만나게 해주셔유. 기사님도 조수가 있으면 좋긴 좋

다매유?"

"암만, 두 말허면 잔소리지."

차주를 만나야 할성싶었다. 경구는 잠시도 틈을 주지 않고 이어서,

"차주님을 만날라면 어치케 해야 헌대유~?"

성가신 일이 생겼다는 듯, 기사는 짜증이 넘어 부아가 치미는 듯한 목소리로,

"이따 세 시쯤에 여기 올팅께, 그때 만나보던지 말던지."

"감사해유. 감사해유. 기둘릴게유. 쉬시는 데 지송혀유. 푹 쉬셔요. 전 요 앞에 돌 위에 앉아 기둘릴게유."

안도의 숨이 쉬어진다. 한고비를 넘어섰다. 무조건 차주가 오면 바짓가랑이 잡고 늘어지자. 그게 내가 살 길이다. 강짜를 쓰든, 통 사정을 하든, 울고불고 난리를 피든, 사단을 내야겠다고 경구는 마음먹었다.

경구는 주차장 모서리에 놓인 돌 위에 철썩 주저앉았다. 너럭바위였는데, 세차하고 난 걸레를 말리는 곳이었다. 곁에는 걸레 조각이 널브러져 있었다. 살며시 걸레를 한편으로 치우고 자리를 잡았다. 세 시쯤 오신다니, 한 시간여 여유가 있다.

가만히 지금까지의 일과를 돌이켜본다. 하루 반나절이 지났는데도 한참을 지난 것처럼 멀거니 보낸 시간이었다. 기대 반 설렘 반으로 내달린 족적들. 지금쯤 집에서는 난리가 났을 것이다. 어머니는 작은아버지를 불러 이 사태를 알렸을 터이고, 이곳저곳 찾아 헤맸을 것이다. 어쩌면 느티나무집 순덕이도 알았을까 모르겠다. 선한 눈망울의 범구도 보고 싶다. 먹을 거 줄 때만 헤죽헤죽 웃었지만, 자신에게 둘도 없는 형제다. 그놈이 그래도 나중에 여생을 함께할 유일한 피붙이가 아닌가. 순덕이는 미리 암시를 주었기에 그리 놀라지 않을 듯했다. 언젠가 있을 일이

앞당긴 것으로 치부했을 것이다. 순덕이와 마지막을 지낸 저녁을 되새기며, 가방 아래에 넣어둔 통소를 꺼냈다. 시간도 있겠다 통소나 한 자락 풀어낼 헤아림이었다.

비리비리리~ 비비리비리~
비리비리릭 비비리비릭

도회지 한가운데서 부는 통소 소리였으나, 차 소리, 사람 소리, 발걸음 소리에 묻혀 그 소리가 크지는 않았다. 그냥 주차장 주변을 아주 가늘고 작게 소용돌이치며 휘감아 돌 뿐이었다.

비리리 비리비리릭
비리비리릭 비비비비릭

어머니의 얼굴도 스치고, 순덕이의 짧은 머리도 거치고, 넙죽대며 방긋 웃는 범구의 입도 지나가고, 여물을 느리적느리적 먹는 누렁이의 입놀림도 흐르고. 주차장 가에 심어있는 은행나무 이파리는 통소 가락에 살랑거리며 박자를 흔들어 주었다. 도라쿠 운전대에 얼굴을 묻었던 기사도 잠깐 이게 웬 소리인가 주위를 살피더니, 내 쪽에서 나는 것을 확인하고 이내 다시 원위치 한다.

시나브로 시간이 흘러 차주가 오기로 한 시간이 되었다. 차주는 세 시가 한참 지나고 나서야 나타났다. 덥수룩한 머리털에 얼굴은 크고 너벳벳하며 강동하게 차려입은 바지에 둘되게 생긴 윗옷을 입고 맷맷한 품이 도회지가 토박이인 듯한 인상이었다. 십여 분 동안 기사와 이런저런 이야기를 긴하게 나누었다. 그리고 이야기가 마칠 때쯤 기사의 머릿짓이 경구 쪽을 향했고, 차주도 그에 따라 눈길을 주었다. 경구는 반사적으로 머리를 숙여 정중하고 느릿하게 예의를 갖춰 인사했다. 그리고 그때를 놓치지 않고 차주 앞으로 다가갔다.

"안녕허세유? 지는 안남군 실곡마을에서 온 열일곱 김경구이에유. 나이는 어리지만 뭐든 잘해유. 시켜만 주셔봐유."

혹시나 들어주지 않을까 마음이 급한 경구는 잠시 숨을 고르고 나서는,

"참말이에유. 고향서두 꼴 베기 1등, 나무 짐지기 1등 했구유, 동네 큰 장정이나 성님들과도 힘이나 계략에서 결코 뒤진 적이 없시유. 지는 밥만 멕여주면 되유. 대신 지가 알아서 기술은 배울팅께유."

차주는 당돌한 시골 소년의 출현에 애써 헛웃음을 지으며 물었다.

"집을 나온 거니? 부모님은 알고 계시고?"

어딘지 모르게 교양이 느껴지면서 저음이며 묵직한 음색이 듣는이를 주눅 들게 했다. 신사다운 도회지 냄새가 물씬 풍기는 목소리였다.

가출한 경구는 당혹스러움에 순간 멈칫했으나 태연하게 말했다.

"그럼유. 당연지사로 허락받고 나온 거유. 출세혀서 오라고 했시유. 부모님이."

"그래? 알았다. 그건 내가 나중에 알아보면 될 터이고."

"밥만 먹여주면 된다고? 일이 고될 수도 있는데, 참아낼 수 있겠어? 그렇지 않아도 운전사 조수를 하나 둘까 고민 중이었는데. 박 기사가 고생이 많아서."

그러면서 운전기사를 슬쩍 쳐다봤다. 운전기사는 못 들은 척하면서 딴 곳을 쳐다본다. 기사의 입꼬리가 은근슬쩍 들렸다.

"예. 진짜루 열심히 헐게유. 한 번 시켜만 혀봐유. 성실히 일헐 테니께유."

차주는 찰나지만 눈을 감고 골똘히 생각에 잠겼다. 그리고 결심한 듯 말을 내뱉었다.

"좋다. 그럼 모레부터 일 나와라. 내일까지 짐 정리 잘하고, 조수가 할 일을 여기 박 기사님에게 배운 다음 모레부터 기사님 옆에서 조수로 따라다녀라."

"그리고 잘 곳은 정했니? 없으면 우리 집 허술한 곳이 한 군데 있다마는 광으로 쓰던 곳인데 좀 고쳐서 써야 할 거야."

합격이다. 취직된 것이다. 날 듯이 기뻤다. 벌써 성공한 것처럼 들떴다. 앞으로 밤낮없이 자신에게 돌아온 시련을 생각할 겨를도 없었다. 경구는 차주와 운전기사를 향해 물먹은 눈빛으로,

"감사헙니다. 감사헙니다. 참말루 진짜루 열심히 헐게유."

"그리구 묵을 곳까정 사장님이 혀주신다니, 감지덕지, 감개무량입니다유. 허술하면 어때유. 비 가리고 바람만 잡으면 잠은 잘 자유. 진짜루 다시 한 번 감사드려유."

연신 인사를 하고 또 하고 또 했다. 너무너무 신나고 행복한 하루 아닌가. 새 세상에서의 새 출발. 이제 그 토대를 닦고 안착할 곳을 찾았으니, 거의 반은 성공한 셈이 아닌가?

뒷수쇄를 마무리하고 따라오라는 사장님의 꽁무니를 줄레줄레 좇았다. 사장님 댁은 화물주차장에서 그리 멀지 않은 언덕에 자리 잡고 있었다. 실곡마을 매안산 양지뜸처럼 햇빛이 잘 들고 동쪽으로 방향을 잡은 슬라브식 이층집이었다. 지은 지 얼마 안 된 듯하게 말끔한 것이 석회분 냄새가 앞에서 진동하고, 외벽은 대리석 모양의 타일들이 바둑판처럼 횡과 열을 맞춰 부착되어있었다. 시옷 자 모양의 처마는 창공을 향해 날아오르려는 화살촉처럼 빼주룩하고 날렵했다. 언덕진 마당에는 어느 유

명한 서양화에서 본 듯하게 양잔디가 대여섯 평 깔려있었고, 그 가장자리에 목련, 진달래, 개나리, 수선화, 국화 등이 철에 맞춰 자리를 잡았으며, 듬성듬성 감나무, 사과나무, 대추나무도 한 그루씩 과실나무의 자태를 뽐내고 있었다. 그래도 마당의 주연은 단연 서너 번 굴곡진 어른 키 서너 배의 금송 한 그루와 달구지 그리고 그 밑에 놓인 갈색 화강암이었다. 경구는 자신이 어느 그림 속에 입장한 동화 속 주인공으로 착각할 정도였다. 실곡마을에서는 운송 수단으로서 보잘것없던 달구지가 여기에서는 잔디밭 위의 마당에 위풍당당 터를 잡고 있음에 덴겁했다.

'와우! 이게 집여? 이게 말로만 듣던 고래 등 같은 집인개벼.'

그 집 반지하에 창고처럼 쓰던 장소가 있는데, 각종 가재도구나 건축 자재들이 널려있고, 시래기나 쌀가마니도 있었으며, 천장에는 오십 촉짜리 전구 하나만 덩그러니 매달려 어둠을 물리치고 있었다. 하루 끼니마다 걱정했었던 경구 눈에 널려있는 시래기와 쌓아있는 쌀가마니는 보는 것 자체만으로도 배부르고 든든했다. 실내 공기는 물기를 잔뜩 집어먹고 있으며, 바닥의 여기저기서는 쥐똥들이 몇 알 흩어져 있었다. 낮 기온이 십 오륙 도를 오르내리는 즈음이었지만, 이곳은 을씨년스러운 분위기 탓인지 오륙도는 더 내려간 것처럼 느껴지며 몸서리쳤다.

내주겠다고 장담을 했지만, 어설프고 황량한 창고 분위기에 내심 미안한 마음으로 사장은 어렵게 입을 뗀다.

"좀 그렇지? 괜찮겠어?"

경구는 무슨 생각인지 곰곰이 서있었다. 그저 놀랍고 신기한 반지하 곳간 모습에 넋이 빠진 것처럼.

“어려우면 얘기해. 불편하겠지만, 내가 베니어합판을 좀 구해 줄 테니, 구석 쪽으로 바닥부터 깔고 벽을 만들어서 방처럼 한번 만들어 봐. 화장실은 집 밖에 있는 곳을 사용하고. 침구도 좋은 건 아니겠지만 집사람한테 얘기해 남는 거 한 채 정도 갖다 줄 테니, 임시로 쓰다가 여유가 생기면 좋은 거로 하나 사주마. 그리고 씻는 건 마당 수돗가에서 세숫대야 있으니, 그걸 쓰도록 하고.”

“고맙구만유, 고맙구만유. 이 정도면 지한티는 호텔이유. 예. 합판만 구해 주시면 지가 한번 제 둥지를 맨들어 볼게유.”

어머니와 범구 셋이 썼던 좁디좁은 실곡마을 집보다 크기도 넓고 천장이 좀 높아서 그렇지 독방을 쓰게 되었으니, 이만하면 웬만한 여인숙 부럽지 않았다. 여인숙이란 것도 가보지 않고 말로만 들었지만, 이보다 가재도구나 가전제품만 더 있겠지, 별것 있겠는가. 땅광이라 채광이 덜 되지만 어차피 낮에는 일 나가고 밤에 들어와 잠만 잘 곳이니 문제가 되지 않았다. 건물 뒤엔 실골목이 좁다랗게 있고 빈터에 툇마루가 있어, 쉬는 날 낮잠 자기에는 그만일 것 같았다.

반지하에 경구만 남긴 채 사장은 위층으로 올라갔다. 경구는 가방을 어깨에서 내렸다. 온종일이 어깨와 씨름하며 지내 온 가방이 철썩 바닥에 주저앉았다.

‘이곳이 내 새 인생을 펼칠 곳이여. 이제 시작이다. 어떠헌 고생도 다 참아내고 이겨낼 겨. 그리고 꼭 성공혀서 귀향허리라.’

두 주먹을 굳게 쥐고 미간에 힘을 잔뜩 준 채, 다짐하고 다잡고 재다짐을 했다.

저녁 무렵 위층 사장님이 찾았다. 와서 사장님 가족들과 첫인사하고 새 식구가 들어왔으니, 식사나 한 끼 함께하자고. 부리나케 수돗가에서 고양이 세수를 하고 위층 거실로 들었다. 고개를 깊숙하게 숙여 인사를 하고 자기소개를 간단히 치렀다. 사장님도 가족 소개를 간략하게 해주었다.

안은 부엌이 거실과 연결되고 모든 방이 맨발로 다니도록 이어져 있었다. 주방이라는 곳에 들어가니, 큰 교자상을 펼쳐놓은 곳에 온갖 음식들이 차려져 있고, 자신과 또래인 듯한 청년과 주방을 바지런히 움직이는 사장 부인이 보였다. 그리고 그 옆에서 일을 돕는 한 어린 처녀가 보였는데, 행색으로 보아선 식모 같았다. 스치며 일을 했기에 잠시 잠깐 뒷모습만 눈에 들어왔지, 얼굴은 고사하고 몸 형태가 작고 갸름한 몸매구나 하는 정도만 느꼈다. 청년은 사장의 둘째 아들이며 거위영장의 체구로, 귀티가 자르르 흐르는 것이 시내 고등학교에 다닌다는데 말수가 적고 얌전해 보였다. 대뜸 고향에 있었던 남자친구 칠성이가 생각났다. 첫째 아들은 서울 H 대학에 다니는데 1학년이란다. 학기 중이라 서울에서 하숙하고 있다는 것이다. 사장 부인은 짧은 단발머리 형이지만 꼬불꼬불한 머릿결이 저게 도회지 사람들이 많이 한다는 파마란 것이구나 했다. 오십 대 중후반쯤 보이며 통통한 몸매에 고운 피부를 가졌다. 눈은 얼굴의 삼분지 일을 차지할 정도로 크고 코 또한 오뚝하며 입술은 살구처럼 오종종했다.

별다른 반찬 없이 밥만이라도 맘껏 먹고 싶었던 고향의 삶이 다시 생각났다. '어제의 나와 지금의 나의 차이는 정말 엄청나구나!' 했다. 흰 쌀밥이 고봉밥으로 올라와 있고, 반찬은 대여섯 가지가 놓여있다. 나물이며 김치, 한가운데 된장찌개. 사장 부인은 '먹을 게 없지만, 많이 들라.' 라는 격려를 해주었지만, 밥만 보아도 먹을 게 너무 많았다. 갑자기 버려두고 온 동생 범구와 어머니의 얼굴이 그려졌지만, 이내 지워버리고 말았다.

게 눈 감추듯 먹었다. 그러고 보니, 오늘 제대로 끼니를 채운 적이 없는 하루였다. 바쁘게 돌아간 하루. 시장할 겨를도 없었다. 음식은 점점 줄어들지만 위가 부풀어 오르지는 않았다. 걸신이 든 것처럼 와그작와그작 먹어 치웠다. 이러한 내 모습에 사장의 둘째 아들과 사장님 내외는 멀거니 지켜볼 뿐이었다. 그나마 대학에 다녀 서울에 있다는 큰아들이 없으니, 다행이었다. 차분하지 못하고 음식 탐욕에 눈 돌아가는 자신의 모습을 부끄럽지만, 허식의 껍질을 벗고 모두를 보였다. 불과 십 분이 채 되지 않았다. 자신의 분량을 다 해결한 경구는 수저를 놓아야 할 상황이었다. 그러나 이때 아쉬워하는 경구의 눈치를 퍼뜩 알아차린 사장 부인은 '밥 더 있으니, 한 술 더 줄까?'라는 말에, 일각의 지체 없이 '예. 고마울 뿐이쥬.' 하고 덥석 밥그릇을 움켜쥔다. 폭풍 같은 흡입. 날숨 없이 음식 삽입을 추가한 후 비로소 배가 불러오기 시작했다. 밥 두 공기에 반찬 대부분을 독식한 듯했다. 죄송하지만, 식욕이라는 본능에 충실하게 행동했다. 이를 본 사장은 밥 잘 먹는 장정이면 일 또한 잘할 것이리라는 믿음 때문이지 흐뭇한 모습으로,

"몹시 시장했던 게로구먼. 진작에 알았으면 더 많이 차려줄걸."

"아녀유. 지가 지금 말두 못허게 시장혀서 염치 불고허고 막 먹었슈. 죄송허고 감사해유. 이만하면 됐시유."

이제야 정신없이 먹었던 자신의 행동에 체면치레로 말본새를 잡았다.

경구는 더는 사장댁 주방에 있기가 어색했다. 사장 가족들은 지금도 천천히 밥 한술에 반찬 한 젓가락 집어 천하태평 느긋느긋 세월아 네월

아 하면서 식사 중이었다. 이러지도 저러지도 못하고 멋쩍게 자리 잡은 경구를 향해,

"밥 다 먹었으면 내려가게나."

"참! 베니어합판은 내일 오전 중으로 내 갖다 놓음 새."

사장은 밥 한술을 떠먹고 이어서,

"오늘은 내려가면서 거실문 앞에 둔 이불을 가져가고, 지하실 안 북편으로 보면 보루바꾸가 몇 개 있을 거야. 우선 급한 대로 그거라도 깔고 준 이불로 덮어서 자게. 내일 합판 오면 제대로 설치해 자고."

"예. 그럴게유. 그럼 전 내려갑니다. 밥 잘 먹었시유. 앞으로 잘 부탁드려유. 신세 많았시유"

거실문 앞의 이부자리 한 채를 들고 반지하 땅광으로 내려왔다. 사장 부인이 준 이부자리는 양 귀가 해지기는 했지만, 연푸른빛 잔잔한 물결무늬로 깨끗하게 세탁되어 있고 상큼한 향기까지 났다. 이 정도면 오뉴월 날씨에 덮고 자기에는 충분했다. 창문은 바둑판 반쪽 크기로 양쪽에 나있는데, 남쪽 창을 중심으로 거처를 만들어야겠다는 설계를 했다. 사장이 말한 대로 북편 모퉁이에 보루바꾸 여러 개가 접혀있었다. 아마 무엇을 담아갈 때 쓰고자 갖다놓은 것처럼 보였다. 여섯 개를 꺼내 남쪽 창가 벽 밑으로 나란히 깔았다. 두 평 남짓 크기의 방바닥이 생겼다. 임시로 놓았던 가방에서 막 입을 옷으로 가져온 편의복으로 갈아입었다. 그리고 가방을 베개 삼아 천장을 향해 누웠다. 오십 촉짜리 전구이지만 밤이 깊어갈수록 그 광채는 찬란했다.

힘 풀린 멍청한 눈으로 하얀 전등알을 쳐다보았다. 고향의 매안산에서 지는 해의 빛깔이 이와 같았을까? 느닷없이 꼴만 좋아했던 꼴 보기 싫은 누렁이마저 그리워진다. 그토록 싫어져 박차고 나왔건만 왜 그리 그

것들이 돌이켜지는지 모를 양이었다. 그리고 순덕이 누구보다 보고 싶어진다. 지금 내 모습을 순덕이가 보면 뭐라고 할까 의구심이 생긴다. '잘혔다, 경구야. 시방부터 시작잉께 정신 바짝 채리고 살어. 이잉~.'이라고 말해줄 것 같았다. 통소를 꺼내 불까 생각을 했다. 순덕이에게 엊저녁 불러준 그 가락을 다시 한 번 불어볼 심산이었다. 그러나 이내 그 생각을 접는다. 야밤에 퉁소 불면 뱀 나온다고 옛날부터 말이 있을 뿐만 아니라 새로운 사장님의 가족이 싫어하여 심기를 불편하게 하고 싶지 않았다. 어찌하였거나 사장님 덕분에 취직도 하고 임시라도 거처를 정했으니, 참으로 은인이 아닌가. 배은망덕한 행위라고 판단하고 다시 퉁소를 가방에 쑤셔넣었다.

조용히 수첩 사이에 있는 순덕이 사진을 본다. 해맑게 웃고 있다. 국민학교 졸업식 날 작은아버지가 사진관에서 빌려온 카메라로 찍어준 사진이다. 순덕이는 뭐가 그리 신났는지 입이 양은그릇 모양으로 둥그렇게 펴져있다. 졸업은 또 다른 시작인 것을 그때는 몰랐다. 그냥 끝인 줄만 알았다. 그러나 이제야 느끼는 졸업은 과정 중 하나일 뿐 그 의미가 있는 건 아니었다. 언제나 끝은 시작이 있기에 있듯이 시작 또한 끝을 기약하며 도전하는 것이 아닐까. 시작이 반이고 끝도 시작이었다.

대근한 근육통과 안도감 그리고 긴장감이 복잡하게 얽히면서 피로가 어둠과 함께 몰려왔다. 조용히 눈을 감고 잠을 청했다. 그리고 하염없이 그침 없이 침잠의 나락으로 떨어지고 떨어졌다.

4

출발

지난날의 피곤과 긴장감의 해소 탓인지 아침 해가 거의 중천에 오를 때까지 잤다. 참으로 곤하게 잠들었었다. 반지하 창문에 한 평 정도의 햇빛이 침범했고, 그 덕에 지하 방은 훤했다. 부랴부랴 이부자리를 걷어내고, 가로 두 번 세로 두 번 접어 벽 밑에 찬찬하게 내려놓았다. 대략 아침 9시 무렵처럼 보였다. 반지하 방을 나와 마당의 수돗가로 향했다. '푸푸' 거칠게 세수를 하고, 목덜미와 손등도 박박 문질렀다. 어머니는 늘 목 뒤와 손등을 빡빡 문지르라고 주문해서 이게 습관적으로 닦는 버릇이 되었다. 세수 후 하늘을 향해 눈을 세웠다. 어제만큼 맑지는 않았고 흰 구름도 없었다. 오늘은 잿빛 구름이 뭉텅이로 길게 늘어져 있었고, 그 구름 사이사이를 햇빛이 비집고 들어오는 모습이었다.

세수 후 어제 입었던 외출복으로 정갈하게 차려입고 위층 사장댁으로 올라갔다. 차주 사장님은 벌써 어디론가 출타 중이시고 사모님께서 왈, 아침 10시까지 화물주차장으로 가보라고 했다는 사장님의 말씀을 전한다. 거기서 박 기사님을 만나 조수 노릇에 대한 일을 오늘 중에 대략 배우라는 것이었다. 거실 벽에 있는 뻐꾸기시계를 보았다. 9시 40분. 지금 나가면 여유롭게 갈 수 있는 시간이었다. 그리하겠다는 대답을 짓고, 집 밖으로 나섰다.

어제 처음 올랐던 언덕길을 오늘은 내려가면서 차근차근 뜯어보니, 곳곳이 장삿집이었다. 겉으로 보아서는 상점처럼 보이지 않으나, 대문이나 그 앞에 조그마한 세움 간판, 종이쪽지 등을 내어 걸고, 옷 수선, 백반 식당, 구멍가게 등을 하고 있었다. 구멍가게를 그냥 지나칠 수 없었다. 주머니의 지갑을 꺼냈다. 아직 만 원가량은 남았다. 우선 기거하며 급한 것부터 사야겠다고 생각해 조그만 함석 세움 간판을 단 구멍가게에 들어갔다. 주위를 빙 둘러보다 양말과 양초가 눈에 들어왔다. 우선 발로 뛰는 직업이니, 신발과 양말은 쉬 닳을 터인데, 신발은 좀 여유가 생기면 사고, 양말이라도 여유로 몇 켤레 있어야 마음이 놓일 수 있었다. 전력 수급이 무난하지 않아 전등불이 언제든지 또 나갈 수 있기에 그 대비책으로 양초도 구매했다. 값을 치르고 두 가지를 윗옷 속주머니에 쟁여놓았다.

화물주차장에 어느 순간 도착했다. 한 십 분 거리였다. 오면서 구멍가게에서 지체하지만 않았다면 빠른 걸음으로 오 분이면 충분한 거리였다. 박 기사님은 없었다. 오는 중인가 보았다. 하기야 지금 9시 50분 무렵이니 도착하지 않음이 오히려 당연한 일이었다.

10시를 2분가량 지나서 박 기사는 도착했다. 진한 청색 선글라스를 끼고, 한 손에는 담배가 쥐어져 있다. 선글라스 테는 금광으로 번쩍번쩍했고, 알은 달걀 모양의 둥그런 타원형이었다. 와이셔츠 왼쪽 위 끝 주머니에는 당시에 젊은 청년들이 많이 피우는 거북선 담배 한 갑이 들어 있다. 국민학교 졸업하고 학교 뒷간에서 칠성이를 비롯한 몇몇이 졸업 기념으로 담배 한 대씩 피워본 적이 있다. 금빛의 포장을 한 청자는 100원이었지만 담배 맛이 쓰고 혀가 아렸지만, 그보다 100원 더 비싼 거북선은 당시 청년들이 많이 피우는 게 유행이라면서 어느 놈이 구해와 같이 피워봤었다. 당시 좀 돈 있는 어른들은 최규하 국무총리가 피운다고 해서 유명한 한산도를 피웠고, 시골에서 농군들이나 도시 건설 노동자들은 필터가 없지만 저렴했던 새마을을 대개가 피웠었다. 그날 피우면서 목이 따끔거리고 아파 기침을 얼마나 하고 심지어 구역질이 나올 뻔하였다. 그 이후로 담배 자체가 역겹고 싫어, 달갑지 않고 피했던 담배를 오랜만에 박 기사 왼쪽 주머니에서 본 것이었다.

다시 한 번 그의 얼굴을 자세히 보았다. 이 사람에게 기술을 전해 받으려면 이 사람의 외양뿐만 아니라 정신세계까지 모든 것을 알아야 할 것 같았다. 머리는 더벅머리에 말라깽이로, 병어 주둥이처럼 입은 작았고, 귀는 짝짝이로 오목눈을 가진 사람이었다. 이러한 외모 탓인지 갈가위처럼 제 속만 차릴 것 같고 성질이 꼬부장해 보였다. 인상에 호감정을 가져야 존경심이 생기며 기술을 쉽게 터득할 텐데, 일단 겉모양으로부터 풍기는 분위기가 썩 좋은 것은 아니었다. 그러나 어쩌겠는가? 아쉬운 사람이 우물 판다고, 이 사람을 신처럼 떠받들며 운전에 대한 모든 것을 익혀가야 할 팔자였다.

“기사님, 안녕허세유~. 어제는 덕분에 취직도 허고 참말루 감사혔그먼유.”

경구는 다시 한 번 감사의 마음을 진심으로 담아 전했다. 박 기사도 자기 덕에 취직해서 고맙다는 치사를 들으니 좋고, 자기 또한 조수가 생겨 일거리가 많이 줄게 되었으니 나쁘지 않았다.

“그려. 잘 되얐어. 니두 좋고 나도 좋고, 꿩 먹고 알 먹고.”

박 기사도 싫지 않은 표정을 지으며 경구를 맞이하였다. 그러면서 자신을 신처럼 모셔주기를 기대하는 마음에서 강짜를 놓는다.

“잘 모셔라. 니 나 잘못 모셨다가는 하루아침에 짤라버릴팅께. 알아들

겠냐?"

첫날부터 기선을 잡고자 박 기사는 만반의 준비를 한 듯했다. 다른 기사들에게 조수를 초짜에 휘어잡지 못하면 내내 고생한다는 말을 심심치 않게 들어왔기 때문이다. 일단 기를 팍 죽여놓으라고 단단히 선배 기사들은 일렀었다. 기를 죽이는 언사에 바짝 풀이 죽어 똥그란 눈알로 겁먹은 사슴 마냥 서 있는 촌뜨기 소년의 모양에 피식 코웃음이 일었다.

'짜식 쫄기는….'

곧이어 바짝 긴장한 목소리로 경구는 대답한다.

"어느 안전이라고 지가 기사님을 못 모시겄시유. 지는 기사님이 죽으라면 죽고 살라면 사는 시늉까정 낼텡께 맘대로 지를 부리셔유. 열심히 기사님 도와드릴게유."

박 기사는 흡족한 마음이 내장까지 끓어오른다. 자신도 이제 신세가 큰 대자로 펴지는 마음이었다. 시험 삼아 첫 번째 일을 시켜본다.

"야! 너 요 앞 연쇄점에서 박카스 한 병 사 와. 돈은 옜다."

기사를 위해 최선을 다하는 모습을 보여 줄 헤아림에, 경구는 헐레벌떡 뜀박질로 연쇄점을 향했다. 시골 구멍가게만 보던 경구는 그 규모에 놀라 자빠질 정도였다. 그러나 여기서 망설이고 시간을 보낼 여유가 없었다. 첫 심부름을 시원찮게 했다가는 일하는 내내 곤욕을 치를 테니. 말로만 듣던 박카스 한 병을 냉큼 사 들고 기사를 향해 뛰었다. 도회지 사람들은 요렇게 생긴 것을 음료수로 먹는가 보는구나. 1961년부터 출시한 박카스는 각종 광고를 비롯해 입에서 입으로 구연산의 특별한 신맛과 단맛 때문에 당시에 선풍적인 인기를 끌고 있었다.

숨을 헐떡이며 화물주차장에 도착한 경구는 기사에게 잔돈과 박카스 한 병을 내민다.

"여기 있구먼유. 잔돈도 같이."

박 기사는 첫 임무 완수에 만족하는 눈빛으로

"그려. 잔돈은 됐구."

'오호라! 이제 웬 횡재인가?' 경구는 첫 일에서 잔 푼돈이지만 돈을 벌었다. 아침부터 신바람이 났다.

"예, 감사해유."

음료수를 두 번에 끊어 먹고 게트림을 '꺼억' 한 후에 기사는,

"내가 오늘 오전엔 좀 한가혀서 이런저런 말을 헐팅께 잘 줏어듣고 까먹거나 잃어번지지 말어. 알긌냐?"

"아무렴유."

엊저녁 자기 전에 미리 주머니에 넣어두었던 수첩과 연필을 꺼내 들고 기사의 말 한마디나 숨소리까지 낱낱이 적어놓으리라 다짐하며 준비를 한다.

"이 도라쿠는 5돈짜리로, 1돈은 천 키로그람을 말혀. 그람 알지? 그러니께 짐을 오천 키로그람을 싣는다는 거지. 먼저 도라쿠 각 명칭을 알려줄 것잉께 잘 적어놓고 외워둬."

도라쿠의 앞 엔진룸 덮개를 열어젖히고,

"앞 대가리를 '캡'이라고도 하고, 그냥 '앞 대가리'라고도 혀. 그 뒤 짐 싣는 곳을 '데꾸' 또는 '적재함'이라고 허고. 그 밑을 괴받치고 있는 쇠틀을 '샤시'라 하지."

경구는 수첩에 도라쿠 그림을 대충 그려놓고, 그 위에 부지런히 표시하며 적어놓는다. 처음 들어본 말이 모두 일본어나 영어라 낯선 감이 들고 어렵다.

기사는 날렵하게 앞바퀴를 밟고 올라서며, 경구도 따라 올라오라고 손짓을 한다. 경구도 따라 올라가 보닛 안을 쳐다본다.

"이 뚜껑을 '본네트'라 허고, 엔진을 보호허는 덮개여. 여기 이 부위가

엔진 시동을 걸 때 쓰는 '세루 모다', 이거는 '후앙'이라 해서 엔진의 과열을 방지허는 장치지."

박 기사는 침을 한 번 꿀꺽하더니, 이어서

"앞바퀴를 덮는 이 철판을 '후렌다'라 허고, 이렇게 엔진 가석에서 잠바처럼 덮어있는 이것을 '잠바카바'라고 혀."

쉴 새 없이 적고 또 적었다. 뭔 말이 뭔 말인지 잘 모르겠지만, 우선 적어놓고 본다. 박 기사는 무슨 말을 그리 빨리 내뱉는지…. 경구는 천천히 좀 말해달라 부탁할까 하다가 첫날부터 지청구 먹을 것 같아 그냥 참는다.

다음은 박 기사가 앞바퀴를 내려오면서, 허리를 숙여 아랫부분을 가리켰다.

"이건 스쁘링의 탄력을 조절허는 '쇼바'라 허는데, 차가 찌우뚱헐 때 잘 균형 잡을라고 허는 거고, 이거 이거 긴 거 보이지? 이게 차 방향 틀 때 쓰는 '데후'라고 허는겨. 요놈이 차가 욜로 가고 졸로 가도록 방향을 잡아주지"

운전석 앞 거울은 가리키며,

"이건 알지? '빽미러'"

"이 도라쿠는 4개 발통이 한 몸으로 굴러가며 보조적으로 속도를 변허게 허는 게 있는디, 그게 '화케스'라는 겨. 그리고 이건 기아인 '오무기아'. 자동차 맨 꽁뎅이 배기 깨스 나오는 디를 '마후라'라 하는디 이게 오래돼 구멍 나면 방방 하고 소리가 크게 나지. 가끔 시내에서 그런 차 소리를 들을 때가 있을 겨. 그라고 도라쿠 하부 전체를 통털어 보통 '씨다바리'라 혀."

허겁지겁 적고 또 적었다. 경구의 이마에는 땀이 송골송골 맺힌다. 정신을 올바로 차리려고 무던히도 노력한 흔적이다. 곧이어 박 기사는 차 문을 활짝 열고 그 안으로 풀쩍 뛰어 들어간다. 경구도 따라 들어간다.

"운전석과 조수석 앞에 있는 여기를 '다시방'이라 허지. 여기에 이것저것 놓기도 허고."

"자! 오늘은 이 정도만 허자. 어뗘? 별거 아녀. 금방 알겄제?"

경구는 이제야 숨을 한 번 돌렸다. 박 기사가 하도 빨리 이야기를 해서 적는다고 적기는 했으나 혹 빠지지 않은 것은 없나 수첩을 훑어봤다. 깔겨 쓴 글씨가 자신의 글씨체이면서 잘 식별되지 않는다. 그러거나 저러거나 오늘 밤 취침 전에 달달달 외워야겠다고 마음을 먹었다.

벌써 시간이 정오를 가리켰다. 실곡마을에서 하루가 갈 때는 그렇게 뉘엿뉘엿 느리게만 가더니, 명천 도회지에서 반나절은 정말 폭포수처럼 재빨리 떨어지며 번개처럼 흘렀다. 같은 시간인데 이렇게 상황에 따라 달리 느껴지는 게 몸 전체로 느껴졌다.

박 기사는 차 안에서 다시방을 손바닥으로 딱딱 치켜,

"내일 아침 7시부터 나와, 앞 유리하고 빽미러부터 깨깟허게 닦아놓고, 다시방도 걸레질로 말끔히 해놔. 발판도 밖에서 탁탁 털어놓고. 그리고 이따가 시동 키는 것두 알려줄팅께 내가 8시에 출근허기 5분 전에 시동 걸어놓고."

경구는 고개를 끄덕하며 그리하겠다는 긍정의 표시를 하고, 내심 '내일부터는 진짜 정신없이 새 일터에서 새 출발을 하는구나.' 하는 생각을 했다. 잠깐 숨을 돌린 박 기사는 배를 오른손바닥으로 슬금슬금 쓸어내며,

"점심이나 먹으러 가자. 첫날이니께 맛있는 거 사주마. 시장통으로 짜

장면 한 그릇 먹으러 가자. 나 따라오니라."

경구는 지금까지 살아오면서 외식이란 걸 해본 적이 그야말로 손에 꼽을 정도였다. 삼촌이 젊을 때 친구들과 놀다가 시내 한가운데에서 우연히 만나 닭고기 국물맛 라면 한 그릇을 사준 적이 있고, 아버지가 큰일 맡아 돈을 벌게 되었다고 장날 국수 한 사발을 열 살 무렵에 얻어먹은 적 있으며, 최근에는 국민학교 졸업식 후 염장 시내 중국집에서 짜장면 먹은 것이 전부였다. 돈 있으면 어떻게든지 수중으로 감싸면 감싸지 밖으로 나가지 못하도록 꽁꽁 동여매었던 시기였기도 해서지만, 없는 살림에 귀한 돈을 하늘처럼 대했던 때였다. 집에서 먹던 그 흔하고 싫증 났던 밥을 벗어나 가느다란 흰 면발이 입안에서 흐물흐물 뛰놀 때 그 감촉은 혀를 미치도록 했었다.

1960년대 초 삼양식품에서 일본이 개발한 라면을 본 삼아 기름에 튀겨 말린 국수에 '스프'라는 가루 양념을 따로 넣어 간단히 먹는 라면은 신기한 것은 둘째이고, 그 맛 자체가 신기루였다. 15원에서 20원 정도의 경비로 한 끼를 짧은 시간에 간편히 해결하는 것은 음식문화에서 일대 혁명이었다. 최근에는 롯데 산업 계열의 농심라면이 새로 출현하면서 라면 업체 간 경쟁 때문에 라면 대중화에 새바람까지 일어나는 추세였다. 당시 텔레비전 광고에서 "형님 먼저, 아우 먼저"라는 광고 대사는 많은 사람의 입에 오르내릴 정도였다.

중국집은 또 어떤가. 개항 후 인천항을 통해 들어온 화교들의 짜장면이 한국 입맛에 맞게 개조되면서 시꺼멓지만 달고 맛난 음식으로 자리매김하였고, 어느 집이든 당시에는 큰 축하 행사의 뒤풀이로 중국집 가는 것이 유행일 때였다. 당시 200원이라는 거금을 주고 한 그릇을 사면 짜장면 양을 늘리기 위해 거기에 부수물로 따라오는 단무지와 양파, 그리고 춘장(당시에 이를 '검정 고추장'이라 명명했다.)까지 그릇에 모두 쓸어 넣고 비볐다. 그때 그 짜장면은 먹어도 먹어도 질리지 않고 달콤하며 식감이 촉촉했었다. 어릴 적 생각에 '짜장면 먹다 죽으면 소원이 없겠다.'라고 했었다.

일 년에 잘해야 한 번 먹을까 말까 하는 짜장면을 지금 박 기사가 먹으러 가자는 말이었다. 이게 잘못 들은 거 아닌가 귀를 의심해봤다. 재차 확인하기 위해 경구는 의아한 표정으로,

"시방 뭐라고 허셨남유. 짜장면 먹으러 가자구유?"

"그려. 짜장면. 왜? 싫은 겨?"

"아뉴, 싫기는유. 짜장면이라 해서 넘 좋아서 확인차 물은규."

아침에 심부름 값으로 잔돈도 얻고, 점심으로 짜장면까지. 이건 내 인생이 활짝 피긴 폈나 보다 했다. 박 기사를 앞에 두고 경구는 그의 등 뒤를 행여 놓칠세라 바짝 붙어 따라갔다.

큰 길가에서 두 골목을 젖히고 돌아가니, 한자어로 흰 바탕에 검정으로 크게 세 글자가 쓰여있고, 그 밑에 한글로 조그맣게 '중국성'이라 쓰여 있다. 박 기사는 여러 번 다닌 단골처럼 자연스럽게 문을 밀치고 들어갔다. 경구도 그를 따라 들어갔다.

원형 탁자에 단둘이 앉았다. 탁자 위에는 수저통이 놓여있다. 박 기사는 주방 안에서 땅땅 소리를 내며 면발을 만드는 주인장을 향해 큰 소리로 주문을 한다.

"아자씨! 여기 짜장 두 개유."

주방 안에서 보이지 않던 여자 주인장이 얼굴을 삐쭉 내민다. 그러더니 잰걸음으로 엽차를 내오며,

"네. 어서 오세요. 여기 엽차입니다. 짜장 둘 맞죠? 400원입니다."
박 기사는 바지 뒷주머니에서 새까만 인조가죽 지갑을 꺼내 400원을 치르고 이내 다시 뒷주머니에 넣는다. 이를 힐끗 쳐다본 경구는 지갑 안에 돈이 꽤 있음을 보고, 화들짝 놀라지만 기색을 할 수는 없었다.

'와우~, 운전기사들 수입이 노난다고 허더니, 진짜루 지갑에 돈이 많구먼그려.'

그러면서 자리에 놓인 엽차잔을 본다. 주먹 반만 한 크기에 황갈색으로 도료를 바르고 육각형의 모양으로 만든 찻잔이 오늘따라 예사롭게 보이지 않는다. 그 안에는 보리차가 누런빛을 띠고 있다. 찻잔을 입에 가만히 대본다. 따스한 기운이 입술에 감긴다. 아주 뜨겁지도 않고 안성맞춤으로 미지근하다. 구수한 보리 향이 코로 스민다. 혹시 해서 수면을 호호 불며 한 모금을 머금는다. 약간 씁쓰레한 것이 식도를 타고 찌르르 흘러내렸다. 곧이어 춘장과 단무지, 양파가 나왔다. 박 기사는 젓가락으로 단무지를 하나 들어 입에 넣는다. 경구도 뒤질세라 따라 한다.
"역시 다꽝 맛이 시고 달달헌 게 최고란 말여. 안 그냐?"
"그류. 노리끼리한 게 시큼허고 달작지근허니 맛나네유."

고향에서 기껏해야 무장아찌만 먹어봤지, 단무지를 먹어본 적도 흔치 않은 경구는 단무지를 하나 더 집어 입에 쑤셔 넣었다. 달콤새큼한 것이 입에 제격이었다. 식감도 사근사근한 것이 감칠맛이 그만이었다. 한 십여 분 지났을까. 여자 주인장이 양푼에 짜장면 두 그릇을 들고 탁자 앞으로 왔다.

"맛있게들 드세요."

나무젓가락으로 가운데 푹 찔러 휘휘 돌리며 비볐다. 부지런히 돌리고 휘감고 뒤척였다. 경구의 입에서는 침이 흥건하게 고였고, 꼴깍 침까지 넘어갔다. 그리고는 한 젓가락을 냉큼 집어 입에 넣었다. 들척지근하고 빽빽한 것이 삼삼한 듯하면서도 짭조름하고. 여하튼 경구는 묘한 미각의 향연을 거친다. 이 년 만에 먹는 짜장면. 게걸스럽고 급하게 먹는 모습에 박 기사가 한마디 거든다.

"야야! 지발 좀 찬찬히 먹어라. 누가 쫓아오냐? 체할라. 크크."

경구는 고개를 숙인 채 음식으로 꽉 찬 입을 우물대며,

"예. 알겄그만유."

박 기사도 후루룩후루룩 면발을 집어넣으며 삼성들렸다. 경구도 면발을 몇 번 씹지도 않고 올강거리며 잘도 넘겼다. 게걸스레 짜장면을 뚝딱 비운 두 사람은 빈 그릇을 보며 아쉬운 듯 젓가락을 놓았다. 박 기사는 트림을 한 번 하고는 경구를 보며,

"집은 왜 나온 겨?"

경구는 박 기사의 질문에 서로 알아가는 시간이 만들어졌음을 느꼈다.

"집이서 쬐금한 땅땡이 갖고 소 한 마리 키우는디, 농사일이 지겹더라구유. 맨날 그일, 허고 허고 또 혀도 반복되는 일. 이대로 계속 살다가는 사내 남자로 이 세상에 태어나서 기냥 무의미허게 살다 죽겄구나 했시유. 그려서 기술이나 배울려면 도회지로 나가야겄다 생각했쥬."

박 기사는 옛날 자신의 과거를 돌이키듯 눈을 치켜떴다.

"니두 나랑 매일반이구나. 사실 나두 그려서 기름밥 먹어볼려고 집 나왔는디."

경구는 입술에 침 한 번 바르고 이어서 이야기한다.

"지금 생각해본께 참 잘헌 것 같유. 어제 기사님 만난 것도 큰 행운이었구유. 지금은 너무 신나유. 사는 재미가 생겼시유."

싱글벙글거리며 경구의 얼굴은 환했다.
"그냐? 니두 이제 고생문이 훤허다. 기름밥 먹는 게 겉으로야 뽀다구 나는 거처럼 뵈지만, 이게 그리 속 편한 직업은 아녀."

박 기사는 혀를 끌끌 차며
"시두 때두 읎이 가야 헐 때가 많구, 또 가다가 시동 꺼져뿔면 아주 난감할 때가 한두 번이 아녀. 빵구라두 나봐. 고생고생 생고생이지. 게다가 겨울에는 미리 나와 기름칠허고 다이야 점검허고 후앙 잘 돌게 물도 보충혀줘야 허고"
경구의 천진난만한 얼굴을 보며, 박 기사는 걱정스레 쳐다봤다.
"짐 실을 때 잘 봐야혀. 내릴 때도 마찬가지지만. 행여 나르는 짐에 문제가 생기면 모든 게 운전사가 책임져야 허거든."
"흉허물없이 니랑 나랑 짝짜꿍이 잘 맞게 잘 지내야 헐팅게 내 말 잘 따르고."
경구는 박 기사의 말에 걱정 끼치지 않으려고 바로 이어서 답한다.
"암만유. 지가 기사님 근심 걱정 안 끼치게 증말 잘 헐게유. 많이 갈켜 주셔유."
박 기사는 중요한 말은 이제 어지간히 한 듯, 자리를 툭툭 털며 일어섰다.
"이제 가자! 차계부 쓰는 거 알려줄팅께"
경구도 자리에서 일어나 박 기사의 뒤꽁무니를 따라간다.

화물주차장에 도착한 둘은 차 문을 열고 차 안으로 들어갔다. 조수석 앞 다시방 아래의 서랍을 열었다. 그리고 거기서 박 기사는 손바닥만 한 수첩 하나를 꺼내 경구에게 전했다.
"이게 차계부라는 건디, 여기따 그날그날의 일을 모두 적어놔. 예를 들어, 화물 실은 시간, 도착 시간, 화물명, 화물주, 운송비 등 그날 화물 우송과 관련된 모든 걸 말여. 그리고 주유소에서 기름 누면 기름량도 적고 기름값 지출액도 적고."

경구는 귀를 쫑긋하며 열심히 경청한다.

"그리고 운전석 앞의 계기판 보이지. 아침에 출발헐 때 키로수 적어 놓고, 도착허면 그 키로수도 적고. 하루 일과 끝나면 끝나는 시각에 총 키로수도 적어놓고. 차 수리허면 그것도 죄다 적어놓고. 알겄냐?"

"예. 알겄시유. 근디 이건 적었다 워따 쓰게유?"

대답은 했지만, 차계부 용도가 갑자기 궁금해서 경구는 되물었다.

"다 난중에 쓸 디가 있다. 난중에 보면 알겨. 쓰라면 잔말 말고 쓰기나 잘혀. 알겄냐?"

무성의하게 경구는 대답한다.

"알겄시유"

이 정도면 일단 급한 것은 다 전했다고 생각한 박 기사는 자동차 시동거는 법을 알려주고 보조 키 하나를 주며 단단히 이른다.

"이 자동차 키 잃어번지면 난리 난다. 알긌냐? 간수 잘혀. 녤 아침부터 8시 5분 전에 시동 켜놓고."

그리고 이어서 마지막으로 당부하는 말을 한다.

"녤부터 조수로 따라댕겨야 하니께 오늘꺼정 니 개인 일 볼 거 다 보고. 그럼 녤 보자. 아침 8시에. 난 오후에 짐 부리러 천악동 가야 허니 댕겨올게."

오늘의 마지막 인사를 경구도 했다.

"잘 댕겨오셔유. 녤 뵐게유."

화물주차장을 나온 경구는 큰 대로로 발걸음을 옮겼다. 짬이 나는 통에 명천 시내 구경을 해볼 재량으로 나섰다. 넓은 대로는 반듯하게 길쭉 길쭉 뻗어있다. 사람들이 오가는 인도에는 보도블록을 얼룩덜룩하게 깔아 단조로운 길에 색을 입혔고, 넓은 대로는 진청색 아스팔트를 매끄럽게 깔았다. 사람들은 모두 무엇이 그리 급한지 바쁘게 오가며 가끔 연인들은 서로 팔짱을 끼고 희희낙락하며 활보했다. 도로 위에는 현수막이 '아들딸 구별 말고 둘만 낳아 잘 기르자.'가 나부끼고 거리 중간에 거인의 이쑤시개를 박아 놓은 듯한 전봇대에는 '반공방첩'이 덕지덕지 붙어있었다. 상점들은 줄지어 늘어서, 옷가게부터 식료품점, 식당, 세탁소, 전기 재료점, 철물점, 전파상, 연탄집, 싸전 등이 한 마장이 채 안 되는 거리에 있었다. 차들은 막 새로 나온 포니2 택시부터 구형 포니, 브리샤, 아시아 버스, 현대 버스, 대우 버스, 새한 SMC 시내버스, 타이탄 트럭, 삼발이트럭 등이 뛰뛰빵빵 경적을 울리며 대로를 누볐고, 길가를 급히 오가는 오토바이와 자전거도 즐비하게 이어져 있었다. 상점은 거의 쇼윈도를 설치해 가게 안의 대표물을 전시해 놓고 오가는 사람들의 이목을 끌기 위해 반짝이는 불빛을 비롯해 반짝이 테이프 등으로 치장을 했으며, 전파사 앞에서는 스피커를 바깥으로 설치해 사람들의 귀를 호강할 수 있도록 음악을 큼직하게 틀어주고 있었다.

길을 걷다가 방향감각을 상실한 채 우두망찰하고 있었다. 그때 어디선가 이미자의 「동백 아가씨」가 흘러나왔다. 경구는 그 노래가 나오는 전파상 앞에 서서 노래가 끝날 때까지 가만히 서있었다. 역시 노래는 이미자가 최고였다. 어쩌면 그 목소리가 간드러지게 사람의 심금을 울리던지…. 어머니도 밤에 방에서 빨래를 정리하거나 바느질로 해진 옷을 기워 놓을 때 콧소리로 흥얼거리는 노래가 「동백 아가씨」이다.

헤일 수 없이
수많은 밤을
내 가슴 도려내는
아픔에 겨워
얼마나 울었던가
동백 아가씨
그리움에 지쳐서
울다 지쳐서
꽃잎은 빨갛게
멍이 들었소.

동백꽃잎에
새겨진 사연
말 못할 그 사연을
가슴에 안고
오늘도 기다리는
동백 아가씨
가신 님은 그 언제
그 어느 날에
외로운 동백꽃
찾아오려나

어머니는 이 노래를 부르며 집 나간 남편을 원망도 했을 것이고, 그리워도 했을 것이다. 자식새끼 커오는 걸 지켜보며, 생활고로 찌든 삶을 돌이켜 보기도 했을 것이다. 그러고 보니 어머니처럼 팔자가 드세게 동백꽃처럼 살아온 사람도 많지 않을 듯했다. 남편은 한량으로 집안 살림이나 가족들은 안중에 없고 오로지 밖으로 쏘다니기만 좋아하고 술이며 여자, 도박으로 얼룩진 인생이었다. 그래도 큰놈인 경구가 있어 마음에 의지가 되기도 했겠지만, 마지막 의지할 곳이었던 경구마저 집을 나와버렸으니…. 셀 수 없는 밤을 자식 몰래 눈물지으며 사셨을 것이고, 이러한 마음을 어디에 하소연할 곳 없이 벙어리 냉가슴으로 산 인생이었다. 불현듯 어머니가 보고 싶어졌다. 바지 뒷주머니에서 수첩을 꺼내 맨 뒷장에 있는 어머니와 범구 사진을 들여다봤다.

'엄니! 쫌만 참으셔유. 내가 반드시 돈 많이 벌어 이 명천 시내에서 가장 큰 집 사서 모실게유.'

눈시울이 뜨거워졌다. 지나가는 사람이 혹여나 볼까 두려워 얼른 옷소매로 눈가를 훔쳤다.

한 마장쯤 더 걷다가 음지나 습기가 많은 곳에서도 잘 자라는 주먹만 한 화분 하나가 너무 앙증맞게 생겨서 친구 삼아 지나가던 꽃집 가판대에서 코나타 고사리 화분 하나도 샀다. 시간이 꽤 흘렀다. 이제는 집으로 향해야 했다.

5

새 안식처

반지하 방, 땅광으로 향했다. '내 쉴 곳은 작은 집, 내 집뿐이리'라는 노랫말처럼, 경구는 명천 시내 한가운데 돌아갈 집이 있는 것만으로도 행복했다. 비록 사장댁에 얹혀사는 인생이지만, 엄연히 내 거처였다. 어제 사장님이 말한 베니어합판 여러 장이 방 문 앞에 놓여있었다. 문을 열고 합판을 들여놓았다. 그리고 땅광 한편에 놓인 연장통을 열었다. 톱이며 망치, 나사, 뿌라야, 몽키스패너, 뻰찌, 도라이바 등이 준비되어있었다. 일단 줄자로 방바닥으로 삼을 곳의 길이를 재고, 거기에 맞춰 임시 벽을 만들고 틀을 세웠다.

뚝딱뚝딱. 한두 시간이 흘렀다. 두 면의 벽면에 니은 자형으로 베니어합판 가벽을 완성하고, 드디어 방 하나를 만들었다. 그리고 벽면에 옷을 걸 걸개 못도 박았다. 제법 근사한 방 하나가 완성되었다. 양 겨드랑이까지 땀이 축축하게 흘렀다. 방바닥은 두꺼운 합판 두 개 사이에 신문지 몇 장씩을 잘라서 넣었다. 그리고 홑이불 하나를 깔았다. 바로 드러누웠다. 가만히 눈도 감았다. 편했다. 푸근했다. 하염없이 흐뭇했다. 좀 불편하다면 외풍이 좀 있는 것뿐. 문풍지를 사서 문틈에 덧대면 그만이었다.

마지막 마무리로 가판대에서 산 코나타 고사리 화분을 창가에 가만히 올려놓았다. 음지에서도 햇빛 없이 잘 자랄 뿐만 아니라 널찍한 잎과 수형이 자유롭게 자라나고, 줄기는 가늘지만 도톰하고 땡땡했으며, 잎은 진한 초록을 듬뿍 담아내고 있었다. 이윽고 전에 순덕이가 잡지를 보다가 너무 시가 괜찮다며 북 뜯어와 준 메모지 한 장을 지갑에서 꺼냈다. 언젠가는 써먹을 때가 있으리라 생각해 고이고이 모셔놨었는데, 드디어 오늘에서야 쓰게 될 줄이야.

수첩을 곱게 뜯어 펜으로 정갈하고 정성 들여 썼다. 그리고 임시로 침을 발라 창가 화분 옆 벽에 붙여놓았다. 이따 저녁 먹으면서 밥풀 몇 알을 얻어와 마저 붙이면 끄떡없이 벽에 잘 붙을 것이었다. 드디어 경구는 자기 방에 자신이 의지할 만한 언덕과 생의 지표까지 설치했다.

꽃씨를 닮은 마침표처럼

이해인

내가 심은 꽃씨가
처음으로 꽃을 피우던 날의
그 고운 설레임으로

며칠을 앓고 난 후
창문을 열고
푸른 하늘을 바라볼 때의
그 눈부신 감동으로

비 온 뒤의 햇빛 속에
나무들이 들려주는

그 깨끗한 목소리로

별것 아닌 걸로
마음이 꽁꽁 얼어붙었던
친구와 오랜만에 화해한 후의
그 티 없는 웃음으로

나는 항상
모든 사람을 사랑하고 싶다.

못 견디게 힘든 때에도
다시 기뻐하고
다시 시작하여
끝내는 꽃씨를 닮은 마침표 찍힌
한 통의 아름다운 편지로
매일을 살고 싶다.

이제는 반지하 방이 대충 정리가 되었다고 생각하며 해낙낙한 마음을 지닌 채 마당으로 나왔다. 계절의 여왕이라는 오월의 날씨는 해맑기만 했다. 다홍빛 장미는 부끄러운 새색시 볼 빛으로 새초롬히 서 있고, 근처에서 퍼져 온 아카시아 향은 코에 단내를 흠뻑 머금도록 해주었다. 잔디밭 위에 토끼풀도 '나도 꽃이네' 하며 보무도 당당하게 꽃을 피웠고, 담 밑에 우두커니 서 있는 외로운 이팝나무도 튀밥 같은 흰 꽃을 튀겨 내고 있었다. 해는 저녁을 향해 서쪽 지붕 뒤로 서서히 지고, 마당의 나뭇잎들도 연 푸르름을 조용히 접고 있는 즈음이었다.

"김 기사! 방 다 정리했어요?"

사모님이 부르는 소리였다. 사장님 가족은 경구를 김 기사로 호칭을 통일한 것으로 보였다.

"지 말씀하시는 거예유? 사모님."

"네. 마당에 서 있는 김경구 기사님. 흐흐"

사장 댁 사모님은 멋쩍게 웃으면서 경구를 향해 말했다.

경구는 자기를 '기사님'이라 불러주니 기쁘기 한량없었다. 도회지 사람들은 모두 매몰차고 냉갈령을 부리는 깍쟁이라더니, 사장님 가족들은 그리 보이지 않았다. 너그럽고 인자하며 노긋하니 정 있는 가족들이었다.

너그러운 사장 부인의 배려에 점직한 태도로 경구는 화답했다.

"대충 방 비스무름허게 맨들었구만유. 사장님이 사다 주신 베니아 합판으로 네 귀퉁이를 맨들어 어설프지만서두 지 방을 완성했시유. 덕분에 지 방을 갖게 되어 참말루 감사드려유."

사장 부인을 향해 정중하게 감사의 마음을 담아 머리를 숙였다. 1층에는 사장 내외가 탁 트인 큰 거실과 식당만 한 큰 주방, 안방과 화장실을 곁에 두고 생활했고, 주방 뒤편에는 쪽방이 자리 잡았다. 그 쪽방에는 국민학교 졸업하고 들어와 이제는 스무 살이 갓 넘은 식모, '갑례'가 살고 있었다. 2층에는 공용으로 화장실이 하나 달려있고, 복도를 중심으로 아들 둘이 각각 방 하나를 쓰며, 한쪽 구석에 있는 조그마한 방 하나는 박 기사에 내주었다.

"그래요? 고생했네. 혹 필요할까 해서 묻는데, 좀 구닥다리지만 라디오 필요해요?"

실곡마을 우리 집으로 이웃에서 라디오 연속극이나 노래를 들어보겠다고 날이면 날마다 사랑방에 웅성거렸던 기억. 그런 귀한 라디오를 분해한답시고 실행했다가 재조립에 실패해 작은아버지에게 귀싸대기 맞았던 그 전자제품. 그 귀하고 값진 라디오가 필요하냐는 말이었다. 그 말에 경구의 귀는 솔깃할 수밖에 없었다.

"몇 년 된 건데 오래돼서 채널이 잘 안 잡히고 찌지직거리긴 해요. 그래도 없는 것보다야 나을 거야. 우리는 새 거로 두 대나 있어. 필요하면 가져다 쓰고 나중에 좋은 거 사면 되돌려주셔."

오래된 라디오지만 여분의 것을 갖다 쓰라는 말이었다. 이게 웬 떡인가? 횡재였다. 넉넉하게 나누어 쓰도록 배려해주는 사장 부인의 마음에 고마울 따름이었다. 고마운 마음으로 사장 부인의 마음을 한치도 주저함이 없이 덥석 받고 라디오까지 겸사겸사 인계받았다.

좀 때가 지나고 낡았으며 부피가 크고 무거운 트랜지스터 구형이었다. 볼륨의 둥근 알이 빠져 있고, 스피커 한쪽 귀퉁이는 무엇에 찢어져 있다. 안테나는 반 정도가 똑 부러져서 길어야 십 센티미터 정도만 남아있다. 지하실 공구함 근처에 있는 구리철사를 안테나에 이어 덧대었다. 그랬더니 역할을 제대로 하지 못해 찌지직거렸던 소음이 많이 줄었다. 구리철사 끝을 철로 된 창문틀에 연결했더니, 그 잡음을 더 줄었다. 일을 마치고 자기 방에 누워 라디오를 들으며 자는 상상을 해봤다. 생각만 해도 꿈인지 생시인지 너무 기뻤다. 태권 동자 마루치와 아라치의 이야기가 좋았고, 매일같이 남진, 이미자, 나훈아의 노래를 들을 수 있는 호사를 누리게 되다니…. 또 별이 쏟아지는 밤마다 듣는 이종환의 구성진 목소리로 신청 곡을 듣노라면 어느새 잠이 스르르 들 터이고.

1층 거실 창에서 마당 쪽으로 외침의 목소리가 넘어왔다.

"김 기사님, 저녁 식사 먹어요."

갓 스물의 갑례 씨의 목소리였다. 그 목소리를 들으며,

'그런디, 저 갑례 씨랑은 어떻게 지내야 된다냐? 누님이라고 해야 허나, 그냥 갑례 씨라고 불러야 허나?'

주섬주섬 주인댁에서 제공한 슬리퍼를 끌고 경구는 1층 주방으로 올라가며 '저니허고 호칭을 정해뿌려야겄다.'라고 생각했다. 그러면서 내심 세 살 터울이니 누님이라는 쪽에 마음이 기울었다. 박 기사는 오후에 있었던 화물 운송을 어느새 마치고 2층 자기 방에 있다가 주방으로 내려왔다. 박 기사는 경구를 보고, 잠깐 눈인사를 했다.

"밥 먹자. 얼렁 와."

박 기사는 무척 익숙한 언행으로 주방 식탁에 자리를 잡고 경구를 불렀다. 마치 자기 집처럼 편하고 자연스러웠다. 갑례 누님하고도 가볍게 농담을 주고받으며 다정한 오누이처럼 웃음기 있는 얼굴로 대했다. 주방에 상차림을 도왔던 사장 부인도 파릇파릇한 시금치 나물무침을 식탁에 내려놓으며,

"어서 와요. 김 기사. 자아~, 자리에 앉아요. 아! 여기 앉으면 되겠다. 여보! 어서 와요. 아들도 빨리!"

사장은 세면실에서 세수는 하는지,

"응. 곧 가."

2층에 있던 아들도 쿵쾅쿵쾅 계단을 내려오는 소리가 들렸다.

각자 정해진 자리가 있어 자기 집 기어들어 가듯 그 위치로 자리 잡았다. 경구의 자리는 상을 중심으로 왼쪽으로 치우친 자리였다. 역시 한가운데는 사장이었고 그 맞은 편은 박 기사였다. 사장 오른편에 아들이 자리를 잡았고, 경구는 그 아들을 맞대고 자리를 잡았다.

사장이 주위를 들러보며,

"당신도 그냥 앉지? 그리고 갑례도 이젠 그만 차리고 앉아라. 우리 가족이 모두 모였네. 서울에 있는 큰아들만 빼고."

여섯 명이 직사각형 밥상을 중심으로 옹기종기 모여 앉았다. 가끔 텔레비전에서 가족들이 밥상에 모여 식사하는 장면을 보곤 했는데, 꼭 그 모습이었다. 하얀 밥에 김치찌개, 고등어구이, 나물무침, 김치, 콩자반, 무말랭이, 멸치 조림 등 식탁은 진수성찬이었다. 기껏해야 김치에 된장국, 간장과 고추장 종지, 여기에 좀 과하게 신경 쓰면 나물무침이 다였던 때가 엊그제였는데….

올해부터 정부의 혼식 장려정책으로 하얀 밥에 보리쌀과 콩이 간간이 들어갔으나 전체적으로 흰색이 우세한 밥이었다. 입안에서는 단맛이, 코안에서는 단내가 뛰어다니고 난리였다. 모두 한결같이 맛있었다. 모두 달고 혀에 착착 감겼다. 그리고 이루 말할 수 없이 행복했다. 사람의 본능 중 제일은 식욕이 아닐까 했다. 이렇게 먹는 즐거움이 있다는 것은 살아있다는 증거요, 권리요, 행세였다. 밥그릇의 바닥까지 박박 긁어먹고 아쉬움에 그릇을 두드리니, 사장 부인이 바로 눈치를 채고, 한술 더 뜨라고 거들었다. 물론 거절하지 않고 서너 술은 더 먹었다. 소장과 대장이 부풀어 개구리 배지처럼 볼록해졌다. 식탁 모서리에 놓인 숭늉을 마지막으로 먹는데 의도하지 않은 트림이 '꺼억' 나왔다. 이 소리를 들었는지 같은 줄 끝자락에 앉은 갑례 누님은 키득 하며 웃음을 참았다. 난감한 표정으로 경구는 뒷머리를 긁적였다. 언청이 굴회 마시듯, 허기를 채운 경구는 사장을 비롯한 다른 사람들이 식사를 다 마칠 때까지 가만히 앉아있었다. 주위를 살펴볼 시간적 여유가 생겼다. 그리면서 주방의 이모저모나 건너편 거실을 뜯어보았다.

주방에는 싱크대라는 것이 부뚜막처럼 놓였으나 허리 높이까지 가지런히 배치되었고, 벽면에는 찬장이 죽 걸려있었다. '이게 말로만 듣던 싱크대라는 거구나.' 했다. 그릇이 차곡차곡 쌓여있고, 문짝만 한 냉장고가 턱 하니 자리도 잡았다. 취사 장비로 석유풍로가 두 대씩이나 있었고, 거실에는 스펀지로 만든 긴 의자가 놓여있었다. 그 앞에는 쌀 몇 가마니를 줘야 살 수 있다는 양팔만 한 크기의 미닫이용 텔레비전도 놓여있었다. 모두 간결하고 정돈되어있었으며, 깔끔하게 자리를 나누어 쓰고 있었다.

그렇게 시간이 지나고, 모든 사람이 수저를 놓으며, 오늘 찌개가 맛있다는 둥, 고등어가 감칠맛 있었다는 둥 하는 찬사로 마무리를 하며, 자리에서 일어났다. 때마침 밖에서는 마을 이장이 확성기를 통해 틀어놓은 「새마을 노래」가 울려 퍼졌다.

새벽종이 울렸네, 새 아침이 밝았네
너도나도 일어나 새마을을 만드세
살기 좋은 내 마을 우리 손으로 가꾸세

새마을 노래만은 이 도회지나 실곡마을이나 똑같았다. 아침부터 농로길 정리에 지붕 개량, 화장실 개량으로 마을이 항상 어지럽고 분주했었다. 도회지는 실곡마을보다는 한가했지만, 여기도 여전히 새마을 사업은 진행 중이었다.

6

첫 출근

아침 6시. 이불을 박차고 일어났다. 드디어 오늘 첫 출근일. 경구는 어젯밤 뒤척이며 잠을 제대로 못 잤다. 기대감과 설렘이 교차하는 밤이었다. 우선 라디오를 켰다. 일기 예보와 시간을 알기 위해서. 마침 오늘 날씨는 안개가 낀 오전이지만 오후 되면 쾌청하단다. 이어서 십 분간의 짤막한 뉴스가 나왔다. 지난 3월 삼일절에 문익환 목사와 김대중 씨 등이 민주구국선언문을 명동에서 발표한 이후 그 여파로 아직 정계는 정쟁으로 어수선하다는 보도 내용이었다. 처음 듣는 구국, 문익환 등의 용어가 낯설고 생소했다. 그리고 5월 어린이날과 어버이날 등이 지난 이후의 거리 모습과 자연농원의 꽃 축제를 소개하는 뉴스 진행자의 목소리가 들렸다. 이윽고 표준시간을 알리는 시보를 밝힌 후 신인 가수 송대관의 「해 뜰 날」이 나왔다. 올해 나온 신곡인데, 최근 다방이고 길거리이고 여기저기서 울려 퍼지지 않은 곳이 없을 정도로 인기였다. 기가 막히게 경구의 앞날을 밝혀주는 축하곡 아닌가? 경구는 콧노래로 따라 불렀다. 신이 나서 어깨를 들썩이며 따라 불렀다.

꿈을 안고 왔단다.
내가 왔단다
슬픔도 괴로움도

모두 모두 비켜라
안 되는 일 없단다.
노력하면은
쨍하고 해 뜰 날
돌아온단다.
뛰고 뛰고 뛰는 몸이라
괴로웁지만
힘겨운 나의 인생
구름 걷히고
산뜻하게 맑은 날
돌아온단다.
쨍하고 해 뜰 날
돌아온단다.

상쾌한 하루, 새로운 아침, 직장의 첫걸음이 시작되는 지금이었다. 우선 수건을 들고 마당의 세면대로 나갔다. 물을 틀어놓고 세숫대야 옆에 있는 비누로 얼굴과 목덜미까지 말끔하게 닦았다. 손도 비누칠을 두 번이나 하면서 정성껏 씻었다. 그제 박 기사와 약속한 사항을 다시 곱씹어 보았다. 아침 8시에 보기로 했으며, 오 분 전에 시동을 미리 걸어놓기로 했었다. 세수하고 화물차 주차장까지 십여 분이면 충분히 당도할 거리다. 아침 식사를 7시에 먹으니, 먹고 출발하면 늦어도 7시 반이면 도착할 것이다. 그러면 박 기사가 준 보조 키로 문을 따고 들어가 다시방과 앞 유리를 깔끔하게 닦고, 다야(타이어) 상태를 확인하며, 다시방 서랍에 있는 차계부를 꺼내 오늘의 일정을 간단히 정리해본다. 그런 후 시간이 남으면 가슴 품에 넣어둔 퉁소를 꺼내 한 가락 신명 나게 불어보리라 마음먹었다.

예정대로 아침 식사를 마치고 오늘은 처음으로 갑례 누님에게 말도 걸었다. 아침 식사는 된장국에 밥 한 공기와 달걀 프라이가 올라와 있었고, 사장 내외는 보이지 않았다. 아마 사장 가족은 늦은 아침을 먹는 듯했고, 이층의 박 기사도 7시 반경에 먹는 듯했다.

"누님으로 부를팅게 많이 도와주셔유. 괜찮지유?"

갑례 누님도 발그레한 낯빛으로,

"그류. 잘 지내보자구. 오늘도 욕보고."

첫 출근이라 마음이 급했다. 그리고 잘하고 싶은 마음이 강했다. 그래서인지 머뭇거릴 틈이 없었다. 아침 식사를 마치고 바로 반지하 방에서 옷을 갈아입고 화물주차장으로 향했다. 갈아입은 옷이라야 여분으로 가져온 국방색 면바지에 잿빛 남방이 다였다. 재작년 장날에 어머니가 때 안 타고 질긴 소재라 잘 해어지지 않겠다고 해서 넉넉한 품으로 사준 거였다. 늘 이웃으로부터 옷가지를 물려 입다가 제대로 사서 입은 것은 아마 처음이었을 것이다. 그래도 빨아서 가져온 것이라 그런지 아직은 새 옷처럼 광도 나고 빳빳하니 나름 말쑥했다.

가슴 품에 퉁소 하나를 끼고, 대문을 나섰다. 그리고 잰걸음으로 화물차를 향해 걸었다. 하루에 두 번씩 아침저녁으로 울려 퍼지는 「새마을 노래」가 이장댁의 확성기에서 울려 퍼지고 있었다.

'새벽종이 울렸네, 새 아침이 밝았네. 너도나도 일어나 새마을을 만드세.'

행진가 풍의 꿍짝꿍짝 하는 가락이 발걸음을 가볍게 만들었다. 그 노랫가락에 맞춰 발맞추어 가니 더 신바람 나고 흥 나며 거뿐하니 개운했다. 직장을 향해 출근하는 시민들의 모습이 그다지 밝지 않았지만, 경구는 뭐에 홀린 듯 히죽거리는 모습에 행인들은 곰팡스러운 마음이었다. 드디어 화물주차장에 도착했다. 도라꾸는 왼쪽에 치우쳐 잘 주차되

어있었다. 보닛 부분을 톡톡 두드리며,

'도라꾸야! 난 경구라고 혀. 앞으로 우리 잘 지내자. 부탁혀. 이잉~.'

보닛 가운데에서 공명음으로 고철 소리가 텅텅 났지만, 수긍하는 도라꾸의 대답으로 들렸다. 보조 키를 돌려 조수석 자리를 올라간 경구는 다시방 서랍 안에서 걸레를 꺼냈다. 그리고 화물주차장 입구 쪽 수돗가에서 걸레를 야무지게 빨았다. 물기를 손아귀에 힘을 잔뜩 주어 빼내고 다시 조수석에 올랐다. 운전석부터 운전대, 기아, 계기판, 다시방을 닦고 또 닦았다. 발판은 들어내 밖으로 탈탈 털었다. 갈색 미세먼지들이 뿌옇게 일어났다. 가운데에 있는 라디오 스위치를 올렸다. 찌지직 하며 전파가 잘 잡히지 않았다. 다이얼을 돌려 채널을 맞추었다. 싱그러운 여자 진행자의 목소리가 들렸다. 음악방송이었다. 오늘도 즐겁고 힘찬 하루가 되라는 당부와 함께 송대관의 「해 뜰 날」을 틀어줬다. 아침에 일어나 들었던 노래를 또 듣는다. 요즘 이 노래가 대세이긴 한가 보았다. 어딜 가나 어디서나 「해 뜰 날」이었다.

그리고 조수석 다시방 서랍에서 차계부를 꺼냈다. 국민학교 다닐 때 일기를 쓰라고 담임선생님이 그렇게나 닦달을 했을 때도 요리 빼돌 저리 빼돌 하며 쓰지 않아, 엉덩이 타작을 그렇게나 많이 맞았건만, 직장 잡아서 차계부를 써야 하니 옛 생각이 잠시 스친다. 인생사 새옹지마이다. 오늘 일자를 기록하고 날씨 또한 '맑음'으로 기록했다. 그리고 주차장 사무실에 들렀다. 새로 온 조수임을 소개하고, 부탁의 인사와 함께 벽시계를 올려 보았다. 7시 50분이었다. 사무실을 나온 경구는 잠시 후에 세루모다를 이용해 시동을 걸어야겠다고 생각했다. 운전석에 앉아 이틀 전 알려준 대로 키를 돌려 세루모다에 시동을 걸었다. '터얼터얼 털털'하더니 이내 '두구두구 두르르르' 하며 시동이 걸렸다. 이게 과연 걸릴까

했는데, 자기 손으로 이 큰 도라꾸에 시동을 걸었다는 사실이 믿어지지 않았다. 첫 시동을 건다고 긴장한 탓인지 마음은 수수하고 아득했다.

이제 8시가 다 되었다고 머리를 굴릴 무렵, 화물주차장으로 박 기사가 들어섰다. 팔자걸음에 양팔을 거들거리며 걷는 품이 번듯하고 떳떳하며 자신 있어 보였다. 경구는 자신과 '나이 차이가 제법 나겠구나.' 했다. 실상 박 기사의 나이는 경구와 띠동갑이었다. 경구가 60년생 쥐띠이니, 박 기사는 48년생이었다. 그러고 보니 박 기사 나이는 스물일곱 살이었다. 경구는 허리를 깊이 숙여 인사를 했다. 박 기사는 인사를 받으며 무척 흐뭇한 표정이었다. 주위에 다른 기사들에게 '나도 이젠 조수가 생겼네.'를 자랑하듯 큰 헛기침까지 하면서 들어섰다. 시동이 걸려있는 도라꾸의 모습도 흡족한 모양이었다. 도라꾸를 한 바퀴 휘 돌아보고 나서,

"수고혔다. 시동도 잘 켰네."

경구는 흡족해하는 박 기사의 낯빛을 보며, 안도의 숨을 쉬었다.

"예. 맘에 드셨다니 다행이네유."

박 기사는 경구에게,

"주차장 사무실 가서 엽차 한 잔 떠오니라. 한 잔 먹고 오늘 일 시작혀야겄다."

경구는 박 기사의 말이 떨어지기가 무섭게 쏜살같이 사무실로 가 엽차 한 잔을 주전자에서 따라왔다. 시원하게 한 잔 먹고 난 박 기사는,

"그럼, 시방부터 오늘 일을 혀볼까? 넌 차 뒤로 가서 후진할팅게 잘 보고 표시혀"

경구는 차 뒤꽁무니로 갔다. 후진을 약간 한 뒤 운전대를 오른쪽으로 돌려 나가야 할 것이었다.

"오라이, 오라이"

버스 안내양들이 쓰는 '오라이'를 따라 해보았다. 오른손으로 손짓도 겸해서. 처음이라 좀 서슴거렸지만, 곧 익숙해지리라. 이제 되었으니, 얼른 타라는 차 경적이 울렸다. 경구는 빠르게 조수석 문을 열고 올라탔다.

"오늘 오전에 두 탕, 오후에 두 탕 있다. 잘 들었다가 적어 둬. 오전 두 탕은 이삿짐이고, 오후는 공장 보루바꾸 옮기는 거여. 청주도 가고, 영동도 가야 허니, 오늘 댕기는 길이 쪼께 멀긴 허다. 알긌냐?"

첫날 치고 이동 거리가 꽤 있단다. 내심 좋았다. 차를 실컷 타니 말이다. 차를 이렇게 탄다는 것 자체가 행복했다. 시골에서 차 타보기란 결코 흔한 일이 아니었다. 급하게 가야 하거나 아주 먼 곳을 갈 때 거금을 쓰면서 타던 게 차였으니 당연한 이치였다. 청주는 명천에서도 130리 길이고, 청주에서 영동 또한 240리 길이니, 오늘 다니는 거리가 결코 만만찮은 장거리였다. 영동까지 들렀다 명천까지 150리 길이니, 오늘 저녁에 귀가는 늦을 수밖에 없을 것 같았다.

박 기사는 경구가 틀어놓은 라디오의 다이얼을 돌려 다른 채널로 잡았다. 자기가 늘 듣는 채널이 있는 듯했다. 이 시간대에 신나는 팝송이 나오는 음악방송 프로였다. 마침 라디오 디제이는 다음과 같은 너스레를 떨며 음악을 들려주었다.

"참 좋은 오월의 아침입니다. 이런 좋은 날, 좋은 음악 안 들을 수 없죠. 사이먼과 가펑클이 부릅니다. 「브리지 오버 트러블드 워터」."

기타 반주에 잔잔히 발라드의 팝송이 흘렀다. 머리 노란 사람들이 부르는 낯선 이방인의 꼬부랑 노랫말이 뭐가 그리 좋다고 하는지, 박 기사의 팝송 사랑이 썩 내키지 않았다. 그러나 뭐 어찌하랴? 음악 취향도 다 개성인 것을. 무슨 말인지, 무슨 뜻인지 전혀 알지 못하고 듣는 음악이었으나, 가락 자체는 잔잔하게 호숫물이 일렁이는 것처럼 차분하고 오롯했다. 경구는 왜 우리나라 사람이 이런 꼬부랑 음악을 좋아하는지 궁금해 박 기사에게 물어볼까 했으나 그냥 내버려두었다. 괜히 이런 취향 하나 때문에 아침부터 짜증이나 내면 지금까지의 상쾌한 마음에 금이 갈 것 같아서였다.

차를 타고 가다가 닫힌 유리창을 내리고 싶어 박 기사에게 허락을 받고 손잡이를 돌려 조수석 차 유리를 내렸다. 교외를 벗어나자 진록의 들판에서 싱그러운 바람들이 내몰려 왔다. 손을 내밀고 얼굴도 내밀었다. 손과 얼굴이 초록으로 변하고 있는 듯했다. 하늘을 나는 기분이 어쩌면 이와 같으리라 생각했다. 시원하고 상쾌하고 펑 뚫리고 홀가분했다. 마음마저 넉넉하고 푸짐해졌다.

명천 교외 주택가에서 청주로 향하는 이삿짐을 실었다. 세대 일부가 이주하는 모양인데, 짐량이 많지는 않았다. 짐 주인들과 힘을 합쳐 짐을 화물칸에 실었다. 짐을 옮기는 동안 박 기사는 느티나무 그늘에서 거북선 한 개비를 맛깔나게 피우고 있었다. 짐 실은 지 한 시간여가 흘렀다. 어느덧 짐이 화물칸에 거지반 찼다. 마지막 짐을 싣고 짐칸 문을 닫았다. 짐바를 단단히 동여매고 조수석에 앉았다. 박 기사는 언제 올라탔는지, 벌써 운전석에서 자리 잡고 있었다. 짐 주인 하나도 조수석에 함께 앉았다. 또 다른 짐 주인은 화물칸 머리 쪽에 자리를 잡았다. 조수석에 앉으라고 안내했으나, 답답해서 싫다고 화물칸을 극구 고집했다. 청주로 가는 신작로는 2차선으로 반듯하게 죽 펴져나갔다. 간혹 4차선도 있었지만 주된 것은 2차선으로 형성된 도로였다. 그러나 2차선도 완전하게 닦인 것도 아니어서, 어느 구역은 포장 전이었다. 그런 길은 비포장이라 그런지 차들이 서로 교차할 때마다 갈색 먼지를 뿌옇게 흩날리고 지나갔다.

한 시간 반쯤을 내달려 청주 목적지에 도착했다. 오전 10시가 가까워지고 있었다. 짐을 얼른 부려놓고 다시 한 번 또 다른 이삿짐을 옮겨야 했다. 두 번째 탕은 청주까지는 아니어도 보은까지 가는 이삿짐이었다. 거리는 짧았으나 비포장길이 더 많았다. 경구는 부지런히 짐을 내렸다. 물론 박 기사는 또 담벼락 아래에서 거북선을 폐부 깊숙이 빨아댔다. 어깨에 땀이 촉촉하게 묻어나왔다. 박 기사는 서둘렀다. 다음 일정으로 맘이 급해 보였다.

"야! 경구야. 서둘러. 빨랑 보은도 가야 혀."

경구는 숨을 내몰면서 빠르게 대꾸했다.

"알겄구먼유. 이제 다 되얐시유."

마지막 짐으로 찬장을 내려주고, 바로 조수석에 앉았다. 짐 나르는 사이, 박 기사는 주인과 운송비 계산을 끝냈다. 그 운송비를 경구에게 주었고, 경구는 운송비를 차계부에 적고 속주머니에 잘 넣어두었다.

"잘 간수혀라. 이따 집이 가서 사장님께 오후까정 다 한 것도 합쳐서 전달허고."

난생처음 만지는 남의 돈이 여간 부담스럽지 않았다. 그러나 이 또한 업무의 하나이니 어쩔 수 없이 해야 할 일이었다.

보은으로 가는 이삿짐은 시내에 있는 판자촌의 것이었다. 도시 주변의 많은 소시민은 빈민가에 둥지를 틀고 살았다. 그 지역은 날림으로 막 지은 임시 주택 형태가 많고, 오수와 화장실이 난무하여 각종 악취가 코를 찌르는 지역이었다. 도회지 한가운데에는 화려한 상가나 빌딩도 있지만, 그 건물의 뒤편에는 이렇게 소시민들의 그늘진 안식처가 있었다. 그곳에 사는 주인이 '쨍하고 해 뜰 날'을 기약하며 온 도시 생활을 접고 자기 고향으로 돌아가는 짐이었다. 초라하지만 용기를 잃은 이삿짐을 보면서 경구는 또 다른 상념에 잠겼다.

'도시에 나와서 세상 모두가 성공하는 것도 아니고, 세상 모두가 잘사는 건 더더욱 아니구나.'

충북 보은까지 가는 동안 이삿짐 주인장과 같이 조수석에 앉아 이런저런 얘기를 건넸지만, 의기소침하게 용기를 잃고 귀향하는 주인장의 모습은 비참해 보였다.

"살아보겠다고 별일을 다 해봤어요. 그런데 그게 열심히 산다고 다 돈을 버는 건 아니더라고요."

경구는 의아심에 몇 마디를 거들었다.

"지송허지만, 뭔 일을 해보셨대유?"

주인장은 미간에 힘을 주며,

"건설 현장에서 노가다도 해보고, 공장에서 기계공 시다도 해보다가 영 수지가 맞지 않아 최후에는 똥지게를 하나 사 변소에서 똥까지 푸러 다녔어요."

그러면서 자신의 신세를 한탄하듯 긴 한숨을 '푸우' 하고 내쉬었다.

"그런데 판자촌 하꼬방이라도 사글세는 나날이 오르고, 전기세를 비롯해 각종 생필품 가격은 하루가 다르게 오르니, 한 달 기껏 번 돈으로 이것저것 제하면 남는 건 없고, 몸만 자꾸 축나더라고요. 그래서 고민하고 고민하다가 결심하고 떠나는 겁니다."

경구는 '그래도 나는 다행이다.'라는 생각이 퍼뜩 스치면서 자신도 결국 이 사람처럼 되고 마는 걸까 하고 곱씹다가 고개를 절레절레 흔들며 바로 마음을 다잡았다. 그리고 한마디를 더 여쭈었다.

"이케 고향 가시면 게서 허실 일은 딱히 뭐가 있남유?"

주인장은 귀향이 큰 위로라도 되듯 마치 준비라도 된 것처럼 편안한 얼굴빛으로,

"암요. 가면 할 건 많죠. 조그마한 땅뙈기이지만 내 땅이 있고, 선친이 가꾸어 놓은 대추밭을 잘 이용해서 내다 팔면 또 돈이 되고. 정 붙일 곳이 많아 외롭지도 않고. 반찬이야 들판에 나있는 푸성귀 뜯어 먹으며 사니 먹는 돈 거의 안 들고."

경구도 대뜸 그랬다. '그건 그려. 맴 하난 편헌 게 고향이긴 허제' 하는 생각이 들었다. 그래도 사서 하는 고생 원 없이 해보고 가겠다고 마음을 재삼 다졌다. 지긋지긋한 가난도 싫지만, 반복되는 일상과 불투명한 미래가 너무 싫었기 때문이었다. 조수석에서 떠는 수다에 한 번도 대꾸하지 않던 박 기사가 한마디 거들었다.

"고향이 좋긴 허죠. 근디 고향도 돈 있어야 사람 구실허드라구유."

이런저런 대화로 설왕설래를 하던 사이, 금솔이 울창한 속리산 자락이 눈에 들어오고 보은 고을이 멀지 않은 곳에 내려 보이고 있었다. 주인장은 눈가에 반짝이는 물방울을 맺으면서 말했다.

"다 왔네요. 떠난 지 7년 만에 찾는 고향. 아! 푸근합니다요."

보은 읍내 가장자리, 양지 벌판에 볕 잘 드는 기와집이 보였다. 크지는 않았지만 아담하고 소담스러운 분위기가 고즈넉했다. 거기가 이삿짐 주인장의 본가인가 보았다. 그 어머니로 여겨지는 분이 대문 앞에서 서성이며 누군가를 애타게 기다리는 모습이었다. 주인장은 그 모습에 꾹 참으며 눈가에 맺었던 눈물을 와락 쏟아내었다. 도라꾸는 집 앞에 도착했고, 주인장과 대문 앞 노인네는 한참 동안 뜨거운 포옹을 했다. 어머니는 주인장의 어깨를 수도 없이 도닥이고 있었다. 아들로 보이는 주인장은 하염없이 소리 없는 눈물을 흘러내렸다. 주섬주섬 이삿짐 이동을 도우며 경구는 코끝이 찡했다. 어머니가 보고 싶었다. 불과 헤어진 지 며칠밖에 안 되었지만, 참 오랜 시간이 흘러버린 듯했다. '울 엄니도 잘 있을

랑가?' 속으로 헤아리며 행여 눈물이 날까 매몰차게 어머니 생각과 고향 생각을 멈췄다. 그리고 경구는 주먹에 불끈 힘을 쥐며 각오를 다졌다.

'절대 성공하지 않고는 고향 안 간다. 알긌냐? 경구! 힘내자.'

오전 운송을 모두 마치고 점심을 먹기 위해 시장통 식당을 찾았다. 박 기사는 보은 이삿짐 이후 시무룩한 경구의 눈치를 살피면서 한마디 했다.

"왜 꿔다놓은 보릿자루마냥 풀이 푹 죽여있댜? 엄마 보고 싶냐? 아니면 고향 생각나?"

경구는 언제 그랬냐는 듯이 어색하고 쑥스럽지만 활기찬 모습으로,

"아니유. 뭘유. 괜찮뉴. 신경 쓰지 마셔유."

박 기사는 이런 경구의 모습에서 과거 자신이 고향 떠난 때를 떠올렸다. 자기도 운전 밥 먹어보겠다고 도시로 나와 안착하는 과정에서 배곯던 그 시절이 되새겨졌다. 그러면서 박 기사는 경구에게 용기를 준답시고,

"왜 그런 말 있잖여. 고진감래라구. 고생혀야 낙이 온다는 말. 니두 시방은 고생 시작이지만 쫌만 참고 지내봐. 기술 배우고 기사되번지면 떵떵 거리고 살 때가 올 팅게"

시장통의 국밥집에서 장터국밥을 한 사발씩 먹었다. 국밥 안에 시래기만 있는 것이 아니라, 돼지고기 비곗덩어리가 꽤 들어가 있었다. 기름이 둥둥 뜨는데, 뽀얀 그 기름이 보약이었다. 고소한 비곗덩어리를 어기적 어기적 씹어 먹으며 오전 일을 마무리했다.

마지막 국밥 국물까지 말끔하게 해치우고, 두 사람은 자리를 박차고 나왔다. 박 기사는 경구에게 '박카스 한 병 사 와라.' 이르고, 식당 앞에서 거북선 한 개비를 꺼내 물었다. '역시 식후 담배는 참말로 맛나.'라고 박 기사는 생각했다. 그러면서 경구에 대해 고민해봤다. '사내놈이 물러 터져서야. 아직 때가 안 묻어 순진허긴 헌데, 한참 배워야겄다.'라고 박

기사는 정리했다.

박카스 한 병을 냉큼 한입에 먹은 박 기사는 차 안에서 정오에 진행하는 라디오 음악방송 좀 몇 곡 듣고, 오후에 공장 보루바꾸 옮기려고 마음먹었다. 영동까지 왕복 두 번을 왔다 갔다 하는 일정이었다. 그 길은 비포장길이 많아서 운전할 때 신경이 많이 거슬려 기사들이 피하는 길이었다.

문화방송에서 12시 10분부터 디제이 길안자 씨가 진행하는 「정오의 희망곡」은 오후 2시까지 이어지는데, 전국에서 엽서로 신청한 대중가요를 선별하여 들려주었다. 최근 시원한 목소리의 윤복희와 결혼하여 더더욱 화제가 된 남진의 노래가 첫 노래로 흘러나왔다.「〈너와 나〉라는 노래였다. '나 혼자 걸어가면 쓸쓸한 길도, 너와 나 둘이라면 외롭지 않아'로 시작하는 노래였다. 박 기사는 노랫말을 가만히 눈을 감고 들으며, 인생길을 같이 할 '너'는 누구일까 생각해보았다.

박 기사는 스무 살에 도회지로 올라와 벌써 9년이나 지났고, 운전기사가 된 지도 어언 3년이나 되었다. 판잣집 쪽방에서 시작해 주먹밥, 눈칫밥 먹으며 생고생한 인생이었다. 3년 전 전 운전기사로부터 독립해 지금의 사장댁에 정식 기사 대접으로 입성해 지내왔다. 가난이 지긋지긋하게 싫었다. 건설 현장에서 노가다를 뛰는 아버지는 비 오거나 개인적인 큰일이 아니면 웬만하면 쉬는 날 없이 일을 나가셨고, 어머니도 반찬값이라도 벌겠다고 회 포대 종이를 재활용해 만드는 봉투를 시도 때도 없이 만들었다. 어렵게 중학교를 겨우 마치고 고등학교를 진학한다는 욕심을 결코 낼 수 없었다. 밑 동생은 둘이나 두 살 터울로 커오지, 하루가 다르게 물가는 오르지. 결국 사범학교에 진학해 선생님을 이루려던 꿈을 과감히 포기하고, 돈을 벌어야겠다고 다짐했다. 그리고 아버지와 어머니를 이박삼일 설득하여 어렵게 나온 돈벌이였다. 돈부터 벌고 좀 여유가 되면 늦게라도 사범학교에 가면 되겠지 했다. 열심히 돈을 모아 사회 선생님이 꼭 되리라 나온 일터이지만 차일피일 미루고 게으름을 떨다 보니 어언 십이 년이나 지나버렸다. 그러나 박 기사는 사회 현상에 관한 관심을 한시도 소홀히 하지 않고 시간이 날 때면 월급 일부분을 떼어내 꼭 사회과학 도서를 구매해 탐독하는 것이 작은 행복이었다.

그동안 사장님은 여러모로 잘 대해주었다. 월급을 다른 기사보다 많이 주지는 않았지만, 신출내기를 벗어나면 올려주겠다는 약속을 믿고 지금껏 열심히 일해 왔다. 도라꾸만 있는 것이 아니라, 직행버스, 시내버스도 관리하여 근방에서 방귀깨나 뀌는 축에 드는 사람이지만, 자수성가한 사람으로 옹졸한 면이 있으나 거만하지는 않았다. 단, 흠이라면 돈을 너무 악착같이 모으는 데 성심을 다하고 있다는 것이 때론 푼더분하게 느껴지지 않는 그런 사람이었다. 사장 부인도 따듯하게 대해주었다. 철마다 새 옷 한 벌씩 사주셨고, 양말과 신발은 수시로 사서 주었다. 때론 누이처럼, 때론 어머니처럼 다독이며 푸근하게 대해주고 찬사를 아끼지 않았다.

그래도 무엇보다 박 기사 자신에게 큰 위안과 힘을 주는 사람은 식모 '갑례'였다. 아무리 이른 아침이나 늦은 밤이라도 끼니를 꼭 챙겨주며 '뜨신 밥 드셔야 속 안 곯아요.' 하는 그 마음씨가 고왔다. 집 떠나고 내 몸과 쓸쓸한 마음을 다독여주는 이는 갑례가 단연 최고이었다. 차가 고장 나 애를 먹여 고생할 때도 옆에 있으면서 뭐 도울 일 없나 찾아서 설레발을 친 것도 갑례였고, 일 년 전 감기·몸살로 이틀간 몸져누워있을 때, 시간마다 물수건을 갈면서 미음과 약을 챙겨준 것도 갑례였다. 철마다 들어오는 가벼운 고뿔이 났을 때도 의례적 병수발은 갑례가 독차지했었다. 사장 부인이 의도적으로 시킨 것도 있었지만, 사장 내외는 박 기사와 갑례의 관계를 은근히 밀어주는 듯했다.

갑례를 처음 볼 때만 하여도 열일곱 살 때이라 아직 처녀티가 나지 않고 어린 티를 품었다. 그러던 것이 요즘 갓 스무 살을 넘어서부터는 얼굴에 화색이 돌고 낯이 보들보들해지며 귀뿌리는 탄력 있고, 코허리는 날렵해졌다. 머리채는 삼단처럼 길고 숱이 많았으며 목덜미에 비치는 고운 살빛은 우윳빛 그대로였다. 손결은 항시 보드랍고 앙가슴은 적당하게 벌어져 있으며 도톰해진 입술과 풍만하게 부푼 젖가슴은 박 기사의 마음에 애간장을 녹여버렸다. 사랑하면 죄다 이쁘다고 했던가. 말 그대로 갑례를 좋아하는 마음이 깊어져 사랑하게 되었나 보았다.

갑례의 눈만 봐도 가슴이 콩닥콩닥 뛰고, 그녀의 뒷모습만 보아도 마음이 설레었다. 귀접스러운 자신의 몸에 비해 갑례의 몸은 칠칠하고 탐스러웠다. 해반드르르한 외모로 아침저녁 박 기사를 맞이하는 낯빛만 보아도 하루의 피로가 모두 풀어지는 것 같았다. 한 달에 두세 번 쉴 때, 극장 구경을 꼭 같이 가겠다고 다짐만 했지, 실행을 지금까지 못 하고 있었다. 이번 주말에 쉴 때 꼭 영화표를 끊어 가야겠다고 속 다짐을 했다.

경구는 공장에서 실은 '보루바꾸'가 별 탈 없이 잘 가고 있나 화물칸을 살폈다. 그리고 박 기사에게 뜬금없이 물었다. 갑례에 대한 생각을 바로 접고 박 기사는 경구의 갑작스러운 질문에 귀청을 열었다.
"날씨가 환장하게끔 좋구만유. 이런 날 여자랑 유원지 놀러 가서 놀면 끝내줄 거 같은디."

가뜩이나 갑례 생각을 하고 있었던 박 기사의 입가에 웃음이 감돌았다. 이심전심이라고 저놈도 여자를 생각하고 있었구나 했다. 영동을 가는 들녘은 전답과 산골짜기가 교대로 임무를 서듯 보였다 숨었다 자발머리없이 들쭉날쭉했다. 논에서는 한참 모내기하느라 동네 품앗이 일꾼들이 모두 한 줄로 서서 허리를 굽혔다 피기를 반복했고, 모내기 창을 매기는 선창자는 신명 나고 구성지게 노동요를 읊조리고 있었다. 새참을 옮기는 아낙네와 소녀는 부리나케 발걸음을 놀리고, 못줄 대는 아이는 경구 또래로 보이는 것이 억지로 끌려 나와 일하는 모습이 역력했다. 경구는 속으로, '나도 고향에선 저 일 징허게 많이 혔는디….' 했다. 산자락의 마을을 지날 때는 마을 초입 밭에서 자란 상춧잎을 솎아내는 모녀의 모습도 스쳤고, 그보다 먼발치에서 강낭콩은 주렁주렁 여물어가고 있었다.

햇살이 맑고 풍광이 고요하며 아늑한 날이었다. 번식을 마치고 지나가던 종달새 한 쌍이 '지리지리리' 지저귀며 날아다녔고, 파릇하게 올라온 봄나물들은 어느덧 성해져서 빳빳한 줄기를 곧추세웠으며, 들풀들은 영롱하게 꽃망울을 떨구는 정겨운 경치였다. 경구는 이맘때쯤이면 고향 방아실 뒷산 그늘 녘에도 고사리가 많이 올라와 있겠구나 짐작했다.

이백여 리를 도라꾸는 툴툴대며 잘 달렸다. 비포장도로도 들썩거리며 바퀴를 쉼 없이 놀리고 있었다. 청주와 보은을 떠나 영동을 향한 지도 어언 두 시간이 흘렀다. 정오의 희망곡은 라디오에서 끝나고 교양 대담 프로그램이 이어지자 박 기사는 바로 라디오 스위치를 내렸다. 그러더니 별안간 경구에게 한마디를 청했다.

"야! 너 피린가 퉁손가를 제법 부는 것 같은디, 지금 니 품에 갖고 댕기지? 그거나 끄내서 한 번 불어봐라."

화물주차장에서 첫날 사장님을 기다리며 잠시 불렀던 경구의 모습을 잊지 않고 퉁소 한 가락을 청한 것이었다.

"촌에서 지 혼차 막 배운 소리에유. 뭐 정식으로다가 배운 건 아니지면 기사님이 부르라니께 한 번 불러는 볼게유."

아침에 가슴 품에 넣었다가 청소하면서 넣어두었던 다시방 안의 퉁소를 꺼내 들었다. 아랫입술 중앙에 살며시 대고 손가락을 조심스레 놀렸다.

'비이이 비리비리릭~'

'비리리 비리비리릭~'

경구는 자신이 불어보는 퉁소 소리지만 오늘은 왠지 청승맞고 화창한 봄 날씨에 어울리지는 않는 듯했다. 그러나 박 기사의 첫 청이니 성심을 다해 불어내었다. 박 기사도 귀를 쫑긋거리며 소리에 온 마음을 쏟아부었다. 궁상스럽게 처량한 품이 마음을 애처롭게 만들었다. 날씨는 쾌청했지만, 그 소리가 부조화 속에서도 귀청을 현혹하며 두드렸다. 서민의 마음이었다. 그리고 참아온 세월을 그대로 표현한 듯하였다. 박 기사는 외마디로 거들었다.

"크아~ 좋다."

박 기사는 그 소리를 들으며, 경구에게 늘 가슴 한편에 담아두었던 최근의 사회상을 내뱉었다.

"1970년대 들어 경부고속도로도 개통되고 수출 13억 불을 달성혔다고 난리들을 피지만, 그게 겉껍데기만 그렇지 과연 잘 사는 겐가 허는 생각이 든단 말여."

경구는 박 기사의 말속에서 '와우~, 박 기사 이 냥반 굉장히 유식허구먼.' 하는 생각이 들면서 뒤이어 어떤 말이 나올지 자못 궁금해졌다.

"올 초엔 현대에서 포니도 나와 국산 승용차 시대가 열리고, 제3차 경제개발 5개년 계획의 마지막 해인 올해는 무역이 전년보다 많아지겠지만, 배불러지는 건 재벌들만 되는 거 아닌가 허는 생각이 들어. 일본 놈들과 한일국교 정상환지 뭔지를 맺고 월남전쟁에 파병허면서 그 돈 덕으로 중화학공업 건설에 혈안이 되어 있지만서두, 그게 다 빛 좋은 개살구란 야그지."

경구는 이 사회의 모습을 꿰뚫고 있는 박 기사의 식견에 놀라움을 금치 못하며, 한 말 거들었다.

"지는 무식혀서 암것두 모르지만서두 기사님 말씀처럼 시상이 숨 가쁘게 돌아가긴 허는 것 같은디, 생활이 나아지는 건 별반 없는 건 같긴 혀유."

박 기사는 순진무구한 경구의 말에 피식 선웃음을 짓고 계속해서 말을 이었다.

"월남전쟁 치른다고 미국에서는 딸라를 막 찍어내 금 떵어리 중심의 고정 환율제를 무너뜨리면서 시상 경제가 불완전하단 말이여. 그렇게 혀버리니께 딸라 가치는 낭떠러지로 떨어지고."

경구는 한마디 한마디, 들으면 들을수록 더 이해를 못 하고 박 기사는 더 우러러 보였다. 저 사람은 어떻게 저런 것까지 알고 나불거리는가 신기했다.

"게다가 말여, 이런 상황에 정부는 지속적으로다가 차관을 들여와 재벌헌테만 나눠주고 있으니, 이러다가 큰일 나는 거 아닌가베 하는 걱정이 들어. 천만다행으로 오일 딸라를 지닌 중동 국가 건설 붐으로 우리나라 경제가 점점 나아지는 건 징말로 다행이지."

경구는 차관이니, 붐이니 이런 소리가 뭔 소리인지 모르겠으나 대충 앞뒤 문맥으로 빌린 돈, 분위기 정도쯤 되겠구나 추측했다. 박 기사는 역시 도회지 사람다웠다. 운전기사라는 기술도 기술이지만, 사회 돌아가는 것도 참말로 많이 알고 있다고 생각하며 도회지 사람들은 이런 것까지 알아야 함을 깨달았다. 그러고 보니 경구도 그런 생각이 들었다.

'시상은 나날이 급허게 변허는디, 부동산 투기로 집값은 천정부지로 뛰어오르고, 생필품 공급이 제대로 되지 않아 오르는 물가에 서민들은 손 빨고 있는 게 다반사고.'

지금까지 이런저런 이야기를 죽 떨어놓은 박 기사는 이제 이야기를 접어야겠다고 생각했는지, 다음과 같이 마무리를 했다.

"어쨌거나 저쨌거나 우린 열심히 돈을 벌자구. 시상이 날마두 변해 뿌려두 돈 가진 놈이 최곤겨. 돈만 있으면 개도 멍첨지헌다고 안 허냐."

경구는 박 기사의 마무리 말에 짧게 대꾸했다.

"그류. 언젠가 쥐구녁에 볕 들 날도 오겄쥬."

어느덧 도라꾸는 영동에 도착했다. 규모가 작은 창고에 보루바꾸를 하차하고, 서둘러 차 문을 닫고 출발했다. 이 배달을 오후에 두 번 해야 오늘 일이 끝나기에 꾸물댈 수가 없었다. 오던 길을 되돌아가는 것은 낯설이 적어서인지 좀 지루해지기 시작했다. 차는 드문드문 교차해서 지나갔고, 길가에 사람들도 듬성듬성 걸어가고 있었다. 얼마쯤 갔을까. 짐을 부리고 아마 두 마장쯤 갔을 무렵이었다. 뜻밖에 행인 대여섯 명이 도라꾸를 향해 손을 들어 세우고 있었다. 박 기사는 흔히 있는 일이라 당황하지 않고 차를 세우면서 경구에게 말했다.

"저니들 차 태워달라고 허는 것인게, 한 사람당 백 원씩 받고 뒤 화물칸에 태워. 오늘 간만에 삥땅 한번 치자."

경구는 그 말에 따라 차가 멈추는 즉시, 차에서 내려

"백 원씩 내고 타려면 타시구 아니면 말구유. 어뜌. 타실규?"

잠시 여섯 명은 쑥덕쑥덕 자기들끼리 얘기를 하더니, '알았다.'고 하고는 도라꾸 뒤로 화물칸을 타기 위해 걸어갔다. 경구는 얼른 사다리를 놓아 그들이 순조롭게 탈 수 있도록 도왔다. 그들은 마침 명천 시내까지 가는 중이라 목적지가 일치했다. 그들을 모두 화물칸에 태우고 사다리를 제자리에 끼워놓은 후, 조수석에 올랐다.

"이게 부수입여. 삥땅이라고 허지. 삥땅이란 거 들어 봤지?"

경구는 과거 실곡마을에서 아버지가 작은아버지랑 이야기하면서 삥땅 이야기를 한 적이 있었는데, 그때 궁금해서 나중에 작은아버지께 물어 그 뜻을 대략 알고 지낸 터였다.

"예. 공짜루 생기는 돈 아뉴?"

박 기사는 용케 그 말뜻을 알고 있는 경구를 대견하게 쳐다보며,

"그려. 그런 의미지. 이 돈은 너랑 나랑 공짜루 생기는 돈이니께 차주헌테 야그허거나 장부에 쓰지 말고 주머니에 나눠 쓰자구. 알긌냐?"

경구는 죄를 저지르는 것 같아 찜찜하고 내키지 않았다. 그러나 박 기사의 공범 동행 제의를 거절한다면 몹시 화를 낼 것임은 뻔한 이치였다. 할 수 없이 경구는 동조하며,

"알겄슈. 그리 헐게유."

해는 중천을 지나 서녘으로 조금씩 기울어졌다. 들판에 밭일 나갔던 농군들도 옷을 탈탈 털며 정리를 서둘렀고, 도라꾸도 두 번째 보루바꾸를 싣고자 공장에 들어섰다. 두 번째라 익숙해진 탓인지 처음보다 짐 싣는 속도가 많이 붙었다. 차곡차곡 화물칸에 보루바꾸를 꽉 채웠다. 공장 일꾼들이 그러는 사이 박 기사는 근처 연쇄점을 경구와 찾았다.

"난 박카스 하나랑 담배 한 갑 살팅게, 니두 뭐 하나 먹고 싶은 거 있으면 먹어라. 돈은 아까 삥땅헌 그 돈으로 내고."

경구는 "예."라 대답은 했지만, 딱히 먹고 싶은 거는 없었다. 원체 주전부리를 먹어본 적도 없었고, 밥이나 배불리 먹으면 되었지 무슨 간식 나부랭이가 굳이 필요하다고 생각지 않았다. 그래서 박카스 하나의 가격을 다른 주머니로 옮기고 그 돈을 아껴 모으기로 다짐했다. 박카스를 한입에 털고 거북선 한 개비를 맘껏 빨던 박 기사는,

"넌 왜 안 먹어? 뭐 하나 먹으라니께."

경구는 발그레한 낯빛으로

"지는 됐구만유. 그냥 그 돈 모을게유."

박 기사는 경구의 규모 있는 태도에 놀랐다. 돈 벌려는 욕심이 대단하다고 생각하면서 자기 또한 도회지에 처음으로 나와 생활했을 때 그러했는데, 그때의 그 모습 그대로였다. 그래서인지 경구의 그런 행동에 박 기사는 정이 더 들었다. 그냥 '모르는 척할 걸 그랬구나.' 후회를 하면서,

"되얐다. 계산허고 나오니라. 나 먼처 차에 가 있을랑께."

박카스 값 백 원을 경구는 일하고 처음 벌었다. 물론 정정당당하게 번 돈이 아니어서 뒤가 구리긴 했으나, 어쨌든 자기 수중에 돈이 일하면서 처음 들어온 것은 사실이었다. 삥땅 친 육백 원에서 값을 치르고 나니, 이백 원가량이 남았다. 이 돈은 어찌하나 박 기사에게 물어볼까 하다가 그냥 두 사람의 공금처럼 보관하기로 했다.

저무는 해가 길게 그림자를 늘어뜨리는 시간이 되었다. 두 번째 영동도 갔다가 짐을 부리고 이제 화물주차장으로 귀가하는 중이었다. 박 기사는 도라꾸를 주차하고 귀가하면서 잠시 명천극장에 들러 모레 휴일에 갑례랑 같이 볼 영화를 예약할 예정이었다. 최근 이원세 감독이 만들고 하명중, 정윤희, 신구, 최불암이 주연으로 출연한 『목마와 숙녀』가 장안에 화제가 되고 있었다. 야구를 인생의 오직 한 목표로 삼고 자라온 투

수가 슬럼프에 빠지면서 방황하는 가운데, 악성 빈혈로 생사의 갈림길에 허덕이는 한 여인과 사랑을 나눈다는 이야기였다. 갑례와 둘이 보기에도 딱 좋은 내용이라 골랐다. 단둘이 영화관에 오붓하게 앉아 영화 볼 상상을 해보니, 벌써 어깨춤이 추어지고 흥이 났다.

반면에 경구는 귀가 중에 문방구에 들러 문풍지 테이프와 편지지, 편지 봉투, 우표를 살 예정이었다. 자리도 잡았겠다, 거처도 잡았겠다, 이제는 집에 편지라도 넣어 걱정하실 어머니에게 안부를 전하고, 고향의 순덕이에게도 잘 있다고 인사를 해야 도리인 것 같았다.

드디어 화물주차장에 도착했다. 경구의 첫 출근일 하루가 끝났다. 몸은 구석구석 쑤시고 피곤했지만, 진기한 세상 구경을 시작한 기분이었다. 박 기사는 경구와 이따 저녁 식사 시간 때 보자는 짧은 인사를 나누고 각자 갈 길로 헤어졌다. 박 기사는 영화관 매표소로, 경구는 큰 길가 문방구로.

문방구에서 이것저것을 사고 집에 도착하니, 어둠이 성큼 다가왔다. 저녁 식사 시간까지는 한 삼십 분 남았다. 남은 시간에 차계부를 정리해야겠다고 생각했다. 그리고 그 정리 본을 저녁 식사하면서 사장님께 드릴 예정이었다. 하루 총 운임과 함께. 차계부를 정리하면서 오늘 일과를 찬찬히 되새겨 보고 확인하였다. 빠진 것이 없나 순서가 잘못된 것은 없나 거듭 확인하면서 작성했다. 정성 들여 정리하고 장부를 덮으니, 딱 저녁 식사 오 분 전이었다. 미리 반지하 방을 나섰다. 사장님께 식사 전에 차계부를 먼저 보여주고 밥을 먹어야겠다는 생각에서였다. 거실에 들어가니, 사장은 의자에 앉아 텔레비전을 시청하는 중이었다. 사장에게 공손하게 다가가 차계부를 내밀며,

"사장님, 오늘 일과 내용 정리한 것과 운임 전부에유. 확인해보셔유."

사장은 연예인의 우스갯소리를 보다가 경구의 말에,

"으응. 어디 보자. 오늘 첫날이라 고생 많았지?"

그러면서 경구의 얼굴을 살폈다. 경구는 쑥스러운 표정으로

"아뉴. 박 기사님이 여러모로 도와주셔서 수월찮게 넘겼슈. 재미도 있었구유."

사장은 흡족한 눈빛으로,

"그랬나? 다행이네그려. 차계부 글씨를 보니, 글씨체 참 좋네. 필체가 참 좋아. 정리도 일목요연하게 잘 되었고. 수고 많았네. 옜다. 다시 가져가게."

사장은 차계부 내용을 확인하고 그사이에 넣어둔 운임을 빼서 바지 뒷주머니에 넣었다. 이를 본 사장 부인은 사장에게 볼멘 표정을 지으며 지청구했다.

"아니, 당신! 왜 그 돈을 당신 주머니에 넣어요. 이리 줘요."

사장 부인은 짜증 나게 말은 했지만 진실로 그러한 표정은 아니었고, 콧소리가 약간 들어간 것이 오히려 더욱더 매혹적이면서 즐기는 모양새였다. 사장은 이 상황을 얼른 모면하고 분위기를 반전시키고자,

"갑례야! 밥 아직 멀었냐?"

주방에서 밥상을 부지런히 차리던 갑례는 허겁지겁 대답했다.

"시장허시지유. 다 됐시유. 시방 오셔두 돼유."

사장의 서두름에 갑례는 박자를 맞춰주었다. 사장 부인은 이런 사장의 모습을 못 이기는 척하며 그냥 넘어가고 있었다. 사장은 주방으로 들어서며 이 층 방을 향해 큰 소리로 외쳤다.

"이 층, 아들과 박 기사 얼른 내려와. 저녁 먹자."

어제저녁과 마찬가지로 제 자리를 찾아 다들 자리를 잡았다. 갑례의

손맛은 일품이었다. 사장댁에서 음식을 사장 부인이 차리기만 했지, 거의 갑례의 솜씨라는 것을 다들 알고 있었다. 경구만 초짜라 아직 모를 뿐이었다. 갑례의 손은 컸다. 양념도 조금씩 하지 않고 듬뿍듬뿍 넣었고, 양도 먹는 게 실하면 일 못 한다는 생각에 넉넉하게 마련했다. 때론 그 손이 너무 커 사장 부인에게 주의를 받기도 했으나, 그때뿐이지 그 버릇이 쉽게 고쳐지지는 않았다. 항상 육류나 생선 하나는 꼭 준비했고, 찌개와 국, 나물 요리가 올라왔으며, 계란찜이나 계란말이는 특식으로 가끔 올리는 차림이었다. 오늘은 계란말이가 올라왔다. 파를 송송 썰어 듬뿍 넣고 깨소금과 후추를 조금 넣었으며 고춧가루도 약간 첨가했다. 샛노란 때깔을 보는 순간 침샘에서 곧 나온 질펀한 침이 꿀꺽 넘어가게 생겼다.

모두 자리를 잡은 저녁 시간. 오순도순 모여서 하루 일을 이야기하며 각자의 소회를 털어놓고 나누는 짬. 여유롭고 온화한 분위기였다.

사장은 오늘 버스 운영 차주 회의를 다녀온 후 노선 정리 때문에 옥신각신했던 과정을 침 튀기게 이야기하며 점점 경쟁이 치열해 살기 힘든 요즘의 흐름을 장황하게 늘어놓았고, 그 부인은 남편의 말에 귀를 솔깃하게 세우고 경청했다. 열변을 토하던 사장은 자가당착에 빠져 앞뒤가 뒤틀리자 화를 부르르 내기도 하고, '무슨 소용 있나. 다 팔자소관인걸.' 하면서 풀썩 기가 꺾이기도 하면서. 그의 둘째 아들은 제 아버지가 그러거나 저러거나 귀찮은 듯 무표정하게 밥 먹는 데 열중만 할 뿐이었다.

사장이 주저리주저리 입놀림을 하는 와중에도, 박 기사는 사장의 말이 하나도 들어오지 않았다. 그는 영화예매표를 왼편 윗주머니에 넣은 채 오직 갑례에게 줄 기회를 호시탐탐 엿보고 있을 뿐이었다. 저녁 식사 후 설거지를 모두 마치고 밤 아홉 시경에 조용히 불러 줘야 하나, 아니면 저녁 식사가 끝나자마자 설거지 직전에 줘야 하나 망설이고 있었다. 불러내자니 그 기회 잡기가 녹록지 않고, 설거지 직전에 주자니 말할 시간이 많지 않을 것 같고.

경구는 서둘러 식사를 마치고 문풍지를 어떻게 붙일 것인가, 고향에 보내는 편지는 어떠한 내용으로 작성하나 머리를 굴리고 있었다. 사장의 이야기를 경청하는 듯 눈을 맞추었지만, 자신의 삶에는 그다지 연관되지 않다고 판단해서 듣는 둥 마는 둥 하는 모양새였다. 그러면서 사람의 말 듣는 것과 하는 것이 모두 말하는 이의 의도와 다를 수가 충분히 있으며, 남을 설득시키기 위한 말이 절대 쉽지 않음을 곁다리로 헤아려 보았다. 저녁밥은 오늘도 그렇게나 맛있을 수 없었다. 먹어도 먹어도 배가 불러오지 않았다. 배 속에 식충이 들었나, 거지가 앉아있나, 먹어도 배부르지 않았고, 든든히 먹었다고 판단했지만 뒤돌아서면 또 배고팠다. 오늘도 경구는 일차 고봉밥에 이어, 이차로 밥 반 공기를 더 먹었다. 그동안 이렇게 식성이 좋았던 놈이 실곡마을에서 어떻게 살았나 스스로 놀랄 정도였다.

저녁 여덟 시가 다 되어 저녁 식사는 모두 끝났다. 모두 수저를 놓고 자리에서 일어설 때 경구는 바쁜 마음에 꾸물대지 않고 일층 주방을 벗어났다. 마당에 들어서니, 바람은 차갑지만 보드랍고 훈훈하게 부는 냉기였다. 밤하늘에는 목동과 처녀가 사자를 뒤쫓으며 달려가듯 별자리들이 자리를 잡고 있었다. 목동은 처녀가 무척이나 좋은지 두 팔을 크게 벌려 꼭 안으려고 하고, 처녀는 부끄러운 몸빛으로 고개를 돌리며 빛을 내고 있었다. 봄밤 하늘의 목동과 처녀의 사랑 이야기가 순수한 지구의 청춘 연애를 선도하는 그 자체였다. 어쩌면 저 목동은 자신이고, 저 처녀는 순덕처럼 그려졌다. 순덕이는 지금 무얼 하고 있을까 궁금하기도 했다. 방앗간 일을 마치고 돌아온 제 아빠의 시중을 들고 있을까, 할머니의 머리맡에 무릎베개를 베고 누워 옛날이야기를 듣고 있을까, 저처럼 밤하늘 보면서 내 생각을 하고 있을까?

땅광 방으로 들어온 경구는 문풍지와 칼을 들고 문의 길이에 따라 자르고 정리해 틈새를 막았다. 출입문과 창문 네 귀를 꼼꼼하게 막고 붙였다. 창문 턱에 놓인 코나타 고사리 화분은 튼실하게 줄기를 세우고 있었다. 햇빛이 드물고 축축한 습이 많은 환경이지만 너무나도 당당하고 똑 부러지게 자라나고 있었다. 경구는 힘을 받았다. 저렇게 하찮은 식물도 환경이 어렵게 변했음에도 불구하고 떳떳하고 버젓하게 자리를 잡아가는 적응력은 경구에게 말 없는 찬사요, 격려요, 갈채였다. 문풍지로 마무리하고, 다시 한 번 훈기를 피부로 맡아봤다. 한결 방안이 훗훗해졌다. 아직 위풍이 좀 남아있기는 했으나, 문풍지 이전과는 큰 차이가 났다. 자리에 누워 베개를 턱에 받치고 편지지를 곱게 폈다. 그리고 순덕이의 얼굴을 그려보았다. 어머니와 동생 범구의 얼굴도 아울러 그려보았다. 순덕에게 먼저 편지를 쓰고, 그리고 어머니께 글을 드리기로 마음을 먹었다.

순덕이 보니라.

어뗘? 잘 지내는겨? 나 안 보고 싶은 겨?

맴이 급허니 이 말부텀 써부렀네.

오늘 밤에는 내 숙소 앞마당에서 라일락 꽃시울이 허벌나게 나와 버렸구. 밤하늘은 목동자리와 처녀자리가 함께 있는 걸 보니께 니 생각 많이 나대. 이잉~.

난 시방 아주 잘 지내고 있당께. 명천에서 자리 잡았는디. 니 명천 아나? 왜 포도도 유명하고 기차역도 멋들어지고 유원지도 유명한 명천. 알지? 거기서 어찌어찌 혀서 자리를 잡아번지고 말았어야. 다행히 운이 좋아 취직이 되었는디, 도라꾸 조수. 잠은 사장 댁에서 땅광 방을 줘서 거기서 자고 먹고 허기로 혔어. 사장님이 맴이 참 착허신 분들 같어. 잘혀 주셔서 다행이여.

나 일 알켜주는 사람은 박 기사란 분인디, 나이는 스물아홉에 아는 것도 많고 기양 사람은 나쁜 사람 같지는 않어. 아직 며칠 안 되야서 많이는 모르겄지만, 아직꺼정 큰 탈 없이 자분자분허지 않게 혀주니께 말여.

여긴 말여, 사장 주방에서 식모가 따로 있어 밥을 채려주는디, 날마다 고기나 비린 것이 하나큼씩은 나오고, 계란말이나 찌개도 푸짐허게 줘서 요즘 나가 밥맛이 최고고 난리여. 밥은 진짜루 배불리 실컷 잘 먹고 댕기고 있어. 실곡마을에서 배곯던 때보다야 백 배, 천 배는 낫지. 뭐.

울 엄니는 잘 있쟈? 미안허지만 니가 가끔씩 가봐. 뭔 일 있으면 즉각 연락혀번지고. 아마 잘 있긴 허실 겨. 그래두 혹시 몰라서 부탁허는 것인께 가끔씩 들여다보면 고맙겠구먼.

난 여기서 일 열심히 혀서 꼭 운전 면허증을 딸 겨. 꼭 그려서 멋진 운전기사가 될라구. 내가 운전면허 따고 니 조수석에 태워 전국 방방곡곡 삼천리 유람시켜 줄랑께 그때꺼정 잘 지내구. 알겄냐?

다음에는 더 좋은 소식으로 연락줄랑께. 잘 지내구. 순덕아.

참! 내 퉁소 소리 많이 그립쟈? 언제 쉬는 날 되면 니헌티 가서 그간 못 불러준 거 몰아서 실컷 들려줄팅께 쫌만 지둘려.

1976년 오월 어느 날

니를 참말루 많이 좋아하는 경구가

한 줄 한 줄 쓸 때까지 몰랐으나, 다 쓰고 읽어보니, 왠지 눈물이 핑 돌았다. 경구는 자신이 순덕이를 '참말로 많이 좋아는 하는가 보다.'라고 되새겼다. 운전 일 열심히 배워 도라꾸 기사 돼서 돈도 많이 벌고 전국 팔도 유람을 해버리는 게 꿈으로 자리 잡았다. 그간 중학교 못 들어간 걸 조그만 맘속 응어리로 지녔었지만, 이젠 그까짓 중학교야 별것 아니란 생각이 들면서 대신 일찍부터 돈 벌어 크게 성공해야겠다는 다짐을 재차 확인했다.

순덕에게 보낸 편지를 마감하고, 새로운 편지지 한 장을 또 펼쳤다. 어머니에게 보낼 편지지이다. 시작부터 목메고 꽉 막히니, 순덕에게 보내는 편지하고 또 다른 감회였다. 머뭇, 머뭇거리며 한 줄을 어렵게 쓰기 시작했다.

어머니 전 상서

엄니, 지 불효자 경구예유. 갑짝시리 집을 뛰쳐나가 번져서 엄청이나 놀라셨쥬? 참말루 지송혀유. 야그를 헐까 갈등도 혔지만, 아마 그랬으면 엄니가 허락을 안 해줄 게 분명혀서 그냥 굳은 맘 먹고 감행했슈. 많이 걱정허셨을텐디 다시 한 번 죽을죄를 졌슈.

그나저나 지는 어느 도시에 잘 정착혀서 참말루 잘 지내구 있슈. 거기서 운 좋게시리 운전 조수 자리를 하나 얻어 시방은 도라꾸 조수로 지내고 있구, 거처는 사장집에서 지내구 있슈. 사장집에 식모가 일허는디 밥이며 찬을 월매나 잘 허는지, 지는 매끼 고봉으로 두 끼씩은 꼬박꼬박 먹으며 지내구 있슈. 그러니 엄니는 지 걱정 하나두 허덜 마셔유.

아버지는 아직꺼정 집에 안 오셨쥬? 남편 속섹여, 장남까지 가출혀, 정말 심란하시겄구만유. 근디 지는 여기서 운전 열심히 배와 꼭 운전면허 따서 금의환향헐팅께 엄니 기대혀슈. 꼭 그리 헐팅게.
운전 면허따거들랑 지가 엄니랑 내 동생 범구 태우고 여기저기 좋은디 많이 구경시켜드릴 게유. 알겄쥬? 범구도 잘 지내쥬? 그 놈도 많이 보구 잡구만유. 피붙이라고 그 둥굴둥굴헌 얼굴이 눈에 선해유. 엄니 좀 핀허게 좀 해줘야 할틴디, 자꾸 칭얼대지는 않을랑가? 지가 집이 없어 소 꼴은 누가 비는지도 궁금허긴 허네유. 하여튼간에 미안허구 지송혀유.
그러나 쪼만 참으슈. 꼭 성공혀서 찾아뵐팅게.
다음에 연락 또 드릴게유. 그때꺼정 만수무강허시구유.

1976년 5월

불효자 경구 올림

마지막 글자를 채우고 펜을 놓으며 경구는 상념에 잠겼다. 순덕에게는 겉봉투에 보내는 이의 주소를 밝혔으나 어머니에게는 밝히지 않았다. 밝혔다가 작은아버지를 대동하고 찾아 나설까 봐 겁이 났기 때문이다. 어떻게 가출하고 또 어떻게 잡은 취직자리인데, 절대로 포기할 수 없었다.

겉봉투 입구를 밥풀로 붙이고 두 편지 봉투를 가지런히 머리맡에 놓았다. 한결 마음이 편했다. 어찌했거나 그동안 마음이 좀 편한 것은 아니었다. 어머니 몰래 가출하고, 순덕이에게 비슷한 언질을 주었으나 제대로 알리지 않고 부랴부랴 시도한 자신의 행동에 늘 죄스러움과 미안함이 마음을 옥죄고 있었기 때문이다. 그러나 이렇게 편지라도 지금의 마음과 처지를 간략하게나마 알리게 되니, 마음의 큰 짐을 덜어낸 듯 홀가분했다. 곧이어 편안한 마음으로 라디오 스위치를 켰다.

열 시 저녁 뉴스를 막 하는 중이었다. 이 뉴스가 끝나면 TBC 동양방송 939KHz에서 황인용의 「밤을 잊은 그대에게」라는 라디오 프로를 들을 참이다. 황인용의 푼더분하고 훈훈한 중저음의 목소리로 두 시간 동안 사람 사는 이야기와 함께 음악을 듣노라면 어느새 눈이 스르르 감기고 음악에 취해, 목소리에 취해 잠들었다. 자기 전 라디오를 들으며 자는 호사를 누리는 경구는 아직도 꿈인가 생시인가 혼란스러웠다. 뺨을 때려보고, 볼을 꼬집어 봐도 분명 생시임은 틀림없었다. 라디오에서는 어느 외국 가수의 록 음악이 들렸다. 그릇 깨지는 듯한 시끄러움으로 반지하 방 천장을 쩌렁쩌렁 울렸지만, 이 또한 신나고 낯선 경험이었다. 한참 심란하고 시끄럽더니, 이번에는 황인용 씨가 조용하고 차분한 발라드풍 기타 소리 음악을 들려줬다. 클래식 기타 소리에 맞춰 잔잔하게 흘러나오는 가수의 목소리는 젊은 여자들 심금을 충분히 울리고도 남을 정도였다. 사내인 경구 자신도 마음이 울렁거리는데 하물며 젊은 여자들이야 말해 무엇하겠는가. 오늘도 이렇게 하루가 저문다. 그리고 별들도 얌전하게 잠이 든다.

7

그리워라, 내 사랑

이른 아침, 마당 남쪽에 외롭게 서있는 목련 위에 터를 잡고 까치가 '까악까악' 짖어댔다. 경구는 그 소리에 잠에서 부스스 일어나 눈곱을 떨어냈다. 안개가 흩날리며 간유리처럼 뿌연 기운이지만 까치는 무엇이 못마땅한지 자기 둥지를 벗어나 남의 마당에서 자지러지게 울어대고 있었다. 어제의 아침과 같지만 다른 풍광이다. '손님이 오려나.' 했다.

마당 한 편 수돗가에 수건을 들고 나가 러닝셔츠 바람으로 목덜미부터 귀 볼때기까지 비누칠하고 낯짝에도 살짝 한 번 한 후 찬물로 시원하게 씻어냈다. 거뭇거뭇한 손등을 위해서는 비누칠을 연거푸 두세 번 했다. 안개가 좀 끼어서 그렇지 나름 오늘도 이만하면 상쾌한 하루다. 하루가 다르게 아침 기온이 올라가 한낮에는 이십 도를 훌쩍 넘어 반소매를 입어야겠다는 생각이 들 정도였다. 까치의 발걸음과 날개 깃털이 마당 안에서 가만히 함께하는 아침. 이장집 스피커에서는 아침저녁 두 번씩 들려오는「새마을 노래」가 오늘도 어김없이 날아왔다.

맨손체조까지 끝낸 경구는 반지하 방으로 들어가 출근 채비를 했다. 어젯밤에 쓴 편지와 퉁소도 가슴팍에 집어넣었다. 이제 갑례 누님이 차려놓은 아침을 먹고 화물주차장에 가면 그만이었다. 방문을 닫고 나오며 코나타 고사리에게 출근 인사를 하면서 나왔다.

"댕겨올게."

화분의 널찍한 잎사귀가 살랑살랑 흔들며 잘 다녀오라고 배웅 손짓을 했다. 햇볕이 잘 스미지 않는 땅광 창턱에서 함초롬히 그늘을 즐기는 코나타 고사리의 모습에 미안함과 감사함이 교차한다.

일 층 주방으로 들어가 간단하게 아침을 먹었다. 오늘은 특히 된장국이 수더분하게 구미를 당겼다. 나중에 결혼한다면 갑례 누님처럼 음식 솜씨 좋은 여자와 결혼하면 좋겠다는 욕심을 찰나 동안에 내본다. 간단했지만 든든한 아침을 마치고, 소지품을 챙겨 주차장으로 향했다. 편지는 가면서 오 분 정도 거리에 있는 우체통에 넣었고, 부지런히 가게 앞을 쓸고 계시는 주인들께 듣거나 말거나 아침 인사를 하며 지나갔다. 그 사람들도 어색하지만 싫지 않은 기색이다. 국민학교 재학 시절 오 학년 때 담임선생님이 하신 말씀을 맘에 꼭 담고 있다.

'웃는 낯에 침 못 뱉으며, 인사성 바른 사람은 반드시 성공한다.'

처음엔 인사가 멋쩍고 쑥스럽겠지만, 매일 반복하며 먼저 다가가면 상대방도 반드시 그에 대한 화답이 있으리라 굳게 믿었다. 이는 담임선생님의 말씀처럼 사회를 살아가는 가장 저렴하면서 효과 만점인 처세였고, 공략이었다. 주차장으로 가는 길에 가게는 여남은 채 있었다. 그들은 대체로 시골에서 올라와 터를 잡은 사람들이 태반이었고, 이들도 객지에서 가난 반 고생 반으로 살아왔던 인생이었으며, 아직도 그 삶은 진행 중이었다. 식당도 있고, 구멍가게도 있고, 철물점도 있지만, 그중 가장 눈에 들어오는 분은 나이 지긋한 세탁소 아저씨였다. 첫인상이 후덕하고 여유 있는 모습에 참 인상적이었다. 오종종한 생김새의 그분을 보게 되면 다른 분들보다 더 정겹고 힘차게 인사말을 전했다. 그분도 다른 분에 비해 반응이 더 크고 다정히 맞아주셨다. 그러면서 오늘은 먼저 세탁소 아저씨가 말을 건넸다.

"어디 사는 청년여?"

경구는 언덕 쪽으로 보이는 사장댁 녹색 대문을 가리키며,

"에, 저기 보이는 녹색 대문, 김 사장님 댁 아셔유? 운수업하시는. 그 집 도라꾸 조수예유. 열일곱 살 경구라구 해유. 앞으로 잘 부탁드려유."

자기에게 선뜻 다가와 준 세탁소 아저씨가 참으로 인자했다.

"아! 그려. 종종 보겠구먼. 젊은 나이에 돈 벌러 왔구먼? 젊어서 고생은 사서 한다니께 힘들어두 힘내구, 언제 한 번 밥이라도 한 끼 먹세그려."

인사의 효력이 벌써 나타났다. 통성명을 간단히 나누면서 한 인사 덕에 밥 한 끼 함께하자는 제의가 들어왔으니 말이다. 설혹 진짜 밥 한 끼 같이 먹지 않더라도 그 정도로 친밀감을 유지하고자 하는 세탁소 아저씨의 속뜻을 알게 됨이 기쁘고 신났다. 이런 일이 있으려고 아침부터 마당의 까치가 울부짖었나 했다. 가벼운 발걸음으로 구멍가게 앞 우체통에 편지를 부치고 새마을 노래에 발맞추어 주차장으로 향했다.

오늘 아침도 주차장에 들어서면서 도라꾸의 바퀴와 외양을 점검한 후 차 문을 따고 들어가 운전대와 다시방을 닦았다. 그리고 차계부와 퉁소를 다시방 서랍에 고이 모셔놓았다. 화물칸에 올라 주변을 정리하고 세루모다도 잘 돌아가는지 만져보았다. 막 시동을 걸려던 찰나, 박 기사가 오늘은 일찍 나왔다.

"경구야! 오늘은 일찍부터 서둘러야겄다. 오전에 대전까지 공장 짐 옮기고, 오후에는 명천 시내에서 항곡면으로 쌀가마니를 옮겨야 쓰겄어. 근디 어제보다는 좀 일찍 끝날 겨. 아마 대여섯 시쯤이면 말여."

경구는 서두는 박 기사를 따라 시동을 얼른 걸고 조수석에 부지런히

앉아 오늘 일정을 차계부에 정리했다. 이내 도라꾸는 출발했다. 명천 외곽 공장 지역에 들어가 대전으로 옮길 짐을 적재하고 대전으로 향했다. 말로만 듣던 대전을 오늘 처음 가본다. 경구는 속으로 또 신났다. 조수이니 공짜로 차 타는 것은 당연지사이지만 대전이라는 큰 도회지 구경을 간다니, 이야말로 꿩 먹고 알 먹고다. 국민학교 시절에 대전을 다녀온 반 친구가 대전역과 그 앞 극장 구경 다녀온 이야기를 한 적이 있었는데, 당시에는 그 모습이 선하게 머릿속에 그려지면서 얼마나 부러웠던지. 바로 그 대전을 간다는 박 기사의 말에 경구는 침을 꼴깍 한 번 삼키며 긴장까지 하였다. 그래서 빠른 몸놀림으로 공장에 도착해 차 후진과 주차를 도왔다. 그리고 짐을 실은 후 가빠를 덮어 짐이 흔들리지 않고 날아가지 않도록 단단히 단속했다. 공장 벽면에는 선명하게 '공장 일을 내 일처럼, 근로자를 가족처럼'이라는 문구가 붙어있었다.

박 기사는 짐 싣는 일이 얼추 정리되자 클랙슨을 '빵빵' 울리며, 출발을 재촉했고, 경구도 급히 조수석에 자리를 잡았다. 대전은 기찻길이 들어서면서 비약적으로 커나가는 대도시였다. 하루가 다르게 허허벌판에 마천루가 세워지고, 동서남북 사통팔달 신작로가 펑펑 시원스레 뚫렸던 지역이었다. 대전 시내가 가까워지자 도로의 가로수는 오히려 줄어들고 그 자리를 가로등이 대신했다. 간혹 골목길 입구에는 '산업입국, 수출보국'이라는 여덟 글자가 현수막으로 크게 걸려있었다. 십 차선이나 되는 도로는 그 규모도 놀라웠지만, 길가에 즐비한 점포나 빌딩들은 명천 시내와는 또 다른 별천지였다. 경구는 '시상이나. 이런 시상이 다 있구먼.' 이라고 속으로 되뇌었다.

거리에 사람들은 출근하느라 바쁜 걸음으로 종종댔고, 어느 예쁘장한 소녀는 봄 소풍을 가는지 옷차림이 울긋불긋하니, 김밥 가방을 어깨에

휙 둘러멨다. 경구는 '소풍에는 찐 계란과 칠성사이다가 최고였지….' 하는 추억에 잠겼다. 정부에서는 '아들, 딸 구별 말고 둘만 낳아 잘 기르자'를 대대적으로 홍보하고 일깨우면서, 아이를 둘 이상 낳는 것이 마치 짐승이나 저급한 행실로 비웃음을 샀다. 거리마다 벽보나 포스터가 나붙었고, 사람들은 서서히 그 말에 젖어 들고 마취되었다. 심하면 둘도 많다는 생각까지 팽배해졌다. 이런 분위기에 어린이들이 하나둘 느는 것은 오히려 정부는 내키지 않았던 것 같았다. 경구는 결혼하면 그래도 아들 하나, 딸 하나를 꼭 두어야겠다고 생각했다. 지나가는 소녀의 앙증맞은 자태가 너무나도 사랑스럽고 어여뻤다.

대도시라 그런지 간혹 장발한 청년들과 미니스커트를 입은 아가씨들이 보였다. 대단한 용기와 담력을 지닌 사람들이었다. 작년 『바보들의 행진』에서 장발과 미니스커트가 영화로 소개되면서 대인기를 끌었다. 송창식의 「왜 불러」라는 노래는 배경음악으로 쓰였고, 그 이유로 방송금지곡이 되었지만, 아직 젊은이들은 그 노래를 남몰래 읊조렸고 금지되면서 더 유행하는 꼴이었다. 경찰들은 장발과 미니스커트 단속에 혈안이 되었고, 길거리에서 경찰이 머리카락을 강제로 자르는 풍경은 어느새 익숙해질 정도였다.

박 기사는 지나가는 장발족의 청년을 부러운 눈빛으로 쳐다보며,

"역시 대도시는 달러야. 명천만 혀두 저런 아그들 보기 쉽지 않은디, 쟤들 봐라. 덥수룩하게 찰랑거리며 긴 머리 휘날리는 게. 나는야 멋스럽고 보기만 좋구만, 왜 경찰들은 못 잡아서 안달이구 쟤들은 숨어다니느라 안달이구. 참 재밌는 시상여. 안그냐? 경구야!"

경구도 마침 그 청년들을 보던 차여서 무슨 뜻인지 금방 알아듣고,

"그러게 말여유. 지 머리 지가 깎든 말든 지 맘대루 쓰는 게 응당 지

당혈 거인디, 왜 나라에선 머리 길르지 말라고까지 참견을 허는지. 근디 지는 그렇게 부럽지는 않아유. 머리 길르면 감기 힘들구 머릿니만 많이 생기구 또 생기면 귀찮구. 뭐 그려서유."

실곡마을에서 머리 긴 아이들은 영락없이 머릿니가 있었다. 하루마다 서캐가 생기고 또 생기고 했다. 머리라도 자주 감아야 하지만, 일주일에 한두 번 감는 것이 고작이었다. 저녁마다 집안에서 하는 일이라는 것이 어머니 무릎을 베개 삼아 참빗질하고 DDT 흰 가루약을 머리에 흩뿌리거나 머리를 이리저리 뒤척이며 머릿니를 손톱으로 잡고 서캐를 훑어내는 일이 다반사이고 늘 하는 일상이었다. 한 반에 머릿니가 있으면 금세 옮았다. 순덕이도 이가 올라 몇 날 며칠을 고생고생해서 달포쯤 지난 후에야 겨우 박멸했던 적이 있었다. 물론 경구도 옮은 적이 있었으나, 머리가 짧은 탓인지 신경 써서 잡으면 며칠 안에 없어졌다. 머릿니가 반이나 마을에 돌면 사내아이들은 스포츠형이라 해서 머리를 짧게 깎았고, 여자아이들도 단발머리로 깡똥하게 잘라버렸다. 그러나 머릿니는 한번 없어졌다고 다시 생기지 않는 것은 아니었다. 조금만 방심하면 바로 또 옮았다. 옮았다 하면 퍼지는 건 정말 순식간이었다. 그래서 반 아이들 머리가 밀가루를 뒤집어쓴 듯 허연 것은 자주 보는 광경으로 낯설지 않았었다.

오전 11시경에 다다라 대전에 짐을 내리고 숨을 돌리게 되었다. 박 기사는 짬이 나자 경구에게 잠깐 시내 구경을 제안했다.

"경구야? 니 대전 첨 오자? 온 김에 시내 구경 쬐금만 허고 갈까?"

박 기사는 경구 속을 훤히 들여다보는 심미안이 있어 보였다. 경구는 반가운 얼굴로,

"그야 좋쥬. 첨 와 봐유, 대전. 징말로 별천지네요. 시내가 회색으로다

가 도포를 한 것 같유. 사람들도 심이 넘치고 자신만만해 보여유."

박 기사는 마치 예상이나 했던 경구의 반응에 놀라지 않고 자연스럽게 말을 잇는다.

"가자. 요 앞이. 한 십여 분만 쏘댕겨보자구."

박 기사와 나란히 경구는 시내를 활보했다. 지나가는 도시의 처녀는 향긋한 냄새를 남기며 지나갔다. 분 냄새인지, 비누 향인지, 향수인지는 몰라도 그 향긋함이 냄새를 맡는 이에게 기분 좋음을 안겨주었다. 한 백여 미터를 걸었을 무렵, 길거리에 '뻔~데기, 뻔~ 데기'의 외침이 들렸고, 오린 신문지로 고깔 모양을 해서 한 주먹씩 넣어주는 번데기 아저씨가 있었다. 짜장면 못지않게 촌에서 맛보기 힘든 게 번데기다. 파는 사람이 어지간한 도회지가 아니면 없을 뿐만 아니라, 도회지에서도 번데기를 파는 곳은 몇몇 곳만 정해져 있기 때문이다. 박 기사는 눈짓으로 번데기 두 봉지를 사라고 찡긋했다. 둘만의 공금을 갖고 있던 경구는 냉큼 아저씨께 두 봉짓값을 치르고 고깔 모양 봉투를 받았다. 각기 나눠 먹으며 한 알씩 입안에 넣고 오물거렸다. 입안의 황홀함과 행복감. 맛있는 거 먹을 때마다 생각나는 어머니와 범구, 그리고 순덕이. 죄스러운 마음을 더불어 지닌 채 거리를 걷던 두 사람은 또 풀빵틀 앞에서 일시정지했다. 일곱 개에 십 원이란다. 풀빵은 참으로 대도시 아니면 구경조차 하기 힘든 간식이었다. 입안에서 사르르 녹는 빵이었다. 풀빵도 서로 눈을 깜빡하더니, 각각 이십 원어치를 샀다. 박 기사는 풀빵 봉지를 잡고 가며,

"이제 차로 돌아가자. 찬찬히 도라꾸 안에서 먹으면서 가자구."

둘은 말이 끝나기가 무섭게 바로 도라꾸를 향해 발길을 옮겼다. 경구의 입이 호강에 지쳤나 보았다. 번데기가 몇 마리 들어오더니 풀빵까지 들이밀며 식도를 타고 내려왔다. 입뿐만 아니라 위장, 소장, 대장까지 놀

랄 판이었다. 어릴 적 짜장면 한 그릇을 먹고, 몸 밖으로 내보내는 것이 아쉬워 변을 참을 때까지 참았던 기억이 있다. 오늘이 그런 날이겠구나 했다. 두고두고 자기 몸 밖으로 내보고 싶지 않을 정도였다.

한 시간 지나고 명천 시내를 정오 즈음에 도착했다. 점심은 백반을 잘 하는 식당으로 갔다. 기사들이 주로 이용하는 곳으로. 직업상 밥심이 필요한 분들이라 그런지 밥양이 넉넉했고, 반찬 또한 여러 가지를 준비해 집에서 먹는 것처럼 편하게 먹고 곧바로 나오는 그런 집이었다. 둥그런 탁자에 가운데는 연탄불 화로가 놓여있고, 그 위에서 김치찌개가 보글보글 끓고 있었다. 김치찌개에 듬성듬성 먹음직스럽게 썰어놓은 돼지고기 앞다리 살, 된장으로 비벼놓은 고들빼기를 한 움큼씩 입안에 쑤셔 넣으며, 경구는 지나가는 봄을 만끽하고 집에서 어머니가 차려 주었던 나물무침이 생각나기도 했다.

한 식경이 지난 후 반 시간 여유가 생겼다. 박 기사는 운전대에 앉아 쪽잠을 청했고, 경구는 개인 시간을 갖기로 했다. 어려서부터 낮잠 자는 것이 습관 되지 않았을 뿐만 아니라 그 시간에 뭐라도 해야 직성이 풀리는 성격 탓이었다. 경구는 한적한 그늘을 찾아 퉁소를 꺼내 들었다. 그리고 순덕을 그리며 퉁소 가락을 연주했다. 오늘따라 퉁소 소리가 잘 배어 나오지 않았다. 그리움이 깊으면 깊을수록 정은 점점 더 사그라든다는 역설적인 말이 맞는 듯했다. 보고 싶을수록 얼굴이 생각나지 않고, 하루 이틀 시간이 지나면서 점점 윤곽이 흐려졌다. 지갑 속에 넣어 둔 사진으로 흐려지는 인상을 재생하기도 하지만 그때뿐이지 점점 순덕의 모습은 사그라질 뿐이었다.

이를 달래기 위해 경구는 엉뚱한 생각이 들었다. 순덕이를 위해 라디오방송국으로 사연을 보내자. 순덕이가 듣지 못할 수도 있지만, 만약 듣게 된다면 큰 추억거리가 되고 남으리라. 차계부 맨 뒷장을 한 장 북 뜯었다. 그리고 방송국에 보낼 사연을 간단하게 써보기로 했다. 저녁에 자기 방에서 엽서에다 잘 정리해서 보내야겠다고 마음먹었다. 국민학교 시절부터 선생님은 경구의 글씨체와 글재주를 줄곧 칭찬하셨다. 그 덕에 교내 백일장대회에서 서너 번 교장 선생님의 상장을 받은 적도 있다. 그 때문에 친구들 연애편지 대필을 가끔 해주고 박하사탕이나 지우개를 대필료로 받은 적도 있었다. 그러나 정작 자신의 사연을 표준어로 방송국에 보내자니, 망설여지고 머뭇거려졌다. 용기 내어 황인용의 「밤을 잊은 그대에게」 담당자에게 사연을 적었다.

오월의 향기가 들녘에서 떠도는 요즘입니다.
그 향기가 더욱 고향을 생각나게 하고요.
고향 떠나 객지에 일하면서 생각나는 순덕이에게
말 못 하고 불현듯 떠난 심정을 이해해 주길 간절히 바라며,
그 죄스러운 마음을 노래로 대신해 신청합니다.

신청곡은 박상규의 「둘이서」 입니다.
신청자는 명천에서 운전사 조수로 일하는 김경구입니다.

마지막 마침표를 찍고 한 번 읽고 두 번 읽었다. 어색한 것 없나, 이상한 거 없나 해서였다. 퇴고를 마친 후 경구는 엉덩이를 탁탁 털며 자리를 일어섰다. 이제 얼추 쉬는 시간이 끝나가고 있었다.

박 기사의 선잠을 깨우고 오후 일과를 시작했다. 박 기사는 한결 몸이 가벼워 보였다. 수시로 짬을 내서 자는 낮잠은 보약 이상이라고 너스

레를 떨었다. 명천 시내 방앗간을 향했다. 거기서 도정된 쌀 수십여 가마니를 화물칸에 가지런히 쌓았다. 화물칸이 제법 묵직했다. 바퀴가 그 무게 탓으로 손가락 한 마디가량이 내려앉았다. 시동을 걸고 출발할 때도 네 바퀴는 이 육중한 무게를 이겨내느라 땀을 뻘뻘 흘렸다. 차는 천천히 무겁게 움직였다. 오 톤 도라꾸에 족히 칠팔 톤은 됨직한 무게였다. 탈탈거리며 도라꾸는 힘겹게 앞으로 나갔다. 실곡마을에선 쌀 한 톨 구경하기가 그렇게 힘들었는데, 여기서 가마니째로 무더기를 보게 되니, 별천지에 온 기분이었다. 세끼 밥을 모두 챙겨 먹기 힘든 시절에 쌀가마니가 이토록 많이 왔다 갔다 하는 것은 딴 세상 이야기이고, 남의 나라 모습 같았다. 쌀은 고사하고 국민학교 시절 배급으로 간혹 나온 옥수수빵이라도 실컷 먹었으면 했을 때도 많았다. 미국에서 원조받은 옥수숫가루로 만든 것이었지만, 달콤하고 향기로웠다.

박 기사는 항곡면을 향해 조심스레 운전했다. 비포장길과 언덕이 많아 수시로 기어를 변경하고 가끔 움푹 파인 길을 헤쳐가느라 차를 이리저리 왔다 갔다 몰면서 전진했다. 비포장길에서 엉덩이는 심심치 않게 들썩거렸고, 이따금 차가 교차할 때는 부옇게 일어난 흙먼지로 잠시 앞을 분간하기 어려울 정도였다. 박 기사는 경구에게 갑자기 물었다.

"저녁 먹고 방에서 뭐 헌다냐?"

예상치 않던 질문에 경구는 잠깐 뜸을 들이다가,

"지유? 기냥 라지오 듣구 이런저런 공상 때리다가 자는구먼유. 왜유?"

박 기사는 예상이나 한 듯 고개를 끄덕이며,

"이잉, 기냥 라지오나 듣고 자는 것도 괜않기는 헌디, 잘 때 심심허면 읽어보라구 책을 빌려줄팅게 읽어볼쳐?"

경구는 그렇지 않아도 돈 벌기로 작정은 했지만, 중학교 진학을 하지 못한 것이 늘 찜찜해서 여유나 시간이 되면 책이라도 사서 많이 읽어야겠다고 생각했던 차에 박 기사가 책을 빌려준다고 하니, 뜻밖의 재물이었다.

"지야 좋쥬. 그렇기만 혀주시다면야. 중핵교를 못 가 늘 한이 되얐는디. 여유가 생기면은 책을 구해 보려구는 혔구만유. 빌려주셔유. 잘 보구 갖다 드릴게유."

박 기사는 흔쾌히,

"그려? 그럼 이따가니 저녁 먹고 내 방으로 건너 오니라. 내 방 구경도 시켜줄겸."

경구는 그리하겠다고 고개를 앞뒤로 두 번 흔들었다.

길고도 긴 항곡면 쌀가마니를 운반하고, 초저녁에 사장댁으로 귀가했다. 오늘 하루도 좀 바쁘긴 했으나 그럭저럭해볼 만한 하루였다. 갑례 누님의 성찬을 박 기사와 경구 둘만이 이른 저녁으로 받았다. 사장 가족들은 바깥에서 일이 있는지 조출한 저녁 자리였다. 갑례 누님까지 셋이서 오붓한 만찬을 치르고 낮에 약속한 것처럼 박 기사의 방으로 갔다. 십여 개의 계단을 밟고 들어간 박 기사의 방은 층이 높아서인지 지는 서쪽 햇빛을 푸짐하게 받았고, 한쪽 구석이었지만 환한 갈색 벽지에 책상 하나, 책꽂이 하나, 이불장 하나가 들어있는 신식 방이었다. 가지런하게 정돈된 가구도 인상적이었지만 무엇보다 책꽂이 꽂힌 책들이 어마하게 많았다. 족히 사오십 권은 됨직해 보였다.

김지하의 『황토』, 법정 스님의 『무소유』, 신동엽의 『신동엽 전집』, 허버트 마르쿠제의 『이성과 혁명』, 안병욱의 『A 교수 에세이 21장』, 리영희의 『전환 시대의 논리』, 조기탁의 『밀 경작』, 조용범의 『한국 자본주의의 원점』, 조태일의 『국토』, 허요석의 『한국의 문제들』, 펄벅의 『대지』, 『창작과 비평』 수십 권 등이 책꽂이 꽂혀 있었고, 그중에서 박 기사는 법정

스님의 『무소유』와 김지하의 『황토』를 내어주며,

"이 책들이 그나마 첨 읽기엔 수월헐겨. 한번 읽어봐. 무소유는 법정 스님이 쓰신 생활 경험 수필이구, 황토는 김지하라는 저항 시인의 시집인디, 첨에 책 접할 때는 어렵지 않고 쉬운 책일 겨. 좀 어렵더라도 읽어봐. 곱씹으면 재미있을 겨. 시간은 많으니께 찬찬히 읽고 다 읽으면 갖구와. 그땐 딴 것두 빌려줄팅게."

경구는 박 기사란 분은 과연 어떤 사람인가 생각했다. 그냥 기름밥만 먹으며 돈이나 버는 데 몰입하는 그런 부류의 사람이 아닌 것은 분명했다. 시골에서 자수성가의 꿈을 품고 도회지에 나왔지만, 배우지 못한 아쉬움과 사회 현상의 흐름에 관심이 참으로 많은 성격이었다. 간혹 그에게서 그러한 티는 몸으로 느낄 수 있었다. 이것저것 사회 현실에 대해 고민하고 현상을 설명하는 됨됨이가 배울 것이 많은 사람으로 여겨졌다.

땅광 방으로 내려온 경구는 우선 라디오방송국 보낼 사연을 적을 엽서를 찾아 오후에 임시로 적어놓았던 메모지 내용을 옮겼다. 정성껏 글씨를 한 자 한 자 썼다. 꼭 뽑혀서 방송되기를 바라는 간절한 심정으로. 그리고 박 기사가 건네준 책장을 하나씩 넘겨보기 시작했다. 책장을 넘길 때마다 경구의 눈은 더더욱 동그래지기만 했다.

세월은 그 후로 바람처럼 흘러갔다. 태백을 넘어오던 높새도 차차 힘아리가 없어지고, 오키나와 근방의 끈적끈적한 남녘 바람이 하루가 다르게 밀려오고 있었다. 봄꽃들도 이제는 망울을 떨구고 푸르른 잎과 단단한 줄기에 초록과 든든함을 채우기에 바빴다. 엽서를 보낸 후 일주일 후에 경구는 드디어 자신의 엽서가 방송을 타게 되는 영광을 맛보았고, 이를 순덕이는 아는지 모르는지 나중에 편지로 물을 수밖에 없었다. 그

러고도 며칠이 지난 초여름 어느 날이었다. 경구가 저녁을 먹으러 주방에 가자 갑례가 왈,

"경구야! 니 꽃편지 왔서야. 여자 같은디. 겉봉투에 꽃누르미도 붙이고."

주위에 사장 가족을 비롯해 박 기사가 없어서 망정이지 있었다면 놀림감을 받을 만했다. 갑례는 편지를 건네며 쿡쿡 웃었다.

"누구다냐? 여자친구? 애인?"

귀까지 벌게진 경구는

"애인은 무슨, 기냥 국민핵교 친구여유. 친구."

편지를 받자마자 마당으로 뛰어나갔다. 그리고 마당 외등 밑 난간에 앉아 편지를 뜯었다. 경구가 편지를 보낸 지 어언 이십 일이 지난 때였다. 그렇지 않아도 답장이 없어 무슨 일이 있나 했다. 아픈가, 이사 갔나, 주소를 잘못 썼나 등등. 편지가 늦은 이유는 한 보름간 크게 앓았다는 이야기였다. 그래서 답장이 늦었음을 사과하는 내용으로 글은 시작되었다.

가뜩이나 의지했던 경구마저 떠나버리고, 마음이 울적했던 순덕이는 5월 중순의 꽃샘추위를 제대로 맞이하다 심하게 몸살감기로 앓아누웠단다. 한 일주일을 이불 속에서 끙끙 앓다가 이제 겨우 나았나 했더니, 할머니가 해준 버섯을 잘못 먹고 토사곽란이 나서 또 오 일을 초 죽음 될 정도로까지 앓았나 보았다. 큰 병원까지 가서 포도당 주사를 두 대나 맞고 나서야 기력을 어느 정도 회복해 초여름 자락이 되어서야 자리에서 일어났다는 것이다. 그러면서 경구가 잘 정착해 취직까지 한 사실을 누구보다 기뻐했다. 자기도 조만간 미래에 대한 계획을 세워 실천할 셈이며, 계획이 서면 제일 먼저 경구에게 알려주겠다는 내용이었다. 아울러 경구의 어머니는 경구가 집 나간 지 며칠 동안 난리가 났었으나 그 이후로는 이내 차분히 정돈되고 예전처럼 동생 범구와 생활을 잘 꾸려

나가고 있으며, 크게 건강상 문제는 없어 보인다는 내용도 함께 썼다. 그리고 여지없이 편지의 끝은 경구의 퉁소 소리가 그립다는 말과 함께 조만간 보러 가보겠노라고 끝을 맺었다.

다행이었다. 병으로 장기간 고생한 순덕이 마치 경구 자신의 탓처럼 여겨져 안쓰러웠고, 어머니가 이제는 가슴앓이를 딛고 잘 계신다니 한시름을 덜었다. 어린 범구도 어머니 말을 잘 따르고 있는 듯싶어 안심이었다. 순덕이의 편지글 맺음말 때문인지, 저녁 먹고 마당에서 퉁소 한 자락을 펼쳤다. 청승맞고 애처로운 음표가 마당의 나뭇잎과 꽃잎 위에 하나씩 보드랍게 내려앉았다. 어스름이 깊어지는 가운뎃소리의 깊이는 더욱 까만 밤을 재촉하는 듯 보였다. 그리움은 깊어지고 서러움도 내려가며 경구의 눈가도 물방울이 맺혔다. 어느새 경구의 등 뒤에 나온 갑례는 살포시 어깨에 손을 내려놓고 토닥거리고 있었다. 갑례의 한 발 뒤에서는 박 기사도 멍하니 퉁소를 부는 경구를 쳐다볼 뿐이었다. 퉁소 가락에 실어 경구의 그리움, 갑례의 고달픔, 박 기사의 외로움이 모두 날아가 버리고 있었다.

8
재 회

어느덧 계절의 여왕이라는 5월이 다 지나고 보훈의 달이라는 6월도 끝자락에 다다랐다. 초여름의 기운이 턱밑까지 치받아 올라왔다. 한낮 기온이 무려 이십 오륙도를 오르내렸다. 도라꾸는 그 사이 별 탈 없이 잘 굴러가고 있었다. 날씨가 더워지면서 차창을 열고 거리를 헤맸지만, 그 열기를 식히는 데 큰 도움이 되지는 않았다. 가끔 중도에서 챙긴 행인들의 차비로 간식비를 충당하던 경구는 요즘에는 박 기사가 휴게소에 쉴 때마다 아이스께끼를 주문했고, 십 원에 두 개짜리를 주로 먹었다. 간혹 삼강 식품에서 나온 하드가 좀 비싸지만, 기회가 있으면 그것도 품격 있게 사 먹었다. 여름철 아이스께끼는 달곰한 것이 입에 착 감겨 더위를 일순간 싹 몰아냈다. 오래 보관할 수 없는 단점 때문에 도라꾸 안에 칠성사이다는 늘 한두 병씩 가지고 다녔다. 입안에서 탄산수를 목으로 넘길 때 톡 쏘는 그 촉감에 멀리할 수 없는 마약과도 같은 음료였다.

박 기사는 갑례와 영화관을 같이 다녀온 후 부쩍 더 가까워졌다. 그러더니 저녁 먹고 밤늦게까지 살금살금 밤이슬을 함께 맞으며 다니다가 자정 통금 직전이 돼서야 귀가하는 때도 있었다. 해안이 없는 충청북도는 통행금지가 없는 유일한 행정구역이었고, 물류 운송 수단인 화물차만이 산업 진흥을 위해 통행금지 예외 대상이었다. 자정부터 여명이 떠오는 새벽 4시까지는 그야말로 쥐새끼 한 마리 시내를 활보할 수 없는 침묵과 고요의 암흑세계였다. 박 기사와 갑례는 그 시간을 제외하고 늘 함께하고 싶어 했고, 떨어져 있음이 아쉬운 지경이었다. 사랑에 빠지면 예뻐진다고 했던가. 두 사람의 혈색은 하루가 다르게 활짝 펴고 싱그러웠다. 경구는 이들의 사랑 나눔에 보이지 않는 협조도 많이 했지만, 잘되기를 간절히 바랐다. 선남선녀가 짝을 이루어 서로 정을 주고 의지하는 모습이 너무 부럽기도 했다. 자신도 순덕과 그런 관계를 유지하면서 얼마나 의지가 되고 비빌 언덕이 되었던가. 두 사람 모두 어려운 집안 형편에서 자수성가를 이루고자 소싯적부터 가족을 벗어나 도전하며 사는 인생이었다. 물론 경구도 마찬가지이다. 이들은 지치고 힘들고 늘 외로웠다. 그래서 서로 안아주고 배려하고 나눠주고 격려했다. 그것이 정이 되고 사랑으로 싹터 아름다운 한 쌍을 이루는 모습이었다.

박 기사가 사랑에 빠지자 경구는 형제처럼 물심양면으로 도왔다. 둘 사이 사랑의 메신저 역할뿐만 아니라, 잔심부름까지. 심지어 순수함을 지닌 경구가 감수성을 표현하는 능력이 뛰어나 연애편지마저 대필해주었다. 그러한 경구를 박 기사는 더더욱 친동생 이상으로 대해주었고, 경구는 날마다 틈틈이 운전 교습을 받았다. 엔진 점검부터 각 부위 명칭, 이상 있을 때 조치 사항 등을 비롯해 운전 시 특히 유의할 점, 운전사의 태도와 복무 자세에 이르기까지. 심지어 시내 서점 근처를 지날 때, 차를 멈추고 자동차 관련 서적까지 박 기사는 자기 돈으로 손수 사서 읽도록 독려까지 해주었다. 그러한 박 기사를 경구는 친형보다 더 따랐고, 그의 일거수일투족까지 존경하며 닮아가려고 노력했다. 서로 가까워지자 박 기사는 호칭도 바꿔, '기사님'이라는 호칭보다 그냥 '형'으로 부르라고 했다. 하루가 다르게 경구의 운전 관련 지식과 기술은 늘었고, 일거월저처럼 시간은 흐르고 흘렀다.

8월 초 찜통 속 호빵처럼 축 퍼진 상태로 일어난 어느 날 아침이었다. 반지하 방이라 그래도 좀 덜 더울까 했지만, 반지하 방은 통풍이 잘 안 된 탓인지 눅눅하고 축축해 피부 습진도 빨갛게 잘 일어났다. 어제도 20년 만에 최고 기온이라는 둥, 섭씨 39도를 오르내린다면서 언론은 호들갑을 떤 하루였다. 오전에 가까운 곳으로 철물을 옮기고 오후에는 늦게 되어야 서울 농산물시장으로 가는 화물이 있었기에, 점심시간에 사장댁에서 간만에 휴식을 취하는 날이었다.

그런데 때마침, 주소를 들고 물어물어 순덕이가 경구를 찾아왔다. 갑례가 간단하게 비빔국수로 점심 식사를 차려줘서 맛있게 먹고 막 나서려는 참이었다. 서너 달 못 본 사이에 순덕이 얼굴은 반쪽이 되었고, 살도 쏙 빠졌다. 동그란 얼굴의 광대뼈가 위용을 자랑하며 돌출했고, 반소매에 치마를 입은 팔다리는 앙상한 뼈에 살가죽만 붙어있는 꼴이었다. 박 기사에게 사정 이야기를 하고 오후 일을 처음으로 동행하지 않았다. 박 기사는 흔쾌히 웃으며 허락해주었다. 주먹을 불끈 쥐여주고 힘내라는 표정까지 지으면서.

마당에서 순덕을 보는 순간 소리 없는 눈물이 주룩주룩 쏟아졌다. 그동안 서로 보고 싶은 마음을 편지로 간혹 전했었지만, 떨어진 상태에서 서로를 생각하고, 각자 자기 위치에서 맘고생, 몸 고생했을 정황이 선하게 그려졌다. 서로 손을 맞잡고 그저 눈만 쳐다보며 두 줄기 눈물을 하염없이 흘려보냈다. 순덕이도 딱히 무슨 말을 하지 않았다. 그리고 조용히 손을 이끌어 큰 길가 제과점으로 향했다.

순덕이는 경구가 떠난 환경에서 이런저런 생각을 많이 했음을 토로했다. 그리고 순덕 자신도 경구처럼 고향을 떠나 무엇인가 새로운 것을 배우고자 했다. 자신은 바느질 솜씨가 있다고 어려서부터 칭찬을 받았던 것을 되살려 봉제공장에 들어가는 쪽으로 마음을 굳힌 상태였다. 가출 시기를 정하지 못하고 망설이는 상황이었다. 경구는 순덕의 뜻을 존중했다. 자신의 꿈을 펼치기 위해 도약하는 젊은이의 모습은 언제나 자랑스러웠다. 순덕은 생각했다. 젊어서 고생은 사서 한다는 흔한 격언도 있지만, 육칠십 년의 평생을 집에서 밥순이나 하면서 그럭저럭 살다가 시집가서 애들 키우고 남편 뒷바라지하는 인생으로 마감하고 싶지는 않았다. 거북 등 껍데기 같은 곰보빵 껍질을 손가락으로 뜯어먹으며 순덕은 고민과 갈등하는 불안함을 그대로 경구에게 내보였다. 경구는 그런 순덕이가 안쓰럽고 처량했다. 격려와 찬사를 아낌없이 주고 싶었다. 조언도 더불어 안겨주고 싶었다. 세상은 나와보니, 그렇게 호락호락하지 않으며, 나오기 전에 만반의 준비를 철저히 해둘 것과 미리 취직할 곳을 알아보거나 손을 써놓는 것도 좋으리라는 생각을 전했다. 순덕은 경구처럼 버스 안내양을 할까도 고려하는 듯했다. 집에 가서 숙고한 후 결정하고, 일단 결정하면 주저 없이 최대한 빨리 실행에 옮길 것을 주문했다. 머뭇거리다가 죽도 밥도 아닐 수 있음을 주지시켰다. 순덕이도 경구의 말을 가만히 듣고 고개를 끄덕일 뿐이었다. 그러면서 스스로 마음을 다지는 모습이었다.

제과점을 나와 주변의 도시공원을 한적하게 둘이서 걸었다. 해는 서서히 지면서 빌딩 숲의 그늘을 길게 늘어지도록 해주었다. 한여름인데 때 이른 코스모스 한 송이가 자발없이 피어있었다. 느티나무 그늘에 앉아 목이 찢어지듯 울어대는 유지매미 소리를 벗 삼아 나란히 앉았다. 뱃살 안쪽 브이자 모양의 발음기에서 힘살을 죄었다 늦추었다 하면서 양쪽 막이 소리를 내는데 배 속 울림통을 통해 공명되면서 자지러지게 우는 것이 수매미의 울음소리였다. 경구는 가슴에 품어 가져온 통소를 꺼냈다. 그리고 수매미 울음소리에 실어 퉁소 가락을 얹혔다. 묵직하고 낮은 퉁소 소리가 가벼운 매미 소리에 어울리니 색다른 음향이었다. 순덕과 경구는 그냥 그렇게 소리에 취해 함께했다. 그 시간 순덕은 한없이 행복한 표정으로 하늘만 올려 보았다.

두어 가락 연주를 마치고 이마의 땀을 닦아낸 경구는 공원 앞 만물상 가게로 순덕을 데리고 갔다. 자신이 지닌 돈 일부에서 순덕에게 조그만 손거울을 하나 사주고, 동생 범구 것도 장난감 하나를 사서 쥐여주었다. 어머니에게 줄 선물까지 해주고 싶은 마음은 굴뚝같지만, 여윳돈이 없었다. 좀 더 모아 다음 기회에 크게 선물하리라 속 다짐을 했다.

저녁 어스름한 무렵, 버스 차부에서 순덕을 배웅했다. 떠나가는 순덕의 오른손에는 하얀 명주 손수건이 들려있었다. 순덕은 버스가 서서히 움직이자 손수건으로 눈가를 찍어내면서 아쉬운 손 인사를 했다. 경구도 눈시울이 뜨거워졌다. 그러나 당당함을 애써 보이기 위해 아랫입술을 꼭 깨물었다. 순덕을 돌려보내고, 사장댁으로 향하는 경구의 발걸음은 모래주머니를 매단 것처럼 무거웠고, 어깨에도 지게 짐을 크게 진 것처럼 축 내린 채 터벅터벅 걸어갈 뿐이었다.

9

반공 국시의 나라

1972년 7월 4일, 남북한은 자주와 평화적 방법으로 통일을 실현하고 사상과 이념의 차이를 초월해 민족적 대단결을 도모한다는 「7·4 남북공동성명」을 발표해 국민을 흥분시켰다. 상호 비방을 중단하고 군사적 충돌을 하지 말며, 남북 적십자회담을 개최하고 남북 간 교류를 시행할 뿐만 아니라 서울과 평양 간 직통전화를 설치하는 등 굵직굵직한 성명 내용이 화해 분위기를 무르익도록 조성하였다. 그러나 이후 김일성은 사회주의 헌법을 새로 채택하고, 전체주의 독재체제를 강화하면서 유일신처럼 자기 자신을 신격화했다. 남한의 박정희 또한 그해 10월 유신헌법을 제정하여 종신 집권체제 준비를 서두르고 있었다.

결국, 이 년 후에는 3월 15일 울릉도 간첩단 사건[1], 4월 3일 서울대를 비롯한 대학생들의 유신독재 철폐를 위한 전국민주청년학생총연맹(민청학련) 사건이 터졌고, 8·15 광복절엔 경축 행사장에서 재일 교포 문세광이 권총으로 대통령을 저격하려다 그 부인 육영수 여사를 사망에 이르게 했던 사건까지 일어났다. 이에 정국은 급선회하면서 최우선 국가시책을 반공에 두었고, 전국이 살얼음을 디디는 듯 반공만이 유일한 정책

1) 이 사건은 2014년 1월 10일 서울고법 형사4부에서 모두 무죄 선고를 받아 40년 만에 누명을 벗었다.

이었다. 1975년에도 김우철 등 형제 간첩단 사건이 발생하더니, 급기야 1976년 8월 18일, 판문점에서 도끼 만행 사건이 일어났다.

순덕이를 보내고 보름 지난 후의 일이었다. 유엔사 측 경비대장 보니파스 대위와 배럿 중위가 사망하였는데, 박정희 대통령은 '우리가 참는 데에도 한계가 있고, 미친개한테는 몽둥이가 필요하다.'라고 역설할 정도였다. 하루가 다르게 북한을 적대시하는 방송이 지속되었고, 반공 방첩이라는 표어나 포스터가 거리 전체를 도배했다. 한여름 날씨는 장작불 때듯 이글거렸고, 더위를 식히기 위해 한 등목도 돌아서면 그만이었다. 남북이 갈라진 사이 서로 집권자 개인의 욕심으로 국민을 속이고 조롱하는 것이 깊어지고 노골화되었다.

이러한 정세 흐름에 경구는 불안하고 마음이 편치 않았다. 그러나 자기 입에 풀칠하는 것도 변변치 못한 처지에 이러쿵저러쿵 시대를 푸념하면서 지낼 겨를이 없었다. 반면에 박 기사는 달랐다. 화물주차장 기사 휴게실에서 간혹 쉴 여유가 생기면 기사들이 모인 자리에서 정부의 국민 속임수를 낱낱이 까발렸고 이를 듣는 화물차 운전기사 중에는 동조하는 자가 있었지만, 반발하는 자도 적지 않았다. 그러나 이에 굴하지 않고 박 기사는 틈만 나면 사람 모인 곳에서 입바른 소리를 지껄였다. 이것이 발목을 잡을 줄이야 꿈에도 모르면서.

팔월 말 세계 권투 헤비급 챔피언인 '무하마드 알리'가 국빈 자격으로 내한해 "나비처럼 날아올라 벌처럼 쏴라."라는 명언으로 한반도 전체가 휩싸이게 했고, 그렇게 대지를 불태워 버릴 듯 푹푹 쪘던 더위도 처서가 지나고 백로가 될 무렵, 아침 기온이 하루가 다르게 떨어졌다. 짓 파랗던 나뭇잎들도 점점 생기를 감추고 수그러들고 있었다. 논의 벼 이삭도 누렇게 여물어가고 그 덕에 바빠진 참새들은 찍찍거리며 심란하게 날아다녔다. 사장댁 마당의 나무들은 씨앗을 만들 준비를 서둘렀고, 일년초들도 몸을 낮추며 사그라지는 마지막 목숨을 연명했다.

가을이 다가올수록 서슬 퍼런 반공 국시의 공안 정국은 국민의 입을 다물게 했고, 귀를 막아 버리면서 통제가 한층 강화되었다. 그러나 몇몇 청년 학도들은 이에 아랑곳하지 않고 사람들에게 올바른 사실을 알리고 전파했다. 박 기사도 비록 기름밥을 먹고 있지만, 그간 책과 귀 동량으로 넓힌 정보를 극대화하고 사실을 전파하는 데 힘을 기울였다. 화물차 기사들도 이러한 박 기사의 노력에 하나둘 정확하고 새로운 정보를 깨닫고, 정부의 독재 강화 정책을 느끼기 시작할 무렵이었다.

깊어가는 가을 문턱에서 오후 화물주차장에 사복을 입은 정보 형사 둘이 기사휴게실을 찾아왔다. 박 기사의 언행을 못마땅해하던 최 기사가 주변 파출소에 신고한 것이다. 지긋한 나이의 최 기사는 젊은 박 기사를 정겨운 사람으로는 알고 지냈지만, 점점 박 기사의 너스레가 빈번해지고 잦아지자 그 생각에 동조할 수 없었다. 최 기사는 새마을 운동으로 나날이 변하는 농촌의 변모가 좋았고, 젊은이들의 눈꼴신 미니스커트와 장발이 싫었으며, 쌀막걸리 제조와 유통을 금지한 것만 빼면 현 정부가 펼치는 정책에 호응하는 사람이었다. 기사휴게실에서 한쪽에 편향된 박 기사의 주장을 여러 번 반박하고 증명되지 않는 정보의 유포에 대해 주의를 시키었으나 박 기사의 태도는 변하지 않았다. 결국, 참다 참다 최 기사는 더는 잘못된 정보가 유포됨이 싫어 신고했던 것이었다.

뜬금없이 연행된 박 기사는 몸부림치면서 억울함을 외쳤고, 형사들은 그런 박 기사의 어깻죽지를 움켜쥔 채 지프차에 연행했다. 이 소식을 빨리 알려야 할 경구는 사장댁으로 내달렸다. 그러나 벌써 그곳에도 형사

둘이 들어와 박 기사의 이 층 방에 있던 책들을 수거하여 차에 싣는 중이었다. 놀란 사장 내외와 갑례는 청천벽력처럼 우두커니 서서 그냥 그 모습을 쳐다볼 뿐이었다. 경구도 이들과 함께 그저 바라볼 수밖에 없었다. 사장은 난감한 가운데 이 사태를 어찌 수습해야 할지 마음을 다잡고 있었고, 갑례는 웬일인가 하는 표정으로 건들면 막 울음이 터질 듯한 얼굴이었다.

박 기사는 파출소에서 간단한 조사를 1차로 마치고 바로 충남도청 옆에 자리 잡은 대전 중구 대흥동의 대공분실로 끌려갔다. 사장은 이삼일을 내 집 드나들 듯 경찰서와 파출소를 왔다 갔다 분주히 다녔고, 갑례와 경구는 발을 동동 구르며 어찌할 바를 모르게 하루하루를 보냈다.

마침내 삼 일이 지난 오후, 박 기사는 초췌한 모습으로 풀려났다. 몸 곳곳이 멍투성이고, 찰과상과 찢김도 몇 곳에 보였다. 그러나 그의 눈동자는 끌려가기 전보다 오히려 더더욱 똘똘해졌다. 돌아와서 이 층 방으로 올라간 박 기사는 한동안 두문불출이었다. 그리고 아무 말이 없었다. 속이 타는 갑례는 끼니마다 소반에 밥과 찬을 마련해 방 앞에 놓았지만, 밥상은 손도 안 댄 채 그대로인 적이 많았다. 박 기사는 방 안에 틀어박혀 큰 소리를 고래고래 지르기도 하고, 흑흑하는 울음소리가 들리기도 했으며, 껄껄껄 미친 사람처럼 박장대소가 터지기도 하였다. 그 소리가 하도 처량하고 때론 괴기하여 어느 날 밤은 반지하 방의 경구가 한숨도 자지 못했다. 갑례는 박 기사 방문 앞에서 서성거리며 몇 날 며칠을 보냈다.

박 기사가 자기 방을 박차고 나온 건 만 이틀만이었다. 면도도 깔끔하게 하고 단정한 차림새로 아침 식사를 하러 거침없이 주방으로 내려왔다. 무슨 일이 있었냐는 듯 아주 천연덕스럽게 자리에 앉더니, 배고프다고 밥 좀 빨리 달라고 재촉했다. 사장 부인과 갑례는 무엇에 홀린 듯이 부랴부랴 밥과 찬을 준비해 박 기사 앞에 가지런히 놓았고, 사장과 그 아들, 경구는 물끄러미 쳐다볼 뿐이었다. 이런 어색한 분위기를 벗어나려고, 사장은 큰기침과 함께 한마디 했다.

"그래. 배가 많이 고프다. 여보! 갑례야! 밥 얼른 줘."

사장 부인과 갑례는 눈은 한번 마주치더니, 이내 행동을 멋쩍게 옮겼다. 사장은 그러면서 경구에게 당부를 겸했다.

"김 기사! 오늘 차계부에 일정 적어줄 테니, 박 기사님 잘 모시고 다녀. 밥 많이 먹고."

경구는 예전으로 회귀하는 박 기사의 모습을 그려보며,

"암만유. 걱정마시랑께유."

사장이 전하는 차계부를 받아들고 아침 식사를 오랜만에 맛있게 먹었다. 반지하 방으로 내려와 출근 준비를 서두르던 경구는 사장이 건네준 차계부를 펼쳤다. 그곳에 조그마한 메모지와 돈 이천 원이 같이 꽂아있었다.

> '김 기사, 오늘 힘들더라도 박 기사에게 신경 좀 써주게. 중간중간에 맛난 것도 사주고. 여기 돈 넣어두니, 다 쓰라고. 박 기사가 예전의 모습으로 얼른 돌아갈 수 있도록 해주게. 오늘도 수고하고.'

사장도 여전히 박 기사를 걱정하고 있었다. 말로만 듣던 그 무시무시한 대공분실에서 사흘 만에 나온 박 기사의 정신과 육체가 피폐하게 무너져 버린 것을 염려했기 때문이다. 하루속히 예전의 건강을 되찾고 생활해나가기를 간절히 바라는 마음은 경구와 같았다.

도라꾸를 운전하는 박 기사의 겉모양은 예전과 다른 것이 크게 없었다. 단지 달라진 것이 있다면, 말수가 굉장히 많이 줄고, 혼잣말을 자주 했으며, 헤죽헤죽 헛웃음도 빈번하게 지었다. 경구가 실없는 소리를 하며 이것저것 물어보아도 짧은 외마디로 대꾸할 뿐이거나 '응, 아니'처럼 단답형으로 답만 했다. 안쓰럽고 안타까울 뿐이었다. 그 친절하고 다정했던 박 기사가 정신 나간 사람처럼 되어버린 것이 너무 마음 아팠다.

1976년은 제3차 경제개발 5개년계획의 마지막 연차였다. 과거 경공업 중심의 산업이 중화학공업으로 바뀌었다. 수출입을 합친 금액이 국내총생산과 비슷할 정도로 무역에 의존했으며, 이러한 산업은 대기업을 중심으로 진행되었다. 원윳값은 폭등했지만, 정부는 차관을 들여와 대기업에 나눠주고 산업 중흥을 독려했다. 해외 차관과 대기업 독과점으로 자본은 계속 쌓였고, 경구처럼 농촌을 떠나 도시의 제조업, 건설업, 서비스업에 종사하는 사람들이 50%를 넘어서고 있었다. 경제는 고도로 성장했지만, 정치는 암울한 시대였다. 이 해 가을 축제 행사 마무리로 서울대생들은 반정부 시위를 벌였고, 이것이 도화선이 되어 경향 각지 대학에서 소규모 반정부 시위가 펼쳐지기도 하였다. 이 속에서 중앙정보부는 대학생 단속에 열을 올렸고, 함평군에서는 풍년 든 고구마를 전량 수매하지 않고 약속을 어긴 농협을 향해 농민들이 들고일어났다.

약 일주일 만에 운전대를 다시 잡은 박 기사는 인근 군북면 밭에서 농사지은 고구마를 화물칸에 잔뜩 실어 나르는 하루였다. 경구는 이렇게 실한 고구마를 많이 본 적이 없었다. 참으로 대풍이었다. 그러나 수확농들은 은근히 걱정하는 눈치였다. 역시 수요와 공급이 딱 맞으면 적당한데, 공급이 과한 탓에 가격 폭락으로 이어질 가능성이 컸기 때문이다. 남쪽 지방에서는 농협에서 고구마 전량 수매를 거부했다는 소식이 언론에서는 사건화로 보도되지 않았고, 입에서 입으로 바람 따라 전해져 소문만 무성하고 어찌 해결되었는지 알려진 바가 없었다. 수확농들은 농협을 통하지 않고 직접 서울 가락동 농수산물 시장으로 일단 싣고 올라갔다. 가락동 시장은 개설된 지 얼마 안 된 대형 거래 시장으로 대량의 농산물을 경매로 팔 수 있다는 소문을 듣고 올라갔다.

고구마 수확농 대표와 함께 타고 앉아 서울로 경부고속도로를 이용해 상경했다. 말로만 듣던 서울을 경구는 또 처음 보는 날이었다. 왜 사람은 나면 서울로 가고, 말은 나면 제주도로 가는지 알 것 같았다. 대전을 처음 봤을 때도 놀랐지만, 서울은 대전에 비할 바가 아니었다. 박 기사도 서울은 자주 가지 않았는지 서울 인터체인지를 벗어가고부터 길가는 사람이나 주변 택시 운전사에게 길을 물어물어 가며 가락동 시장을 찾아갔다. 특히 이런 길은 조수가 미리미리 지도나 이정표를 알아두어 운전기사가 빨리 파악해 갈 수 있도록 사전에 준비했어야 하지만 그러지 못한 경구는 박 기사에게 미안할 뿐이었다. 경구도 바지런히 중간중간 행인이나 서울 운전사들에게 길을 물었다. 이마부터 온몸까지 땀이 흐르고 머리카락은 쭈뼛하게 섰다.

군북면 고구마밭을 떠난 지, 네 시간이 돼서야 가락동 시장에 도착했다. 박 기사도 여기저기 헤매면서 겨우 찾아 도착했다. 길 찾아 헤매느라 점심때를 놓친 일행은 차를 화물 하차장에 주차했다. 수확농 대표는 하차장에서 짐을 부린 후 경매 절차에 곧바로 임해야 하기에 점심 끼니를 거르기로 했고, 박 기사와 경구는 늦은 점심 끼니를 해결하기 위해 주변 식당을 찾았다. 오후 두 시가 넘었지만, 식당 안은 인산인해로 왁자지껄했다. 박 기사는 일주일 만에 잡은 운전 신고식을 호되게 치렀다. 둘은 시장기로 쪼그라든 배를 움켜쥐며 돼지고기 두루치기를 반찬으로 허겁지겁 마파람에 게 눈 감추듯 밥상을 해치웠다.

식사를 마치고 화물 하차장에 다다르니 고구마는 어느새 모두 내려져 있고, 차량 출입 담당자가 호루라기를 불며 얼른 차를 빼라고 난리였다. 수확농 대표에게 운임을 받으러 경구는 가고, 박 기사는 바로 차를 빼서 임시 주차장에 세웠다. 잠시 후 경구가 운임을 받아오자마자 곧바로 박 기사는 차를 출발했다. 바삐 움직이느라 숨 가쁘게 움직였던 경구는 한숨 돌리며,

"운임 받으며 고구마 사장님 얼굴을 보니께 영 뭐가 잘 안 풀리는가 벼유. 워낙 고구마가 대풍이라 경매가를 후려쳐 운임이나 나올라나 모르겄다고 걱정허시드라구유. 농군들 맴이 솔찬히 아프겄시유. 죽겄다구 키워놓으니께 똥값으로 값이 매겨져, 비료나 농약값은 고사허구 품값꺼정 지대루 쳐주지 않으니께유."

박 기사는 묵묵히 듣기만 하고 역시 대꾸가 없다. 경구는 신세 한탄조로,

"농군들 참말 불쌍혀유. 개처럼 생고생만 허구 돈두 못 벌구."

경구는 어릴 때부터 실곡마을에서 봐왔던 농사꾼들의 모습을 그려봤다. 새벽녘에 들녘으로 나가 농부의 발걸음 소리에 커가는 농산물을 제 자식 키우듯 다듬어주고 물주고 김매며 애지중지해 키웠건만, 늘 판로가 잘 열리지 않아 제값을 못 받는 경우가 허다했다. 그나마 농협을 통해 팔면 판로는 좀 쉬운 편이나 이 또한 제값을 받기가 쉽지 않았다. 그래서 농촌에서는 그런 이야기를 많이 했었다. 곰은 재주가 부리고, 돈은 그 주인이 챙기는 것처럼 농사도 그렇다고 말이다.

간만에 경구의 말을 듣고, 박 기사가 대꾸했다.

"그려."

경구는 속으로 생각했다. 대공분실을 다녀온 후 박 기사는 말수를 최대한 줄이고 아꼈다. 남에게 자기 속내를 속 시원하게 드러냄을 두려워

하는 마음의 상처가 생긴 것이 아닐까 했다. 그리고 주위 사람에게 고발을 당한 이후 사람을 쉽게 믿지 않고 눈치를 살피는 모습도 자주 보였다. 갖은 고통과 협박 속에서 터득한 자기만의 생존법 같았다. 대공분실에 들어가면 인권이 싹 무시되고 전기고문, 물고문이 횡행한다고 했다. 심지어 자기 똥을 자기 입으로 핥는 고문까지 있다고 하며, 그곳을 다녀온 사람은 고문 후유증으로 파킨슨병 합병증까지 나타난다고 했는데, 그 소문이 헛소문 같지는 않았다.

상경할 때는 애를 먹었으나, 화물주차장으로 되돌아가는 시간은 올라오며 길을 익힌 덕분인지 아니면 좀 더 속도를 낸 덕분인지, 세 시간이 채 걸리지 않고 도착했다. 그래도 명천 시내에 도착해 주차하고 뒷정리까지 마치니, 저녁 식사 시간이 훌쩍 지난 때였다. 박 기사와 저녁 식사를 근사하게 할 곳을 찾아갔다. 아침에 사장님의 부탁도 있었고, 오늘 서울 길까지 운행하며 고생한 박 기사를 위해 위로의 만찬이라도 대접하고픈 마음에서였다.

전부터 지나가면서 보아둔 근사하고 고급스러운 청요릿집이 있었다. 들어가는 입구부터 빨갛고 널찍한 바탕의 현판에 금색으로 '자금성'이라 쓰인 중국집이었다. 중국은 중공으로 더 많이 불리며 공산주의 국가로 우리와 수교를 하지 않은 국가이지만, 1880년대부터 인천항을 통해 들어온 산둥 지방의 중국인들이 화교로 불리면서 우리나라에 많은 사람이 정착했다. 그들은 중국 음식으로 대표되는 '짜장면'을 인천에서 20세기 초에 내놓았는데, 그것이 우리나라 사람들의 입맛을 사로잡았다. 이 식당은 현관 앞에 역사가 깊은 곳임을 나타내기 위해 1951년에 설립한 사진을 붙여 놓았고, 25년이 넘는 전통과 중국 본토인이 주방장임을 은근히 자랑하고 있었다.

경구는 박 기사에게 저녁 식사에 대한 의향을 물었다.

"기사님, 오늘 저녁은 큰 길가 영진빌딩 일 층 자금성으로 가시쥬?"

박 기사는 힘없이 그냥 무언의 긍정으로 경구 뒤를 따랐다. 겉에서 본 것과 달리 안은 규모도 웅대했지만 곳곳이 휘황찬란했다. 빨간색과 금빛으로 벽면과 청장은 도배되었고, 용 무늬가 각 방에 그려져 있었다. 복(福) 자를 거꾸로 달아매어 돈을 무척이나 숭배함을 드러냈다. 책에서 세계 경제는 유대인과 화교가 좌우할 것이라는 어느 세계적 경제학자의 예언이 틀림없을 것 같았다. 이 큰 도시에서 이 좋은 길목을 잡아 이렇게 큰 규모로 문을 연 그들이 부럽고 되레 무서울 정도였다. 정말 독한 사람이 화교라 생각했다. 경구도 화교 못지않은 집착과 정신을 키우겠노라고 속으로 다짐했다. 거기서 종업원의 도움을 받아 최고 맛있고 푸짐한 것을 추천받았다. 그에 따라 탕수육, 군만두, 짜장면을 시켰다. 지방 적은 고기를 삶은 오향장육도 추천받았으나 너무 과해 보여 사양했다.

짜장면 하나만 있어도 성찬이었던 경구에게 오늘 저녁은 인생 최대의 잔칫날이었다. "원님 덕에 나발 분다."라는 말처럼, 박 기사 덕분에 횡재를 잡았다. 군만두에 탕수육이라니…. 잠시 후 음식은 나오고, 박 기사는 젓가락질을 오랜만에 재게 놀렸다. 경구는 박 기사의 눈치를 슬금슬금 보며 야무지게 젓가락질을 했다. 단 것은 기운을 나게 한다고, 탕수육과 짜장면의 단 성분이 두 사람의 원기를 회복시켜 주는 듯했다. 실곡마을에서도 작은아버지는 설탕 가루를 몰래 감추어 두고, 몸에 기력이 달리면 설탕물을 타 먹는 걸 보았던 기억이 있었다. 군만두도 기름에 바싹바싹 튀겼는데도 겉은 바싹하고 속은 육즙이 듬뿍하여 식감이 놀랄 만했다.

황제의 만찬이 부럽지 않은 저녁 식사였다. 그들은 저녁 식사를 마치고 큰 길가를 천천히 거닐었다. 박 기사는 경구가 자신을 위해 노력하는 모습이 안쓰러웠는지, 이제야 속 깊은 말 한마디를 내뱉었다.

"경구야! 미안허구 고맙다."

경구는 박 기사의 말에 자신의 노고를 인정하는 따스함을 고스란히 안았다. 흐뭇한 말씨로,

"벨 말씸을유. 얼렁 기운 채리시고, 옛날으로다가 돌아가시길 빌게유."

구월 중순 박 기사와 함께 귀가하는 길은 후텁지근했다. 아직 여름은 뒤꼬리를 남기며 그 종말을 아쉬워하는 듯했다. 내일 큰비가 오려나 보았다. 경구는 남는 돈으로 해태 바밤바 두 개를 이백 원에 샀다. 초콜릿으로 겉을 덮은 누가바는 두 개에 백 원이다. 평상시 누가바를 먹었었지만, 오늘은 밤 맛이 진한 바밤바로 값비싼 것을 산 것이었다. 경구는 먹으면서 '역시 아이스께끼는 해태가 잘 맨들긴혀.'라고 생각했다.

반 시간을 걸어 사장댁에 도착했다. 무사 귀가를 사장님께 알리고, 오늘 운행 일정과 운임을 차계부와 같이 보고했다. 마침 텔레비전에서는 신민당 전당대회가 다시 열렸다는 보도 뉴스가 나오고 있었다. 대표 최고위원으로 중도통합론을 주창하던 이철승 의원이 당선되었다는 내용이었다. 그동안 귀동냥으로 안 사실로는 '이철승 의원이 유신헌법 체제 내에서의 개혁을 주장한 사람인데, 앞으로 아마 김영삼계와 갈등이 심해지겠구나!' 하는 것이었다. 사장도 뉴스를 시청하며,

"앞으로 좀 시끄럽게 생겼구먼."

하면서 짜증스러운 표정을 지었다. 경구가 사장에게 인사를 마치고 방으로 돌아가려는 순간, 사장은 갑자기 내려가는 경구를 불러세웠다.

"잠깐! 김 기사."

깜짝 놀라 경구는 뒤돌아보았다.

"그간 고생 많이 하는 거 잘 알아. 박 기사도 김 기사가 있어 안전하게 운행도 하고 날로 화물 건수도 많아지고. 김 기사가 원체 들어올 때 밥만 먹어주면 된다고 하고선 들어왔지만, 인간이라는 게 그럴 수 있나. 그래서 수습 기간 삼 개월 지났으니, 이번 달부터 월급으로 만 원씩 줄 테니, 그리 알게."

하면서 돈 만 원을 노란 봉투에 넣어주셨다. 박 기사 월급이 오만 원 내외인 걸로 알고 있었던 경구는 '이게 웬 떡인가?' 했다. 거금 만 원씩 이제 또박또박 월급으로 받는다니. 그렇지 않아도 집 나올 때 가지고 나온 만여 원이 이제 바닥을 보이고 고갈될 상태여서 더더욱 다행이라 생각했다. 머릿속으로 한 해에 십이 만원이면 삼사 년 고생 좀 하면 사글셋방이나 좀 허술한 전셋집으로 옮길 수 있겠다는 생각이 퍼뜩 들었다. 처음에 느끼지 못했지만, 반지하 방이라 그런지 점점 뽀송뽀송한 실내 공기가 그립고, 아늑한 내 잠자리와 공간이 간절했다.

첫 월급이 공돈처럼 생겼으니, 날아갈 듯했다. 돈 생기면 꼭 먼저 사려던 것이 있었다. 시계와 신발이다. TV 광고에서 금성 코스모 전자시계가 한창이었는데, 무려 삼만 원에 가까운 금액이었다. 도시의 젊은이에게 대유행이었다. 그러나 경구는 그 정도까지 욕심을 내는 것은 아니었다. 일하는 데 시계가 꼭 필요해서 사려는 것이었고, 굳이 전자시계가 아니더라도 시간만 잘 맞으면 되었다. 시내 시계점에서 육천 원 하는 태엽 시계 하나를 샀다. 신발은 비싸지 않은 것으로 살 정도는 되었지만, 나머지는 비상금으로 놔두기로 했다. 신발은 다음 달에 사야겠다고 마음을 먹었다. 시계 시간표시점이 야광이었는데, 밤이나 새벽처럼 어두울 때도 볼 수 있어 아주 요긴한 것으로 샀다.

곧바로 추석이었다. 그러나 할 일이 끊임없이 들어왔다. 오히려 명절 무렵에 더 많은 일이 들어왔다. 사장은 결국 추석 명절 하루만 쉬기로 하고, 그 전날과 다음 날은 아침 일찍부터 저녁 늦게까지 일이 잡혔다. 명절 떡값으로 박 기사와 경구에게 상여금을 줬다. 박 기사는 오랜만에 귀향해서 가족들과 친구들을 만날 계획으로 즐거워했으나, 추석 당일만 쉬게 됨을 무척 아쉬워하는 인상이었다. 그러나 경구는 오히려 잘 되었다 싶었다. 사 개월 만에 돈도 못 번 상태에서 고향에 가기란 애초부터 싫었다. 돈 많이 벌어 큰소리를 칠 정도가 아니면 절대 낙향하지 않으리라 다짐했던 경구이다. 따라서 추석 당일도 일하지 못하는 것이 오히려 섭섭할 뿐이었다.

경구는 추석 명절에 그동안 미루어 온 집안 정리 정돈과 빨래를 하고, 오후에는 라디오를 들으며 고향에 있는 가족과 순덕이에게 편지를 썼다. 수구초심이라고, 고향 떠난 기간이 길어질수록 가족 생각이 더 심해졌다. 순덕이에 대한 그리움도 마찬가지였다. 바쁘게 삶이 돌아갈 땐 생각나지 않던 가족과 순덕이가 한가할수록 그리워지고 보고 싶었다. 속썩이는 아버지는 이제 집에 돌아오셨는가, 어머니는 남의 집 품팔이로 하루를 연명하실 텐데 몸은 성하실지, 동생 범구는 아프지 않고 무럭무럭 자라는가, 소 꼴은 누가 베고 누렁이는 여물을 넉넉하게 먹고 있는지, 순덕이는 집을 떠나 어디에 정착했을 성싶은데 어디로 갔을지 등이 모두 궁금했다. 편지에 이런 내용을 한 줄씩 써 내려가다가 눈시울이 뜨거워짐을 느꼈다. 그러나 경구는 이내 마음을 다잡았다. 이번에는 순덕이나 가족이나, 모두 발신인 주소를 밝히지 않고 편지를 부쳤다.

시월의 하늘은 맑고 푸르렀다. 천고마비의 계절다웠다. 들녘은 황금벌판이었고, 과실수들도 부지런히 열매를 맺어가며 마지막 나뭇잎들을 떨구기 시작했다. 햇빛은 따사로움 속에서 칼바람이 간혹 섞이어 있었고, 냇가의 고기들은 저녁 빛이 까맣게 들어서면 수중 밖으로 뜀박질을 해대곤 하였다. 저녁 6시는 태극기 하강식이 언제나 있었고, 분주하게 지나가던 행인과 차들도 그 시간만은 모든 행동을 멈추었다.

시월 말엽에 들어가자 아침저녁으로 싸늘해지기 시작했고, 반지하 방도 냉기가 서서히 날카로워졌다. 깊어지는 가을 속에서 경구는 퇴근 후 마당에 있던 단풍나무 육손가락 잎 하나를 집어 상념에 잠겨 있을 때, 라디오에서 긴급하게 속보가 날아왔다. 재미 로비스트 박동선이 미국에서 돈을 써서 문제였다. 로비스트가 뭔지 몰라 박 기사에게 물어봐 안 사실이지만, 특정 단체의 이익을 위해 입법 기관이나 의원 같은 권력 단체나 개인을 상대로 활동하는 사람을 말하는데, 긍정적인 면보다는 부정적인 뜻이 강한 존재였다. 미국 하원 의원을 비롯한 90여 명의 의원을 매수하고 포섭하기 위해 백만 불을 정부의 지원으로 활동했다는 것이 그 요지였다. 백만 불이나 되는 어마어마한 돈을 활동비로 쓴다니, 놀라지 않을 수 없는 사건이었다. 이에 관해 박 기사의 의견을 물었으나, 박 기사는 혀를 끌끌 차기만 할 뿐, 그에 대한 평가를 한마디도 내놓지 않았다.

박 기사는 여름 전의 모습으로 완전히 돌아가지는 않았다. 눈에 총기는 있었으나 두려움이 충만했다. 대공분실에서 나온 이후에도 한 달에 한 번씩 정보 형사가 사장댁에 다녀갔다. 그리고 그의 근황과 생활상을 낱낱이 캐물었다. 박 기사는 풀려났지만, 완전 석방은 아니었다. 심적으로 늘 불안했고, 여유로움이 전보다 많이 없어졌다. 안정을 찾지 못하는 박 기사를 가장 걱정하는 사람은 역시 갑례였다. 갑례는 음식이 보약이라는 생각으로 맛나고 기력 회복에 좋은 음식을 많이 해댔다. 그러나 박 기사는 몸이 허약하거나 기력이 부족한 것 때문이 아니기에, 정신적 불안함과 나약함을 극복하는 심리적 치유가 가장 급선무였다. 갑례는 그런 박 기사를 위해 성심성의를 다해 보살피고 위로했다. 서서히 좋아지기는 했지만, 시간과의 싸움이었다.

박 기사의 조수로 넉 달이 지나자, 11월 어느 맑은 날, 박 기사는 경구에게 운전대를 맡겼다. 화물을 부리고 귀가하는 한적한 길거리에서 아주 느린 속도로 운전하면서 운전 조작을 몸에 익힐 수 있도록 조언을 아끼지 않았다. 성급하게 확확 운전대를 틀어 차체가 흔들거릴 때 박 기사는 순간 큰 소리를 가끔 내기도 했지만, 경구는 조심스럽게 몸으로 익히고 느꼈다. 첫 운전대 잡는 날, 온 머리가 곤두서고, 심장은 쿵떡쿵떡 요동쳤으며, 간은 번데기처럼 꽉 졸았다. 경구는 그 감회를 잊지 못하고 며칠 동안 밤마다 그때 일을 되새겼다. 그리고 몸속 깊숙이 담아놓았다.

1976년 병진년도 이제 한 달 남짓 남았다. 병진년에는 오징어가 대 풍어였고, 무엇보다 통일벼가 대풍을 거두면서 삼천이백만 톤이면 국민 전체가 삼시 끼니를 해결할 정도였는데, 이를 훨씬 초과한 삼천육백이십만 톤을 수확하는 한 해였다. 통일벼가 밥맛은 약간 덜해도 배곯지 않고 배불리 먹을 수 있게는 해주었다. 보통 벼 품종보다 50% 이상 소출이 많은 우량종이라 대대적으로 홍보하고 격려한 결과이기도 했다. 이 해의 가장 큰 수확은 바로 통일벼의 대풍이었다. 어느 날은 충남 예산으로 사과를 실어 간 적이 있었다. 과수원 농장주한테서 들은 얘기로, 사 년 만에 사과도 대풍이란다. 빨갛게 익은 사과 여남은 개를 얻은 경구는 빨갛게 윤이 나는 사과를 보며 부끄러워하는 순덕이를 생각했다. 그리고 하루하루가 가고 병진년 한 해는 그렇게 저물고 있었다.

10

새 가족

1977년 새해가 밝았다. 올해는 수출 백억 불, 개인소득 천 불을 목표로 우리의 경제는 벽두부터 희망의 날개를 펴고 있었다. 작년 말, 포니가 에콰도르 등지에 이백오십 대가 처녀 수출을 하면서 중공업 장려정책의 불씨가 하나둘 커지기 시작했다. 사장댁에서 정초 가족과 종업원이 모두 모여 새해 떡국을 먹으면서 올해는 모두 건강하고 하는 일, 원하는 대로 되기를 바랐다.

새해가 시작되고 몇 날이 지나지 않은 날, 박 기사는 사장이 신년 벽두에 한 기원처럼 원하는 일을 감행했다. 그것도 혼자가 아니라, 갑례와 동행해서. 둘은 사장 내외에게 갑자기 집을 나가겠다고 통보했다. 어느 정도 말미도 주지 않고 급작스레 감행된 행동에 사장 내외를 비롯한 경구는 놀라지 않을 수 없었다. 그동안 정도 깊어지고 마음도 잘 소통함을 느꼈던 경구는 더더욱 당황하지 않을 수 없었다. 사장 내외도 대책을 마련함이 없이 통보식으로 결정한 둘의 고지에 넋을 잃을 뿐이었다. 둘의 생각은 그랬다. 박 기사는 박 기사대로 정신적 고통이 심해지고 힘들었다고 했다. 그리고 그를 사랑하는 갑례도 힘들어하는 박 기사를 순순히 따르기로 했다는 것이었다. 대공분실 고문 후유증이 여태껏 있었던 것이고, 그 둘은 어디 바닷가 먼 곳으로 사람 많지 않은 곳에 가서 조그만

횟집을 차리기로 했다는 것이다.

둘은 죄스러운 마음으로 자신들의 돌발적인 결정을 허락해주길 간절히 빌고 있었다. 사장 내외도 어찌할 수 없었다. 갑례야 사장 부인이 새 식모를 구하기 전까지 며칠을 꾸려나가면 되겠지만, 운전기사가 당장 문제였다. 사장 자신이 운전을 당분간 할 수는 있지만, 자신의 사업이 도라꾸만 있는 것이 아니라 벌린 일이 많아 감당하기 어려웠다. 사장은 부랴부랴 수소문하고 자신의 정보통을 총동원해서 운전기사를 급하게 구할 수밖에 없었다.

박 기사와 갑례는 이틀 후에 집을 나갔고, 어렵게 사장은 나이 지긋한 최 기사를 급조하여 채용했다. 떠나는 사람에 대한 송별회가 하룻저녁에 간단히 있었는데, 갑례는 그날 저녁 정든 사장댁을 떠나며 눈물 한 바가지를 쏟았고, 박 기사도 소리 없이 눈물을 흘렸다. 박 기사는 떠나면서 경구에게 자신이 입었던 옷가지 몇 벌과 운동화 한 켤레, 학습 도서 서너 권을 전했다. 학습 도서에는 기초 영어 공부와 천자문 책도 있었다. 중학교에 못 갔더라도 영어와 한자는 어느 정도 알아야 좋다는 당부까지 하면서 손아귀에 꼭 쥐어서 주었다. 박 기사는 경구가 '아이스께끼'라고 발음하는 것을 매번 못마땅하게 생각해, 올바른 영어 표현 '아이스크림'을 누차 강조했고, '도라꾸'도 영어 표현은 '트럭'임을 알려준 바가 있었다. 그들의 떠나는 뒷모습이 애처로웠지만 새로운 도전에 대한 기대 때문인지 희망참이 곁들었다. 자리 잡으면 꼭 연락하겠다며 마지막 손 인사를 끝으로 그들은 멀리 사라져 갔다.

다음 날 새롭게 일할 중년의 최 기사를 사장댁에서 맞이하였다. 눈은 가슴츠레하고 얼굴빛은 가무잡잡하지만 말쑥한 편이었다. 강파른 몸매에 얼굴은 너부데데했다. 작은 키에 근육이 단단해 보였다. 학교에 다니는 딸이 둘 있고, 예전에 운수업을 하다가 망해서 지금은 남의 집 기사 노릇을 한다고 간단히 자기를 소개했다. 술을 좋아한다고 하면서 주량이 소주 다섯 병은 된다고 자랑삼아 수다를 떨었다. 첫인상은 털털한 듯하면서도 야멸친 기운이 느껴지는 그런 모습이었다. 경구는 머리를 조아리고 겸손하게 인사를 올렸다. 그리고 간단히 자기소개까지 마쳤다. 둘은 서로 악수를 하면서 잘 부탁한다는 말을 남겼다.

경구는 썩 마음이 내키지 않은 최 기사였다. 그는 다름 아닌 박 기사를 파출소에 고발한 그 최 기사였기 때문이다. 화물주차장 휴게실에서 스쳐 지나가며 몇 번 수인사만 한 사이였다. 자기 고집이 세고 자기 생각만 반드시 옳으며 이기심이 많은 것으로 기사들 사이에서는 소문나 있었고, 그래서 사업도 중도에 망했다고 기사들은 뒤에서 수군거렸다. 오죽이나 급했으면 사장은 그 사람으로 대체했을까마는 사장은 박 기사를 고발한 최 기사가 이 최 기사임을 모르고 채용한 듯했다. 그러나 어쩌면 알면서도 울며 겨자먹기식으로 채용할 수밖에 없었을까도 모르는 것이었다. '잘 지낼 수 있을까? 잘 지내야지. 운전 배우면서 면허증 딸 때까지는 뭐 어쩌겠는가?' 할 수 없는 일로 경구는 체념하고 서로 같이 근무하는 동안 내키지 않지만, 표시 내지 않고 일하는 방법밖에 없었다.

최 기사는 아침 시작부터 좀 달랐다. 자신이 새벽잠이 없다는 이유로 아침 6시 「새마을 노래」가 울려 퍼지면 나와서 차 앞 유리, 백미러를 깨끗이 닦아놓고, 운전대와 그 밑바닥 청소까지 말끔하게 정돈되도록 지시했다. "일찍 일어나는 새가 모이를 먹는다."라는 격언을 제시하고 부지런해야 먹고 산다는 주장까지 하면서. 사장은 겉으로는 표현하지는 않았지만, 내심 일찍 시작한다는 최 기사 말을 달가워했다. 아침잠이 많은 경구는 걱정했으나 어쩔 수 없었다. 이제 황인용의 라디오 음악방송을 듣기 어렵겠다는 생각까지 하면서.

그날 저녁 미래에 관한 수많은 근심 걱정을 안고 반지하 방에 들어서려는데, 사장 부인이 깜빡했다며 꽃 편지 봉투 하나를 전했다. 기다리던 순덕이의 편지였다. 얼른 방으로 내려가 불을 켜고 읽었다. 작년 12월 초 집을 나왔고, 외가 쪽 친척을 통해 대전 시내에서 버스 안내양 자리를 얻었다는 이야기였다. 숙소는 안내양 단체 숙소를 쓰는데, 한 방에 여섯 명이 같이 쓴다고 썼다. 처음에는 좀 불편했는데, 서로 어려운 처지에 양보하며 살다 보니 지금은 적응해서 그럭저럭 산다는 이야기, 친언니처럼 대해줘서 좋다는 이야기, 아직 시작한 지 얼마 안 돼 뭐가 뭔지 잘 모르겠다는 이야기, 퉁소 소리가 밤에 별만 보면 듣고 싶다는 이야기, 할머니와 어머니가 보고 싶다는 이야기, 경구와 노닐던 옛이야기 등으로 편지지에 굴비 엮듯 줄지어 놓았다. 경구는 바로 답장을 썼다. 지체하면 순덕이에게 힘을 주지 못할 것 같았다.

경구는 그렇게 썼다. 너도 이제 객지 생활을 시작하게 되어 축하도 하지만 걱정도 된다, 밥 꼭 챙겨 먹어라, 일꾼은 밥심이 최고다, 출퇴근 시간 많은 사람을 짓이겨 넣을 때 몸조심해라, 밤늦게 절대 다니지 마라, 한 달에 몇 번 쉴 때 휴일을 서로 맞춰보자, 울지 말고 당당하게 살아라, 퉁소는 언제 만나면 원 없이 실컷 불어주마 등 오빠처럼, 아빠처럼 당부와 격려 그리고 찬사를 아끼지 않고 써나갔다. 그리고 자주 연락 주고받자는 말로 끝을 맺었다. 순덕이가 자기와 같은 삶을 시작함에 대견했고, 걱정됨이 사실이었다. 그러나 그녀는 잘 헤쳐 나가리라 믿었다. 순덕이는 한 번 목표가 정해지면 끝을 보는 성질이 타고났음을 익히 알기 때문이다.

1월 중순의 아침 6시는 극도로 추웠다. 그때 들려오는 「새마을 노래」

가 그날따라 징그러울 정도로 싫었다. 영하 십 도로 떨어진 기온은 바람까지 동반해 살을 에는 듯한 칼바람이었다. 손에 목장갑을 두 켤레나 끼고, 양말도 두 켤레 신고 나왔지만, 꽁꽁 얼어 감각이 무뎌질 정도였다. 어두컴컴한 시간에 도라꾸 유리를 닦고 닦아도 김이 서리고 얼룩이 더해졌다. 추운 날씨 탓에 배터리가 방전되어 시동이 걸리지 않아 땀을 뻘뻘 흘리며 애를 먹었다. 결국, 시동을 걸어 히터를 틀었지만, 온전하게 제바람이 나오려면 시간이 지나야 했다. 운전대도 빡빡 닦고, 화물 적재함도 정리하고 운전석 바닥의 흙을 탁탁 떨어내고 이제 막 한 숨돌리던 차였다. 최 기사가 삼십여 분 늦게 도착해서 요모조모 살펴보았다.

최 기사는 대뜸,

"야! 너 오늘 몇 시에 나온겨? 이제까지 헌 게 이거여?"

경구는 「새마을 노래」 시작과 동시에 나와 지금까지 최선을 다해 짬도 없이 점검하고 닦고 했는데, 이 말에 기분이 상해버렸다.

"열심히 혔구먼유. 뭐가 부족헌디유?"

최 기사는 '그러니까 조수나 하지.' 하는 눈빛으로,

"다이아 사이 돌팍은 왜 안 빼놓고, 엔진 미숑은 본 겨?"

꼼꼼히 본다고 본 것인데, 돌 하나가 뒷바퀴에 끼어있었다.

"보니라구 보긴 헌 건디…."

최 기사는 바로 쏘아댔다.

"그러니께 조선놈은 안 된다는 겨. 애시당초부터 꼼꼼혀야지. 그저 대충 대충허니께 뭐가 되겄어. 안 그냐?"

경구는 꼬리를 바로 내리고 그의 말에 수긍하는 목소리로,

"담부텀 더 꼼꼼하게시리 볼 거니께 오늘은 걱정 푸셔유."

최 기사는 한라산 한 개비를 입을 꼬나물고 담배 연기를 훅 불어내며,

"담부텀 잘햐. 너 박 기사 때처럼 헐 테면 내 아래서 운전 배울 생각

말어. 난 이런 거 눈깔로 못 보니께. 알긌냐?"

딸을 둘이나 키운다는 최 기사는 그 딸들에게 자상한 아버지는 아닐 거란 추측이 단번에 들었다. 첫날부터 지청구 일색에 사람 기를 죽이는 말본새가 영 시답지 않았다. 조수는 자기 발끝을 따라다니며 그림자도 밟지 말고 심지어 빨아 먹을 정도까지 되어야 한다고 이야기를 할 때는 정이 뚝 떨어질 정도였다. 최 기사는 그런 사람이었다. 종 부리듯 조수를 대하는 그의 대인관계 능력을 탓만 할 수는 없는 처지에 경구는 스스로 고생문이 앞으로 훤해짐을 알게 되었다. 아침부터 지청구로 시작했으니, 경구의 하루는 불쾌하게 시작하였다.

충북으로 이삿짐을 나르는 날이었다. 청주와 증평을 거쳐 괴산 산막이 마을로 가는 이삿짐이었다. 늙수그레한 이삿짐 주인은 고향이 그리워 아들딸 다 짝을 여의고 이제 고향으로 낙향한다는 말이었다. 노부부 둘이 사는 도회지가 영 한복에 구두 신은 것인 양 자기에게는 여태껏 불편하고 안 맞았다고 신세를 늘어놓았다. 여우도 죽을 때는 제 고향 쪽으로 머리를 두는데, 자기는 죽기 전에 고향에 들어가야 직성이 풀릴 그것으로 생각해 부부 합의 하에 과감히 고향 산천으로 들어간다는 이야기였다. 도회지의 각박한 인정에 지친 모습에서 푸근하게 자기를 안아줄 정신적 피난과 안식처를 찾아가는 자체 그대로였다.

명천으로 돌아오는 길에 보따리를 머리 위에 올리고 걸어가는 초로의 아주머니들이 차를 세웠다. 시장에 지난봄 뜯어다 살짝 삶은 후 알뜰하게 말린 고사리를 비롯해 가을걷이한 시래기를 내다 팔러 가는 사람들이었다. 최 기사는 차를 세워 주고 경구에게 이른다.

"사람당 이백 원씩 받고 짐은 하나당 오십 원씩 받아라. 그렇게 야기혀서 흥정이 되걸랑 태워. 알긌냐?"

경구는 놀란 표정으로,

"너무 많이 부르는 게 아닐까유? 전에는 백 원씩만 받았는디."

최 기사는 그 말이 끝나자마자,

"넌 뭔 말이 많어. 시키면 시키는 대로 헐 것이지."

경구는 시키는 대로 했다. 아주머니들은 좀 비싸다며 깎아달라고 떼를 썼지만 자기 맘대로 그리할 수 없어 최 기사 말대로 매정하게 차삯을 제시했다. 아주머니들은 울며 겨자 먹듯, 포기하며 그 돈을 요금으로 내고 적재함에 올라탔다. 조수석에 탄 경구에게,

"어뗘? 내란 대로 다 냈지? 지들이 뭘 어쩌겄어. 아쉬운 사람이 허라는 대로 헐 수 백이 읎지."

하며 빙그레 웃는다. 연이어

"받은 돈 내놔. 내가 갖고 댕기면서 가끔씩 음료수 사줄팅게."

경구는 받은 돈을 내밀었다. 그는 윗옷 속주머니에 넣고 차를 출발시켰다. 그러더니 한 십 리쯤 가다가 지나는 행인 무리들에게 차를 세우고 백 원씩 내고 타지 않겠냐고 차를 세워 흥정을 한 후 사람들을 더 태웠다. 몇 차례를 그렇게 하니, 어느덧 화물 적재함에는 사람들도 꽉 찰 정도였다. 모르긴 몰라도 대략 이천 원은 족히 넘을 삥땅이었다. 경구는 곱셈을 해보았다. 하루에 이천 원만 잡아도 한 달이면 육만 원. 매일 그렇지는 않는다 해도 한 달에 삼사만 원은 부수입으로 생기니, 월급과 맘먹는 액수였다.

최 기사는 악착같이 태우고 끔찍할 정도로 삥땅을 챙겼다. 충주중앙시장 앞에서 그들을 모두 내려주고 최 기사는 잠시 쉬었다 가자고 길가에 주차했다. 그러더니 연쇄점을 들러 호빵 두 개와 우유 두 개를 사 왔다. 우유가 하나는 병을 종이 뚜껑으로 막은 서울우유였고, 다른 하나

는 삼각 모양의 종이로 만든 서주우유였다. 두 우유의 가격 차가 50원이 난다. 그러면서 최 기사는 서울우유에 호빵, 경구는 서주우유에 호빵이다. 먹는 것도 차별이었다. 조수와 기사는 엄연히 격이 다르니 먹는 것도 달라야 한다는 관념을 지닌 최 기사였다. 경구는 차별받는 서러움에 울컥했으나 참을 수밖에 없었다.

최 기사는 돼지처럼 큰 입에 호빵을 짓쑤셔 넣고 양 볼이 팽창한 상태로,

"역시 겨울엔 호빵하고 데핀 서울우유가 최고여. 안 그냐?"

서운한 마음에 경구는 대답을 망설였더니, 최 기사는 눈치를 대번 채고,

"아! 넌 서주우유라 섭허냐? 요즘 젊은것들은 그걸 많이 먹드라구. 그려서 젊은이 취향으로다가 니껀 산 겨. 왜 서운허냐?"

경구는 핑곗거리로 대는 말이 얍삽하지만, 꾹 참으며,

"아뉴. 좋아유. 서주우유도 맛나고 좋은디유 뭐."

경구는 차를 타고 명천 차고지까지 오는 내내 곰곰이 생각해보았다. 최 기사는 부수입으로 생긴 돈을 과연 어디에 쓸까 궁금했다. 화물기사 간의 소문으로는 두 집 살림을 한다는 이야기가 있었지만, 직접 확인한 바가 아니라 속단하고 싶지 않았다. 그렇다면 딸린 마누라와 새끼들 때문에 그렇게 악착같이 챙기는 것일까 했다. 앞으로 그의 일거수일투족을 살펴보면 자연스레 알게 될 사실이었다. 참으로 보면 볼수록 색다른 세계관에 사는 방식이 남다른 관찰 대상이었다.

차 안에서 먹는 동안 옆으로 시내버스 하나가 정차했다. 안내양이 내리면서 손님으로부터 차비를 걷었고, 손님들은 차비를 내며 버스에서 내렸다. 푸른 제복에 주먹만 한 모자를 핀으로 찝어 눌러 쓴 모자. 순덕이 생각에 그녀의 모습을 자세히 보았다. 안내양은 서둘러,

"더 내리는 분 없나요? 안 계시면 오라이!"

문 옆을 손바닥으로 탁탁 치며 버스를 올라탔다. 순덕이 말로는 저렇게 해서 하루 코스를 열탕씩 한다고 했다. 한탕 도는데, 한 시간 십여분이 소요된다고 했다. 하루가 정신없이 지나간다고 했다. 점심 식사도 십분 이상을 앉아서 먹을 수 없다고 했다. 새벽 여섯 시부터 저녁 여덟시까지 열네 시간 일하고 하루 수입을 수납하면 숙소에 거의 아홉 시 되어서 간다고 했다. 그러면서 가장 수치스러운 일이 수납할 때 몸수색이라 했다. 지금은 여성 계장이 하는데, 얼마 전까지 남자 과장이 했었다는 것이었다. 몸수색은 안내양들의 삥땅을 차단하기 위해서 구석구석 뒤진다는 것이었다. 과장된 이야기겠지만, 어느 안내양은 삥땅으로 서울에서 집 한 채를 샀다고 하는 소문까지 있었는데, 이는 버스회사에서 자기들의 몸수색을 정당화하기 위해 퍼뜨린 소문 같다는 이야기였다. 삥땅 때문에 버스 기사와도 갈등도 많다는 이야기였다. 순덕이는 본마음이 순해 그 짓을 하지 않고 있는데, 버스 기사가 삥땅을 챙겨 자기만 먹는 거 아니냐면서 순덕이를 싫어하는 눈치라고 했다. 거기도 삥땅이 문제이긴 하였다.

오후에 농협에서 나르는 곡물을 운송하고 저녁 늦게 도착했다. 점심 식사와 저녁 식사를 밖에서 하고 들어가는데, 그나마 식사까지는 양심이 있는지 차별하여 먹지는 않았다.

반지하 방에 들어선 경구는 피곤한 몸을 그대로 이불 위에 눕혔다. 냉기가 방 안에 가득했으나, 사모님이 챙겨준 두꺼운 이불 덕에 참을 만했다. 그러나 더운 기운은 이불을 꼭 뒤집어쓰고 있어야 겨우 생길 정도였고, 심하게 추울 때 켜고 자라고 놓아준 석유 난로도 석윳값이 아까워서 되도록 켜지 않을 때가 더 많았다. 라디오를 켰다. 저녁 뉴스가 여자 아나운서의 가느다란 목소리로 흘러나왔다. 영원한 우방국이라 외치던 미국의 대통령에 카터가 당선된 후 주한미군을 철수하겠다고 주장했다는 내용이며, 이에 대해 박정희 대통령과 이견이 있고 우리의 안보가 걱정이 된다는 내용이 주 골자였다. 그리고 다음 뉴스가 진행되는 순간 스르르 감긴 눈 속으로 깊은 수면이 찾아왔다.

11

새로운 만남

오랜만에 맞이하는 휴일이었다. 한 달에 평균 이틀은 쉬었다. 그러나 그 이틀도 꼭 못이 박혀 정해진 것은 아니었다. 일거리가 있으면 쉬지 않았기에 비정기적으로 이틀 쉬면 그나마 다행이었다. 겨울이면 화물량이 여름에 반해 현저히 줄었다. 그래서인지 이번 휴일은 사장이 예고하고 준 휴일이었다. 미리 순덕이와 휴일을 어렵게 맞추었다. 각자 직장을 잡고 처음 만나는 날이었다. 사장 댁에 식모로 애 하나 딸린 아줌마가 한 분 들어왔고, 그녀는 옛날에 있었던 갑례보다 음식 솜씨나 청소, 정리 정돈 등이 모두 부족했다. 안성이 고향이라 사장 내외는 안성댁이라 불렀다.

순덕이와 약속한 날, 조금이라도 더 함께 있고 싶은 마음에 안성댁 아주머니가 차려 주는 아침밥도 마다하며 먹지 않고 아침 일찍 집을 나섰다. 순덕이가 있는 대전으로 가기 위해 전날 대전 가는 화물차를 수소문했었고, 마침 아침 일찍 대전으로 가는 강 기사님 차를 얻어 타고 경구는 휘파람을 불며 나섰다. 평소에도 친절했던 강 기사는 신이 한껏 난 경구를 향해,

"데이또 가는가베. 그치?"

경구는 몰래 무엇을 훔치다 들킨 사람처럼 흠찟 놀라며,

"어치케 알았슈? 눈치가 백 단이셔유."

웃음기 있는 밝은 낯빛으로 강 기사는

"니 낯짝에 써있구만 뭐. 나 여자 만나러 간다구. 그렇게 좋으냐?"

경구는 강 기사의 질문이 끝나기가 무섭게 대꾸한다.

"암만유. 징말 간만에 봐유. 걔도 대전서 버스 안내양허걸랑유. 서로 쉬는 날이 잘 안 맞아 자주 못 만났슈."

강 기사는 흥이 난 경구를 향해,

"좋을 때다. 그려. 좋은 시간 가져. 여기 빵값으로 얼마 안 되니, 잘 쓰구."

강 기사는 이순신 장군과 거북선이 그려진 오백 원 지폐 한 장을 턱하니 건넸다. 강 기사는 이제 스무 살을 갓 넘은 젊은 기사로 경구 또래의 동생이 있다고 했다. 동생 생각에 강 기사는 경구를 가끔 화물주차장 휴게실에서 보면 박하사탕 몇 개를 움켜주고 화한 맛과 향이 입안을 감도는 롯데 스피아민트 껌도 하나씩 주었었다. 특히 그는 이순신 장군이 그려진 오백 원 지폐에 애착이 많았다. 마치 신주 단주 모시듯 사랑할 정도였다. 담배마저 거북선을 꼭 고집했다.

강 기사는 충남 온양에서 고등학교까지 나온 사람이었다. 그가 이순신 장군을 특히 존경하는 것은 고등학교 시절 학도호국단 대대장으로 학교를 대표해 자기 고장에 있는 현충사 옆 충무수련원에서 1주일간 합숙 훈련을 받은 경험이 가슴에 크게 남았기 때문이랬다. 박정희 대통령은 1974년 아산 현충사 옆에 이순신 장군의 정신을 전 국민에게 교육하고자 만든 교육기관이었다. 야당 쪽 국회의원들은 장군을 영웅으로 만들면서 자신의 군사혁명을 합리화하기 위한 방책의 하나라고 주장하기도 했으나 깡그리 무시되었었다. 그래서 그는 틈만 나면 그때의 이야기를 반복해서 하고 했다. 흔히 남자 성인들이 군대 이야기를 하면 목에

핏대를 세우는데, 그는 충무교육원 이야기를 군대 이야기처럼 무용담을 뱉어냈다. 강 기사는 거기서 충무공 이순신 장군의 충, 효, 봉사, 애민 정신을 몸으로 배우고 충무공의 삶을 교육받으면서 큰 깨달음을 얻었다고 했다. 그는 고등학교 졸업 후 운전기사였던 아버지께 속성으로 운전을 배워 두 달 만에 운전 면허증을 딴 행운아였다. 그러나 그는 늘 그랬다. 잠시 취직하기 전에 임시로 잡은 직장이라고.

대전 선화동의 **당 제과점 앞에서 내렸다. 대전을 잘 아는 주위 사람들에게 알아보았더니, **당 제과점이 빵도 맛있지만, 분위기가 최고라고 해서 거기서 9시에 보기로 했다. 대전에 있는 순덕이가 제과점에 먼저 나와있었다. 어디서 샀는지 하얀 나이론 천에 분홍빛 물방울무늬가 그려있는 원피스를 입고 머리에는 나비 모양의 머리핀도 오른 머리편에 내려앉았다. 실곡마을에서 살던 그 순덕이가 아니었다. 몇 달 사이에 도회지 물 먹었다고 이것저것 멋을 한껏 냈다. 안내양 일하면서 도시 처녀들의 이런저런 모습을 눈동냥 귀동냥으로 살더니 제법 도시 처녀를 흉내 냈다. 얼굴도 무엇을 찍어 발랐는지 볼은 복숭아처럼 불그스레 하고 이마는 하얬으며, 속눈썹에는 검은 줄을 그어 눈망울과 선을 나누었다. 머리는 요즘 유행하는 파마를 해서 꼬불꼬불한 것이 숫자 6, 8, 9자를 엎혀 뒤집어 놓았다.

경구는 사랑스러운 눈빛으로,

"얼매나 오래 기다린 겨? 나야 얼렁 온다고 서둘러서 온 풍신인디 늦어뿌렀네."

순덕은 괜찮다는 표정으로 다정하게,

"아녀. 야. 나도 금방 나온 겨. 미안해 헐 필요없당게. 글구 내가 대전 있는디 응당 먼저 나오는 게 순리고."

경구는 순덕의 이해에 미안함을 접는다. 이어서

"아침 일찍 나오니라 밥은 먹은 겨? 난 니를 만난다는 설렘 땜에 엊저녁 잠을 하나두 못 잤고 아침밥도 안 멕혀 기냥 나왔는디."

순덕은 손으로 입을 가리고 키득거리며,

"으이구, 이 화상아! 뭐가 그리 급허다구 밥도 안 먹고 나온 겨? 얼매나 배고플겨. 시장헐팅게 얼렁 빵부터 시키자. 그럼."

제과점 사장은 이른 아침부터 빵이 나오기도 전에 들어온 두 청춘 남녀를 그렇지 않아도 이상스레 쳐다보다가, 순덕의 부름에 조르르 탁자 앞에 섰다.

"여기 고로께허고, 소보루빵허고, 음…, 서울우유 데펴서 각기 하나큼씩 주셔유. 그리구 전부다가 월매쥬?"

제과점 사장은 주문을 확인하고 암산해서 가격을 제시한 후 돈을 받았다. 이때 경구는 값을 치르려는 순덕의 손을 얼른 낚아챘다.

"뭐하는 겨? 데이또 헐 때 그 비용은 남자가 내는 겨. 이게 무슨 무경우여?"

순덕은 또 한 번 손을 입에 갖다 대고 속웃음을 지었다.

"그게 뭐가 중요헌디. 기냥 아무나 먼저 내면 되는 것이제. 이따가 딴데 안 갈 겨? 그때는 니가 내면 되잖아. 안 그랴?"

순덕의 말을 들으니, 그렇기는 하였다. 그래도 경구는 남자 체면을 세운답시고 한 번 더 생색을 내본다.

"그려두 명색이 남잔디. 내가 내야 허는디…."

잠시 후 빵과 미지근한 우유가 나왔다. 경구는 빵을 보자마자 시장기가 엄습하며 침이 입안에 고였다. 냉큼 집어 허겁지겁 체면 불고하고 먹는다. 이를 본 순덕은

"체할라. 찬찬히 먹어. 목 멕히니께 우유랑 같이."

말하고 자신도 크로켓 빵을 들어 입안에 조심스레 넣고 씹는다. 빵 표면의 기름이 듬뿍 입안으로 나오며 고소한 맛이 일품이다. 순덕은 맞은편의 경구를 조용히 훑어본다. 경구의 게걸스럽게 먹는 모습이 안쓰럽기도 하고 정이 듬뿍 간다.

"경구야! 빵 다 먹고 퉁소 한 자락 불어줄려? 여기서 말여."

순덕은 경구의 대답을 기다리지도 않고, 제과점 사장님을 향해 자리에서 일어났다.

"사장님, 지송허지만, 다른 손님 읎어서 그러는디, 퉁소 한 자락 불러봐두 괜찮을까유? 이 친구가 아주 기가 맥히게 퉁소를 잘 불걸랑유."

빵 정리 정돈을 하던 제과점 사장은 하던 일손을 멈추고,

"그렇게 하세요. 뭐. 시간이 많이 걸리지는 않겠죠?"

순덕은 사장님의 허락에 기쁜 마음으로,

"암만유. 질어야 한 십 분 될규. 고마워유. 사장님."

경구는 순덕이가 어지간히 퉁소 소리가 그리웠구나 생각했다. 그렇게 잘 부는 퉁소는 아니지만, 순덕은 경구의 퉁소 소리를 무슨 대단한 것처럼 대접하고 치켜세웠다. 그런 순덕이가 내심 고맙기도 하였다.

헤어져 있는 동안의 일들로 수다를 떤 둘은 한 시간여가 지나서 제과점을 나왔다. 그리고 케이블카가 있다는 보문산으로 향했다. 놓은 지 십 년이 채 안 된 케이블카였다. 산 아래서 중턱까지 올라가는데 인근에서 명물로 큰 화제가 됐고, 연인들의 데이트 코스로는 그만이었다. 경구는 경제적으로 좀 무리를 해서라도 케이블카를 함께 타려 했었다. 그러나 순덕은 보는 것만으로도 족하며 비싼 돈 주고 탈 필요가 없을 뿐만 아니라 타는 것 자체가 무섭다고 하여 승차를 거부했다. 무서운 것은 한낱 핑계에 불과함을 알면서 순덕의 마음 씀씀이가 정겨웠다. 경구는 순덕과 더불어 천천히 보문산을 걸어 올랐다. 눈꽃을 피운 보문산은 을씨

년스럽지만 아기자기한 맛이 있었다. 정상에서 보는 대전 시내 전경은 어마어마했다. 상가나 빌딩이 대전역과 충남도청을 축으로 길게 줄지어 서있고, 사람들은 무엇으로 바쁜지 왔다 갔다 총총거렸으며, 수많은 자동차는 뛰뛰빵빵 하면서 시내를 활보하고 있었다.

해는 빨리도 솟았다. 중천에 떠올라 정오를 알리고 있었다. 날씨는 한겨울이라 싸늘했지만, 햇볕은 따사로웠다. 점심 식사는 순덕이 안내하는 순댓국집을 찾았다. 실곡마을에서 먹어보지 않은 음식이었으나 돼지 피에 온갖 채소와 두부를 집어넣어 만든 순대가 보신에 그렇게나 좋다고 안내양 선배 언니들의 말까지 하면서 경구를 데리고 갔다. 시장통 초입에 있는 순댓국집은 많은 사람으로 정신없이 분주했다. 용케 두 자리를 얻은 두 사람은 순댓국 두 그릇을 시켜놓고 기다리며 먼저 온 손님들의 식사 모습을 지켜봤다. 가래떡만 한 굵기에 떡 점 썰 듯 잘라 사골국물에 넣어 만든 순댓국의 모습은 그다지 맛깔스러워 보이지는 않았다. 잠시 후 두 사람 앞에 순댓국이 놓였다. 편안하고 느리게 한 입씩 넣었다. 물컹한 것이 두부하고 비슷한 듯, 질겅질겅 씹히는 채소가 만두 속을 먹는 듯한 착각이 들면서 독특한 피맛까지 아우러져 있었다. 보기와 다르게 감기는 식감은 부드럽고 쫄깃쫄깃했다. 동네에서 돼지를 잡을 때마다 돼지 피로 선지 재료를 삼기 위해 사람들은 집에 있는 바가지나 들통을 들고 구름처럼 몰려들었었다. 돼지 피가 응고되고 이를 두부 크기로 듬성듬성 잘라서 가을 끝에 말려놓은 시래기를 썰어놓고 마늘과 파를 넣으면 선짓국 맛이 그만이었었다.

사랑하는 사람과의 시간은 눈 깜짝할 사이에 지나갔다. 점심 식사를 마치고 시장통을 얼마 돌지 않은 듯했는데, 벌써 시계는 네 시로 시침과 분침이 양팔을 벌리고 있었다. 경구가 있는 명천까지 가는 막차는 여섯 시였다. 이제 둘은 직행버스 차부로 발을 옮겼다. 차부 근처 제과점에서 이야기를 좀 더 한 후 저녁을 먹고 헤어질 심사였다. 경구는 순덕에게 약속했다. 지금 사수되는 최 기사가 성격이 좀 괴팍하지만, 비위를 건드리지 않고 잘 맞춰 일이 년 안에 반드시 운전 면허증을 따겠다고 다짐했다. 순덕도 다부지게 돈을 모아 야간 중학교와 고등학교를 마치고 싶다는 포부를 밝혔다. 둘은 손을 맞잡고 반드시 바라는 대로 꼭 성취하자고 기도했다. 서로는 그 목표가 이루어지면 가장 먼저 면허증을 보여주고, 가장 먼저 졸업장을 보여주자고 손가락을 걸었다. 미래의 영광을 상상 속에 그리면서 둘은 마냥 행복했다.

12

운전 연습

산자락에 산수유나무가 노랗게 꽃을 피우더니, 진달래도 이에 질쏘냐 분홍빛을 맘껏 터뜨리고 있는 춘삼월이 왔다. 종다리도 짝과 함께 들판과 산자락을 오르락내리락하고, 실개천의 송사리도 겨우내 굳었던 몸을 푸느라 오락가락 물살을 가르며 뛰놀았다. 개구리는 경칩이 지나자마자 기가 막히게 품었던 알에서 올챙이가 꿈틀거렸고, 명자나무도 뒤지지 않으려고 빨간 꽃망울을 부지런히 키우고 있었다. 덩달아 개나리도 길가를 노랗게 물들이며 지나가는 사람들의 춘심을 동요하고 있었다. 학교는 개학해서 왼쪽 가슴 언저리에 수건을 매단 국민학교 입학생의 입성이 볼만했고, 하교 때마다 학교 앞 문방구와 교문 앞에는 연탄 달고나를 파는 상인들이 코 묻은 돈을 빼앗느라 분주했다.

최 기사는 오늘도 경구를 데리고 강원도까지 먼 운송을 나갔다. 워낙 먼 거리라 일박이일 되는 일정이었다. 최 기사와 운전밥을 같이 먹은 지도 어언 두 달이 지나갔지만, 한 번도 경구에게 운전 연습이나 실습을 시켜본 적은 없었다. 중간중간 경구가 무엇을 물어봐도 좀 더 기다리라는 말만 했지 가르쳐주지는 않았다. 그래도 경구는 여기에 아랑곳하지 않고 운전학원 주변을 맴돌며 눈치껏 코스를 익혔고, 화물주차장에서 가끔 쉬고 있는 다른 기사들에게 이것저것 준비할 사항을 묻기도 했었다. 만 십팔 세부터 운전면허는 응시 자격이 되었고, 경구의 나이도 내년이면 자격이 주어지니, 올해는 바지런히 운전 연습을 하고자 했다. 필기시험 책자를 강 기사에게 얻어 틈틈이 공부했고, S자 전·후진, T자, 굴절, 평행 주차 등을 연습해야 했지만, 최 기사는 도통 운전대를 주지 않았다. 특히 S자 후진이 그렇게 어렵고 탈락률이 높아 걱정거리였다. 트럭을 몰 수 있는 운전면허 시험 통과율이 10% 내외라 끊임없는 연습 없이 붙기는 힘든 것이 시험이었다. 아침에 시동 걸고 연습할 시간이 잠깐 나지만, 점검하고 청소하고 정리 정돈하면 많아야 십 분 정도 시간이 날 뿐이었다.

새벽잠이 유독 많은 경구는 아침 시간이라도 한 시간 빠른 5시경에 일어나 시동 걸고 화물주차장에서 연습해야겠다고 마음먹었다. 비록 공간이 좁고 제대로 연습할 수 없지만, 그거라도 해두지 않으면 마음이 놓이지 않아서였다. 그러나 새벽 5시에 기상하는 것은 보통 고역이 아니었다. 하루 일을 마치고 반지하 방에 들어서면 아홉 시가 다 되었고, 등만 붙이면 낮 동안의 노동 탓인지 잠이 그야말로 쏟아졌다. 심지어는 최근에 얼마나 피곤했으면 아침마다 코피를 쏟았고, 심할 때는 쌍코피가 한 바가지까지 나왔다. 근육도 뭉쳐있고 머리는 늘 띵한 것이 상쾌하지 않았다.

점점 말라가는 경구를 보며 안성댁 아주머니는 반찬에 고기를 더 얹히고 생선도 고등어, 갈치, 조기, 동태 등을 바꿔가며 상을 차려 주었지만, 별로 효과는 없었다. 안성댁은 매일 오후 저녁 직전에 시장으로 나선다. 사모님한테 받은 천원을 가지고 그날 해먹을 나물 조금, 고기 한두 근, 생선 한두 손, 기타 양념들을 사고 자투리도 남는 오십 원가량으로 시장통 오뎅국이나 떡볶이를 사 먹는 것이 중요한 일과였다. 안성댁은 동생 같은 경구에게 유독 정이 많이 갔다. 집 나오면 개고생이라고 하듯, 경구가 어린 나이에 산업전선에서 밥벌이하는 모습이 천상 집 나간 남동생 꼴이었기 때문이다.

경구도 일하려면 밥심이 절대적이라 죽을힘을 다해 양을 채웠지만, 시간이 지날수록 밥맛이 예전처럼 돌아오지 않고 점점 먹는 양이 줄었다. 경구는 소싯적에 봄을 타면서 입맛이 없을 때 어머니는 오월 수릿날 즈음에 익모초를 뜯어 즙을 내거나 돼지 잡는 날 쓸개를 얻어 입안에 들이밀었었다. 익모초즙과 돼지 쓸개즙은 말로 표현할 수 없을 정도로 쓰디썼다. 그래도 봄 한 철 이것을 먹고 나면 입맛이 돌고 1년을 거뜬하게 치르곤 했다. 경구는 그때 생각으로 5월이 도래하면 익모초라도 뜯어 즙을 내 먹어야겠다고 생각했다. 그러면서 '배부르고 등 따뜻하니, 호강에 지쳤구나. 밥맛이 없다니. 배곯던 시절이 엊그제였는데….' 하는 생각까지 들었다.

오늘처럼 간혹 장거리를 가는 날에는 차 타는 시간이 길고 잠자리가 낯선 탓인지 잠을 더 못 이루었다. 최 기사는 오면서 삥땅 친 돈으로 진로 소주 서너 병을 샀고, 통닭 한 마리를 회 포대 종이에 싸서 들어와서는 혼자 배불리 먹고 코를 탱크가 지나갈 정도로 심하게 골면서 곯아떨어졌다. 그러니 경구는 더더욱 잠을 청할 수 없었고, 밤늦게까지 밖을 서성이다 자정이 넘어서야 잠자리에 들 수 있었다.

그렇게 해서 춘삼월도 지나고 4월도 지나 어느덧 말엽에 다다를 때였다. 방송과 신문에는 박흥숙이라는 사람이 일명 '무등산 타아잔'이라 해서 판자촌에 사는 사람 셋을 무참히 살해한 사건이 세간에 화제가 되었다. 남 일 같지 않았고, 판잣집이라도 구해서 나가려던 경구는 비참한 살해 기사를 읽으며 몸서리쳐졌다. 가난한 자들은 언제나 당하고 사는 현실, 게다가 같이 없이 사는 사람끼리 해코지하는 현실이 너무 신물 났다. 가난한 사람들은 하루하루를 걱정하며 살지만, 도회지에서는 미니스커트가 서서히 사라지고, 통바지와 통치마, 통구두가 유행하기 시작했다. 하루 땟거리도 없어 걱정이 있는 사람이 있는가 하면, 쏜살같이 흐르는 유행에 매번 편승하여 자태를 뽐내는 사람이 있으니, 양극화된 사회 현상이 씁쓰레했다.

사장댁 마당은 온갖 식물들이 왕성한 생명력을 자랑하고 있었다. 어디서 날아와 뿌리를 내렸는지 이름 모를 야생화도 소나무 아래서 한두 송이가 자리를 잡았고, 사장 부인이 오밀조밀하게 재단해놓은 화단도 잡초들이 에워싸고 있었다. 경구는 마당의 꽃과 풀을 보면서 옛날 꼴 베던 생각에 잠겨 억척스럽게 손으로 잡초를 뽑아냈고, 무릎길이까지 자란 잡초는 뿌리가 제법 길어 흙을 파내야 했다. 이런 경구의 모습을 보며 사장 부인은 피곤할 텐데 잡초까지 힘들게 뽑느냐고 너스레를 떨었지만, 경구는 자기가 하고 싶어 한다는 말을 남기고 묵묵히 마당을 정리했다.

힘 넘치는 여자 가수 이은하의 「아직도 그대는 내 사랑」이 공전의 히트를 기록하며 거리를 떠돌았고, 경구도 그 노래를 흥얼거리며 출근하는, 오뉴월 햇볕이 따스한 어느 날이었다. 최 기사는 날마다 머리가 한 움큼씩 빠진다며 삥땅 친 돈으로 독일 놀트마르크사가 개발한 발모제 '케이5'를 이천 원씩이나 주고 사면서 투덜댔다.

"하루가 다르게 머리숱은 없어지구, 똥배는 먹는 거 없는데 튀어나오구…."

경구는 속으로 웃음이 나왔다. 머리 빠지는 거야 모르겠지만, 배 나오는 것은 그렇게 간식을 쉬지 않고 먹는데, 나오지 않을 수가 있을까. 그리고 언제나 같이 쓰겠다는 삥땅은 늘 자기 용돈처럼 혼자 썼고, 열에 한 번쯤 음료수나 빵을 사주는 것이 다였다. 그래도 다행인 것은 오뉴월 들면서 조금씩 운전 연습을 시켜주었다는 것.

경구는 마음에 없지만, 듣기 좋으라고 한마디 거들었다.

"최 기사님 배가 월매나 나왔다구유. 거의 안 나왔슈. 그 나이 따른 사람들은 백과사전 두께꺼정 나왔는디유, 뭘."

최 기사는 뻔한 위로의 거짓말인 줄 알면서도 기분이 좋아서,

"그려? 내 나이에 이 정도면 사실 표준이지 뭐. 그래두 내가 이 몸매 가꾸느라 월매나 고생허는디. 울 마누라는 그것두 모른다니께."

경구는 더는 대꾸하지 않았다. 오히려 과하면 득이 되지 않을 듯해서이다. 자기 착각에 머물러 있는 최 기사가 안쓰럽기도 하였다. 기분이 한층 상승한 최 기사는,

"오늘은 기분이다. 날씨도 환장허니 좋구, 이따 오후에 한 탕 띠구 올 때 차가 별루 없는 산길로 오니께 그때 운전 연습 좀 혀보자."

경구는 마음이 들뜨게 되었다. 변죽이 죽 끓듯 하는 최 기사가 처음으로 흔쾌히 연습하자는 제의였으니, 오늘 오히려 오후까지 맘 변하지 않도록 잘 섬기리라.

라디오 정오 뉴스에서는 지난 4월 21일 통신기 고장으로 항로를 무단으로 이탈해 소련으로 강제 착륙한 KAL기의 탑승객이 사흘 만에 귀국한다는 보도가 첫머리 소식으로 나왔다. 그동안 생사를 확인하지 못해 맘고생이 많았을 탑승객 가족들이 마음을 쓸어안는 상황들을 자세히 보도하고 있었다.

점심 식사를 위해 가는 도중에 최 기사는 이 뉴스를 접하며,

"소련 공산당 새끼들은 무지막지 하다니께. 왜 죄 없는 민간인을 잡아두고 지랄여 지랄이긴."

혀를 끌끌 차며 비평조를 날렸다. 경구는 그래도 다행이라는 마음으

로 한마디 내뱉었다.

"그래두 다행이유. 별 탈 읎이 다 돌려보내긴 혀서유. 승무원들만 이젠 돌아오면 되겠구만유."

최 기사가 좋아하는 돼지고기 두루치기를 중도에서 점심으로 먹고 재출발한 지 십여 분이 지났을 때였다. 길가에 차를 조용히 세우더니,

"운전대 잡아봐. 찬찬히 가라. 아주 찬찬히. 차들 많이 안 댕기니께 서둘지 말구. 차 첨 몰아보는 건 아니지?"

경구는 두근거리는 가슴을 진정시키며,

"암만유. 대여섯 번 해봤슈. 걱정마시랑게유. 찬찬히 갈 거구만유."

오랜만에 잡은 운전대는 묵직했다. 혼자 아침 일찍 잡고 연습하던 것과 또 달랐다. 최 기사가 옆에 있는 것도 부담이었지만, 차가 왕래하는 길거리에서 운전대를 잡아보는 것 자체가 긴장이었다. 저속 기어를 넣고 시속 육십 킬로미터로 천천히 운행했다. 마침 다가오는 트럭 하나가 있어, 길가로 차를 붙이면서 교행했다. 최 기사는 너무 차를 길가로 붙이자 한마디 한다.

"야! 너무 겁먹을 거 읎어. 저 차가 니헌테 달려드냐?"

차가 우측에 너무 치우치니, 최 기사가 큰 소리를 내지른다. 이어서,

"그냥 니 길만 가면 되야. 시방 길에 중앙선이 읎는디, 비포장에서는 가운데 길이 있다 생각허구 기냥 니 길 가버려. 상대방 차 신경 쓰덜말고."

경구는 콧날과 이마에 송골송골 맺힌 땀을 닦아내며,

"알겄그만유. 그리헌다고 허는 풍신인디 본능적으로다가 그렇게 되네유."

덧붙여 최 기사는 경구의 운전대 조정에 대해서도,

"운전대가 흔들려. 꽉 잡고 자꾸 흔들지말그라. 그러면 차가 흔들흔들허니께. 그려두 대여섯 번 몰아본 것치고는 잘 허네. 자꾸 연습허면 금방 늘겄다. 야."

경구는 최 기사의 지청구가 피와 살이 되는 것으로 생각하고, 달갑게 주워들었다. 그래도 말끝에 잘한다는 칭찬까지 받으니, 기분이 한결 우쭐해졌다. 대략 일이 킬로미터를 연습했다. 경구는 점점 연습 거리가 멀어지면서 대담해지고 운전대가 흔들리지 않는 자신을 느끼며, 오늘도 많이 배웠음을 느꼈다. 명천으로 오는 길에 아카시아꽃들은 짙은 향을 풍기며 행인들의 심기를 편안하게 해주었고, 신록의 푸르름은 점점 짙어질 준비를 하느라 나무와 풀들은 바빴다.

13

덤터기 씌우기

하루의 열기는 나날이 달라졌다. 태양의 황도는 점점 더 깊게 대지를 데웠고, 사람들은 한 꺼풀씩 옷을 벗고 반 팔도 거추장스러운 한여름으로 치달았다. 7월 초부터 수은주는 연일 삼십 도를 오르락내리락, 땡볕더위에 불쾌지수는 팔십 이상으로 치솟았고, 사람들은 그늘을 찾아 늙고 힘없는 수사자처럼 어슬렁거렸다. 때마침 서울 장충체육관에서는 제2기 통일주체국민회의가 치러졌고, 박정희 대통령이 단독 후보로 나와 제9대 대통령으로 당선되었다. 2,500여 표 중 무효표 한 표를 제외하고 만장일치에 가까운 당선이었다. 사람들은 공산당보다 더한 투표 결과라고 쑥덕거렸지만 그렇게 말만 할 뿐 더는 진전되는 것이 없었다.

경구의 반지하 방은 습기가 심해지고 바람이 통하지 않아 피부 습진이 자주 일어났고, 숙면 취하기가 어려웠다. 아침에 일어나도 어깨가 늘 무거웠다. 마치 실곡마을에서 꼴 베러 다니면서 느꼈던 지게 짐처럼 묵직했었다. 조그마한 선풍기 하나가 찜통더위에 바람을 일으켜주었지만, 잔바람일 뿐, 오히려 더운 바람으로 순간만 시원할 뿐이었다.

여느 날과 같이 오늘도 「새마을 노래」를 들으며 화물주차장으로 향했다. 일상적으로 행하는 점검과 청소를 마치고 최 기사가 오기를 기다리

고 있을 때였다. 비틀거리며 불쾌한 낯빛으로 경구를 향해,
"야! 나갈 준비 다 됐냐?"

경구에게 김 기사라는 호칭은 고사하고 경구라는 이름조차 제대로 불러준 적 없는 최 기사다. 늘 '야, 너'식으로 불렀던 최 기사는 오늘도 그렇게 경구를 부르면서 말을 걸었다. 최 기사는 아직도 알코올 냄새가 진동하고 걸음도 제대로 걷지 못했다. 아마 새벽까지 술을 먹은 듯했다. 오늘은 빈 차로 천안에 올라가 짐을 싣고 명천으로 내려오는 것이 오전 일정이었다. 최 기사는 술이 덜 깬 상태에서
"야! 나 시방 술이 안 깨서 그러는디, 오늘 아침은 빈 차로 가는 거니께 니가 한번 운전하고 가봐라."

경구는 계획 없는 통보에 깜짝 놀랐다. 운전을 해볼 기회가 주어진 것은 좋은 것이나 천안이 명천에서 백 리가 넘는 거리인데, 갑자기 운전해보라는 통보에 어찌할 바를 몰랐다. 기껏해야 오 리 정도 운전만 몇 번 해본 상태에서 엄두가 나지 않았던 것이다.

"많이 힘드셔유? 이를 어쩐댜…. 허라면 허긴 허는디 별 탈 읎을까유?"
최 기사는 잠시도 지체하지 않고,
"뭐가 문제 있겄어. 나가 옆에 타고 있은 게 별문제야 있겄어? 난 시방 졸려서 자고 싶어 죽겄다."
최 기사는 걱정 말라는 말을 했지만, 영 경구는 미덥지 않았다. 그래서 경구는 잠시 머리를 굴린 후,
"그러면 이렇게 허시면 어떠유? 명천 시내 벗어나 변두리쯤 가서 운전대 주셔유. 아무래두 지가 시내 벗어나는 게 영 자신이 읎어서 그래유."
최 기사는 짜증 섞인 목소리로,

"그려, 그려. 알긊어. 그리 혀자. 기냥 혀두 되는디 그러네."

시동이 걸린 도라꾸를 비몽사몽으로 최 기사는 운전하기 시작했다. 경구는 좀 불안했으나, 뭐 큰일이야 있겠냐 싶었다. 그러나 경구의 불안은 곧 현실로 다가왔다. 차를 몰고 화물주차장을 빠져나와 사거리에서 우회전하면서 오른쪽에 있는 문방구점의 집기 일부분을 도라꾸 꽁무니가 치고 나갔다. 뽑기 도구와 좌판이었는데, 부딪치는 소리가 꽤 컸다. 경구는 얼른 백미러로 소리 나는 곳을 훔쳤다. 집기가 우탕탕 무너져 있는 광경이 거울에 비쳤다. 자세히 보고자 조수석 유리창을 내리고 고개를 내밀었다. 분명한 물건 피해를 준 접촉 사고였다. 다행히 사람 다친 것은 없어 그나마 행운이었다. 경구는 깜짝 놀란 가슴을 억누르지 못하고,

"이걸 어쩐대유? 문방구 집기를 쳐뿌렀네유. 차 안 세우셔유?"

그러나 최 기사는 그 큰 소리를 들었음이 분명하면서도 아주 대범하게 정지하지 않고 차를 운전하며 대꾸했다.

"사람 친 건 아니잖여. 괜찮여. 기냥 가. 크게 부서진 건 읎어 보이는디 뭐. 그라구 본 사람두 없는 거 같구."

그러나 경구는 마땅치 않았다. 분명히 집기가 박살이 났고, 그냥 지나가서는 안 될 일이라 판단했다.

"기냥 가면 이건 뺑소니 아뉴? 좀 그런디."

최 기사는 버럭 화를 냈다.

"괜찮다니께 그러네. 잔말 말고 아가리 닥쳐라."

십여 분이 지나고 명천 외곽으로 나온 최 기사는 차를 세우고 다짜고짜 운전석을 양보하며,

"아까 그 사건은 모르는 칙하고 있구, 운전대나 잡아라. 천안 가는 질 알지? 이 도로로 죽 가면서 이정표 보고 가면 되야. 난 술이 덜 깨 한숨

잘팅게 알아서 잘혀."

그리고 나서는 조수석에서 눈을 감고 금세 잠이 든다. 그것도 코를 아주 드르렁드르렁 크게 내지르며. 경구는 덜덜 떨리는 손으로 운전대를 잡고 일단 기어를 넣어 출발했다. 덜덜덜 거리면서 도라꾸는 시원찮은 출발을 했다. 손에 땀을 쥐는 시간이었다. 등줄기에도 흘러내린 땀으로 메리야스가 흥건했다. 머리카락은 한 올 한 올 쭈뼛쭈뼛 서있었고, 어깨 근육은 소 힘줄처럼 팽팽하게 긴장되었다. 차가 많이 오가는 길은 아니었지만, 완전히 자기에게 내맡기고 기사가 방치한 적은 처음이었다. 책임감과 부담감이 엄습하면서 평소에 잘하던 기어 변경도 매끄럽지 못하고 덜컹덜컹 댔다. 최 기사는 그러거나 저러거나 남 일처럼 코만 탱크 소리로 골뿐 꿈나라 속에서 허우적대고 있었다.

공주 차령 고개를 넘는 길이었다. 차령 고개만 넘으면 옛날부터 대나무가 자라지 않고 날씨가 남쪽보다는 한결 추우며 금강과 삽교천이 딱 나눠진다고들 했다. 공주의 정안 고을 바닥은 넓지는 않지만, 태백산맥에서 빠져나와 기가 한풀 꺾여 무즈름해진 들녘이었다. 그래서 논보다는 밭이 더 많았고, 낮은 야산들이 옹기종기 모여있는 그런 지역이었다. 그러나 이 들판에서 차령 고개를 향하는 길은 제법 무서웠다. 옴츠러진 기세를 깔보일까 봐서 그런지 아랫녘부터 고갯마루로 오르는 길은 구불구불 팔자 모양으로 예닐곱 번이 꺾이어 있었다. 빈 차였지만 고갯길을 오르면서 차츰 기어를 저속으로 내렸고 그래야 도라꾸는 힘을 받아 털털털 올라갈 뿐이었다. 경구는 '도라꾸가 지칠 만하구나.' 하는 속마음이 들었다. 정안 고을에서 차령 고개를 넘어 전의 마을에 도착해서야 차는 다시 속도를 올리며 천안을 향할 수 있었다. 정신 나간 상태에서 약 두 시간을 달려 이제 천안 시내에 다다랐다. 참으로 운전 연습은 본의 아니게 실컷 한 기회였다. 처음 십 리 정도는 조마조마하더니만, 그때를 극복한 후부터는 길도 매끄러웠지만, 담력이 생겨서인지 운전대에 탄력이 붙고 이골이 났다. 어느덧 차는 전의 마을을 지나 천안 입구에 다다랐다. 경구는 천안 초입에서 잘 자고 있던 최 기사를 흔들어 깨웠다.

"기사님, 기사님! 천안 초입이에유. 인제 쫌 인나서 핸들 잡으셔유."

최 기사는 곤하게 자고 일어나, 하품을 한 번 늘어지게 하고는,

"아이쿠야! 발쎄 다 왔다냐? 참 곤허게 잤다. 수고혔다. 진짜루 천안인가베. 별일 읎었지? 자리 바꿔라."

얼추 이제는 술이 다 깬 상태에서 최 기사는 운전대를 잡았다. 천안 목적지로 도착했고, 거기서 적재함에 짐을 싣는 동안 해장 겸 점심을 먹으러 나갔다. 천안 태조산 아래 유량동에 있는 유명한 생태찌개 식당을 찾았다. 워낙 예부터 명성이 잦아진 탓인지 이른 점심임에도 불구하고 입구부터 사람이 꽉 차있었다. 겨우 바깥쪽 문 앞에 두 사람 자리를 얻어 생태찌개를 기다렸다. 단품인 덕에 음식은 곧이어 나왔다. 나온 생태탕에 최 기사는 고춧가루를 두 숟갈 크게 더 첨가하며 숟가락으로 국물을 떠먹었다.

"캬! 좋다. 바로 이거여, 이거. 해장국은 역시 얼큰한 생태탕이 최고지. 야! 먹어봐. 어뗘?"

경구도 숟가락을 들어 국물 한 모금을 입안에 넣었다. 얼큰, 알싸, 달콤, 탱글, 짭조름 등이 버무려진 맛. 그 맛이었다. 역시 맛집은 명불허전이라고 그 맛이 다르기는 달랐다.

"시원허네유. 역시 유명헌 집은 뭐가 달라두 달르긴 허네유."

경구는 술을 먹지 않았었지만, 국물 한 모금만 먹어도 술이 확 깰 것 같이 속이 시원했다. 잡아서 급냉동 시킨 후 먹는 한겨울의 동태탕과는 또 다른 맛이었다. 명태살이 쫄깃쫄깃하게 살아있고 살 빛깔이 새하얗

게 싱그러웠다.

얼큰한 해장탕을 먹으며 반주로 소주 반병을 먹은 최 기사는 불콰해진 얼굴로 경구에게 묻는다.

"명천 가는 질도 니가 운전해볼터?"

경구는 몇 년 치를 오전 내내 하면서 피곤이 막 밀어왔다.

"아뉴. 됐슈. 갈 때는 기냥 기사님이 허시면 안 될가유?"

최 기사는 헛웃음을 지으며,

"니 발쌔 질려부렀구나. 게우 몇 시간 헌 것 가지구. 알긌다. 내가 헐게."

명천 내려가는 길은 오전에 올라왔던 길과 다른 길을 선택해 내려갔다. 최 기사 말로는 길이 더 반듯하고 포장된 곳이 더 많아 속도를 내기도 좋고, 승차감도 더 좋기 때문이란다.

명천에 늦은 오후에 도착하고, 근교에 농산물 운송을 끝내고 해가 서녘을 막 넘어가 어스름해질 무렵, 화물차고지에 들어갔다. 그리고 저녁 식사를 해결하고자 사장 댁으로 둘은 하루 일정을 마무리하고 향했다.

사장 댁 거실에 막 들어서는 순간, 초로의 남성 한 분이 와 있었다. 다름 아닌 문방구점 주인장이었다. 오전에 최 기사가 우회전하면서 문방구점 집기를 치고 달아난 뺑소니 건에 대해 항의하고 변상을 요구하고자 온 것이었다. 사장은 기사가 오면 확인하고 다음 이야기를 진행하자고 설득 중이었고, 사장은 최 기사와 경구가 도착하자 사고 경위에 대해 다그치듯 물었다. 경구는 그 문방구 주인장을 알음알음 알던 사이였다. 아침에 일찍 출근하면서 수인사를 나누었고 그때마다 잘 받아준 어르신으로 경구는 기억하고 있었으며, 그러면서 얼굴을 익혀 두었던 분이었다.

그런데 이때 최 기사가 뜬금없이 의외라는 표정으로 경구를 보며,

"이게 뭔 소리다냐. 야! 우덜이 아침에 우회전허면서 문방구 집기쳐부렀냐?"

최 기사는 경구를 보며 전혀 생소한 남 이야기하듯 뻔뻔스럽게 이야기를 했다. 경구는 양심상 발뺌 빼기가 어색해 머뭇거리는 사이,

"지는 그런 일 전혀 읎슈. 지 운전 경력이 얼맨디. 우리 차가 맞긴 헌규?"

최 기사는 억울하다며 나이 먹은 경력에서 나오는 넉살이 보통 아니었다. 문방구 주인을 향해 당당하게 최 기사는 물었다.

"내가 우창창 치는 소리 듣고 쏜살같이 나와 차를 보니까, 당신이 운전하는 트럭이 맞았어요."

문방구 주인은 식식거리며 분함을 참기 어려웠고, 뺑소니까지 친 주제에 적반하장으로 큰소리치는 최 기사가 몹시 못마땅했다.

"내가 뺑소니로 파출소에 신고하려고 했지만, 동네 사람들끼리 좀 너무한 거 같아서 이렇게 신사답게 찾아와서 사과받고 수리비 받으려고 왔는데…. 이런 식으로 나오면 파출소 가서 정식으로 신고할 테니 그리 아세요."

이러한 상황을 우두커니 지켜보던 도라꾸 사장은 재차 최 기사에게 물었다.

"최 기사! 분명히 안 친 거 맞아? 그냥 얼렁뚱땅 넘어갈 사안이 아녀. 사실대로 말해."

최 기사는 사장의 말에 당황하며 경구를 손가락으로 가리키며 다음과 같이 대꾸했다.

"사실은 지가 헌 게 아니구, 자가 했슈. 운전 연습헌다구 허길래 핸들을 맽겼더니, 그 사단을 냈네유. 지송혀유."

경구는 아닌 밤중에 홍두깨라고. 느닷없이 사고자가 자신으로 탈바꿈하는 꼴을 보면서 무슨 말을 어찌해야 할지 모르는데, 문방구 주인이 경구의 얼굴을 보고,

"저 청년 내가 잘 알지요. 아침마다 인사성 바르고 성실한 친구인데…. 조수로 있는 친구. 저 청년이 그런 실수를 했구만."

그리고는 문방구 주인은 잠시 생각에 잠겼다. 이윽고

"저 젊은 친구 앞날도 있고 안면이 모르는 바도 아니니, 이렇게 합시다. 집기 파괴한 비용 오천 원만 내요. 그러면 내 없던 일로 할게요."

경구는 졸지에 사고 범인으로 몰렸고, 자신의 억울함을 설파하고자 했으나 뜻하지 않게 이상하게 마무리되고 있었다. 정황상 경구 자신이 정말 죄송하다고 사과를 진심으로 하면 끝날 상황이었다. 결국, 경구는 덤터기를 자신이 쓰기로 한다.

"문방구 사장님, 증말 지송혀유. 집기를 친 지 몰랐구유, 담부텀 이런 일 읎게 헐 게유. 지가 운전 연습한답시구…."

문방구 주인은 경구의 예의 바름을 익히 알던 바이었기에, 바로 더 나아가지 않고 여기서 말을 접는다.

"됐네. 일부러야 그렇게 했겠어? 내 청년이 그랬다니까 봐줌세. 다음부터는 운전 연습 조심해서 하게. 나야 자네를 아니까 이 정도로 끝내지, 다른 사람이면 호되게 일 치를 일이야. 알았나?"

경구는 죄송한 몸짓으로 몸을 조아리며,

"암만유. 이렇게 너그럽게 봐주셔서 감사헙니다. 다시는 이런 일 읎게 헐게유. 다시 한 번 지송헙니다."

도라꾸 사장은 일단 결말이 나오자, 얼른 지갑에서 오천 원을 꺼냈다. 그리고 문방구 주인에게 건네며,

"제 식솔들이 본의 아니게 실수하였나 봅니다. 제가 대신해서 사과

드릴게요. 죄송합니다. 다음부터는 이런 일 없도록 단속을 잘 시키겠습니다."

도라꾸 사장은 머리를 진심으로 조아리며 사죄를 청했다. 이에 문방구 주인도 기분을 풀면서 조용하게 마무리 짓고 자리를 떴다.

문방구 주인이 돌아가고, 도라꾸 사장은 아무 말 없이 우선 저녁 식사부터 하자고 분위기를 띄웠다. 경구는 이런저런 생각에 밥이 입으로 들어가는지, 코로 들어가는지 모를 정도였다. 어떻게 저녁 식사를 마쳤는지 모르고 일어서려는데 사장이 경구를 불러 세웠다.

"김 기사. 잠깐 나랑 얘기 좀 하지?"

경구는 '어이쿠야, 올 것이 왔구나. 뭐라 말해야 하나, 솔직하게 해야 하나, 내가 그냥 짐을 다지고 가면서 묻어둬야 하나.' 하며 여러 가지로 갈등했다. 결국, 경구는 솔직하게 이야기하기로 했다. 임시방편으로 그냥 덤터기 쓴 채로 사건을 마무리할 수도 있지만, 진실이 아닌 임시 봉합이 영원히 갈 수 없으며, 양심상 자신은 떳떳하며 조금은 억울함까지 있었다. 최 기사의 처세술이 못마땅한 것도 결정하는 데 중요한 역할을 했다.

최 기사는 퇴근하고, 사장과 경구는 거실에 앉아 이런저런 얘기를 했다. 경구는 이 자리에서 솔직하게 사실을 그대로 전했다. 경구의 이야기에 사장은 크게 놀라지 않았다. 대략 사장도 눈치를 채고 있었던 것 같았다. 사장은 이대로 묻어두기로 경구와 약속했다. 사장도 최 기사의 행실이나 성격, 취향을 어느 정도 아는 것처럼 보였다. 그러면서 '아까 툭 튀어나오지 않고 억울하게 덤터기 쓰느라고 고생 많았다.'라며 오히려 오천 원을 경구 손에 쥐여주었다. 힘내라는 당부와 함께.

경구는 거실을 나와, 마당 앞 긴 의자에 철썩 앉았다. 억울한 누명은 벗어났지만, 마음이 개운하지는 않았다. 밤하늘을 멍하니 쳐다보았다. 은하수는 하늘 한가운데를 당당하게 흘러가며 그 위를 백조자리가 유유히 날아오르는 형상이었다. 이에 질세라 독수리자리의 별들도 가니메데를 납치하기 위해 제우스가 변한 모습 그대로 아홉 개의 별들이 초롱초롱 빛나고 있었다. 순덕이가 그리워졌다. 어머니와 범구도 보고 싶어졌다. 숨 가쁘게 달려온 나날들. 일에 지치고 사람에 지쳐가고 있었다. 따스함과 정이 그리웠다. 그리고 기댈 언덕이 필요했다. 경구는 가슴속에서 퉁소를 꺼냈다. 그리고 손이 가는 대로 가락을 울렸다. 별빛은 경구의 퉁소 가락에 한 음표씩 빛을 더해주고 있었다. 마당에 식생들도 꽃잎과 나뭇잎을 그 가락에 맞춰 나붓이 흔들리고 있었다. 전라도에서 국민학생을 가르치는 시인, 김용택의 「달이 떴다고 전화를 주시다니요」가 생각나는 그런 밤이었다.

달이 떴다고 전화를 주시다니요.
이 밤 너무 신나고 근사해요.
내 마음에도 생전 처음 보는
환한 달이 떠오르고
산 아래 작은 마을이 그려집니다.
간절한 이 그리움들을,
달빛에 실어
당신께 보냅니다.

세상에,
강변에 달빛이 곱다고
전화를 다 주시다니요.

흐르는 물 어디쯤 눈부시게 부서지는 소리
문득 들려옵니다.

어느새 안성댁 아주머니는 부엌 창가에 기댄 채 경구의 통소 소리를 가만히 듣고 있었다.

14

흔들리는 세상

만오천 원 하는 케리부룩 샌들이 북새통을 이루며 팔리고, 사장 거실에도 거의 백만 원을 주고 산 동원전자의 인켈 오디오가 들어오는 8월의 어느 날. 박정희 대통령이 단독 후보로 9대 대통령에 당선되었지만, 사회는 전반적으로 고질적인 병폐가 서서히 드러나기 시작했다.

지난 2월에는 인천 동일방직노조대의원회의에서 사용자측 남성 노동자들이 여성 노동자들에게 분뇨를 투척한 사건이 발생했고, 이에 여성 노동자들은 작년 웃통 알몸 시위에 이어, 사용자와 그들의 사주를 받은 남성 노동자들의 폭력 진압과 노동운동 탄압을 사회적 문제로 대두시킨 선구적 활동이 있더니, 4월에는 장관 부인을 비롯한 상류층 부인 11명이 억대 도박을 해 인구에 회자하며 손가락질을 받기도 하였다. 급기야 8월에는 부동산 문제까지 터져, 부랴부랴 정부에서는 그달 초에 부동산 투기 억제 정책을 발표했으나, 부동산은 하루가 다르게 한없이 가격이 뛰어올랐고, 그달 말에는 고위직과 장성이 연루된 압구정 현대아파트 특혜분양 공판이 있었다. 그 공판에 연루된 자들은 50%의 사원용을 불법으로 분양받아 육 개월 동안에 세 배의 시세 차익을 올린 부자들의 돈 놓고 돈 먹기식 사건이었다.

하루 벌어 하루 사는 일용직 노동자들에게는 꿈같은 이야기가 연달아 터졌고, 열심히 일만 하면 부자가 되리라는 희망도 조금씩 지쳐가는 현실이었다. 그러나 경구는 이러한 분위기에 아랑곳하지 않고 흔들림 없는 전진을 하는 중이었다. 잠시 지쳐 쉬어가는 것은 있어도, 본인 스스로 중단은 없다는 강단이 있었기 때문이다. 최 기사는 여전히 삥땅 친 돈으로 술과 여자를 즐겼고, 경구에게 가물에 콩 나듯, 서주우유 하나씩 사주는 것이 다였다. 경구는 오히려 떳떳하지 못한 돈이라 혜택을 받지 않음에 더 당당했고, 하루하루 월급과 용돈을 꼬박꼬박 모으며 통장에 돈 쌓이는 재미로 살았다. 이제는 십만 원이 넘어 통장의 동그라미 쉬는 재미가 녹록지 않았고, 운전 연습도 여름이 지나면서 기회가 자주 주어졌다. 물론 최 기사의 가르침보다는 혼자 하는 시간이었지만.

얼마 전 실곡마을을 다녀온 순덕의 이야기를 편지로 받았다. 어머니와 범구는 아무 탈 없이 건강하게 잘 지내고 있었으며, 아버지는 아직도 가출 중이라 했다. 범구가 올봄에 장티푸스에 걸려 한 일주일 동안 오한과 고열로 고생했었지만, 약을 먹고 잘 처리해 지금은 건강을 회복했다는 거였다. 그 소식에 경구는 마음은 크게 쓸어내렸다. 그 어린 것이 그 못된 전염병에 걸려 힘겨운 고통을 이겨냈다고 생각하니, 안쓰럽기도 하고 대견하기도 했다. 작은아버지 가족도 무탈하니 잘 있지만, 부부싸움이 잦아 방 안에서 큰 소리가 자주 일어난다고 했다. 죽마고우였던 칠성이는 면서기라도 시키려는 잘 사는 집안 덕에 농업고등학교에 진학해 잘 다니고 있으며, 순덕이네 방앗간도 최신 기계를 들어놓아 사람들이 먼 동네에서도 찾아오는, 즐거운 비명 내는 소식도 있었다. 순덕이는 올 여름부터 야간 중학교에 입학해 퇴근 후 두 시간씩 수업을 듣는 중인데 잠이 쏟아지고 어려워 힘들어 죽겠다는 푸념을 질펀하게 늘어놓았다.

경구는 퇴근 후에도 올가을부터는 한 시간 이상 꼭 필기시험 공부를 하고 자겠다고 다짐했다. 이제는 조수 업무도 적응되고 짬을 낼 정도의 정신적 여유도 생겼다. 한 달에 두세 번 쉬는 날에 사장님의 양해를 구해 기능 코스 시험을 준비하고, 이론 공부는 외울 것이 많아 반복해서 보고 또 보고 할 요량이었다.

경구는 곰곰이 생각해보았다.

'삶을 바꾸도록 노력하자.'라는 생각이 심해질 때마다 곧바로 알아차리고 한 걸음 뒤로 물러서서 초심으로 돌아가는 연습을 해야겠다. 그리고 마음을 차분히 가라앉히고 자신이 고마워할 만한 것들을 하나하나 되새기자. 새로운 것에 고마워하는 것을 중점에 두지 말고, 현재 가진 것에 초점을 두어 소중하고 감사하게 생각하자. 그러면 어느 순간 만족과 행복감이 찾아들 것이리라.

이렇게 마음을 정리하니 한결 홀가분하고 상쾌했다. 세상일은 마음먹기 나름이란 말 그대로였다.

오늘은 간만에 서울 가는 날이다. 경구는 지금도 서울 가는 날은 그 전날부터 설레고 마음이 뛰었다. 하늘 높이 솟은 빌딩 숲에 놀랍고, 무지막지하게 많은 차량의 행렬에 또 놀랍고, 활기차게 오가는 대도시 인산인해의 정경이 늘 새로웠다. 서울 동대문 시장으로 물건을 나르는 일이었다. 제3한강교를 넘어 남산을 휘돌아 동국대학교를 지나고 동대문 시장 입구에 도착했다. 최 기사도 서울로 운전할 때는 무척 긴장되었는지 농담이나 너스레 하나 없이 묵묵하게 상경했다. 그날따라 예비군 훈련장으로 가는 트럭 위에 수십 명씩 탄 트럭 대여섯 대가 줄지어 지나갔고, 저 멀리 보이는 남산타워는 서울 최고 꼭대기에서 굽어보는 거인 자태로 우뚝 솟아 있었다. 제3한강교를 지나 한남동을 지나면서 고가도로

가 허공에 나있는 것이 신기했고, 동대문 시장 입구에서 이 미터는 더 될 높이로 상품을 쌓아놓고 운반하는 자전거 운반꾼들의 모습이 존경스러우며 이상야릇했다. 그러면서 생각에 잠겼다. 사람 사는 모습이 모두 제각각이라는. 시장에서 행상하는 사람, 지게로 물건 나르는 사람, 자전거로 운반하는 사람, 여기요 외치면서 호객하는 사람, 딸랑딸랑 종을 치면서 물건 파는 사람 등 시장 안은 각양각색, 남녀노소 가릴 것 없이 호중천지 세상이고 다양한 세상이었다. 열심히 사는 그들의 모습이 장하고 우러러 보였다. 저들은 다들 누구의 아버지이고 어머니이고 오빠이고 언니일 것이다. 한푼 두푼 억척스럽게 모아서 가족들 입에 곡식 한 입, 고기 한 점 더 넣어주고 행복한 성공의 미래를 꿈꾸며 오늘도 저렇게 땀을 흘리리라 생각하니, 자신의 일은 일도 아닌 것 같았다.

우두머리 되는 사람, 높은 지위에 있는 사람, 떼돈 번 사람들은 속이고 도박하고 불법을 자행하고 다녔지만, 밑바닥에서 사는 서민들은 그저 앞만 보고 땀 흘리며 차곡차곡 돈을 좇을 뿐이었다.

그렇게 덥던 날씨도 처서와 백로를 지나니, 시시각각 기온이 내려갔다. 대지의 벼와 과실수들은 열매를 맺고 살을 채우느라 바쁘게 움직였고, 냇가의 개구리와 물속 갈겨니도 살이 오를 대로 올라 미어터질 듯했다. 한여름 그렇게 힘을 자랑했던 잡초들도 이슬이 한 번 내린 이후로는 풀이 죽어 축 늘어지기 시작했고, 산속을 뛰놀던 고라니와 멧돼지도 겨울잠을 조용히 준비하면서 식욕을 최대한 늘리고 있었다. 먹성 좋은 돼지도 잡식성을 신나게 발휘하고 누런 소들도 꾸역꾸역 여물을 먹으며 되새김질을 부지런히 놀렸다. 경구도 입맛을 잃던 봄이 지나고 오월 말엽에 익모초 생즙을 먹은 탓인지, 서서히 여름부터 입맛이 돌더니 가을에 들어서면서 살이 오르고 장딴지가 탄탄해졌다. 키도 한 뼘은 커져서 반지하 방 천장이 한 뼘 정도면 닿을 정도까지 되었다. 어깨도 쩍 벌어지기 시작했고, 종아리에 털도 거뭇거뭇하니 무성하고 튼실하게 올라왔다.

시월 셋째 주 목요일인 10월 19일, 마침 사나흘 전 퇴폐이발소가 대대적으로 적발되면서 정부에서 일제 점검을 했을 즈음이었고, 이날 대전역 광장에서는 백여 명이 모인 가운데, 충남퇴폐풍조규탄대회 집회를 열고 있었다. 어느새 사회는 자본주의의 늪에 빠져들면서 사람들은 쾌락주의에 빠지기 시작했다. 성 관련 산업은 독버섯처럼 퍼졌고, 매춘이 정당화까지 가는 흐름이었다. 심지어 머리를 깎는 이발소까지 퇴폐 풍조가 들어가 마사지를 빙자해 각종 불건전한 성관계까지 하는 곳으로 전락했다. 유신정권의 말로가 서서히 불붙기 시작하는 징조였다.

차 종합검사 때문에 이날 경구는 하루를 쉬도록 예정되어있었다. 이때다 싶어, 미리 순덕이에게 연락한 경구는 마침 순덕이도 당일 쉬는 날이라고 연락이 닿아 대전 **당 제과점에서 전처럼 만났다. 순덕이를 만나 그동안의 사정을 이야기하면서 안내양의 고뇌를 알게 되었다. 그즈음에 서울을 비롯한 경기 지역 버스 안내양들의 무단결근 사태가 일어났는데, 사실 순덕이도 당일 그리하여 무단결근하고 경구를 만나는 것이었다. 속 사정을 들어보았다. 버스 안내양들의 삥땅이 점점 심해진다고 생각한 버스회사에서는 이를 방지하고자 안내양 몸수색을 매일 시행하였고, 안내양은 굴욕스러운 인권 침해에 늘 기분이 상해있었다. 그러던 차에 이에 대한 해결책으로 제시한 토큰제가 시행했는데, 이 제도가 시행되었음에도 불구하고, 안내양 몸수색은 계속되었고, 심지어 지난 10월 13일에는 치욕스러운 몸수색에 항의하고자 안내양 한 명이 자살까지 했다.

순덕은 버스 안내양의 복지도 형편없다고 하였다. 여섯 명이 한 방을 쓰다 보니, 세면이나 화장실 사용에 엄청난 불편이 있었고, 매일 버스 세차까지 도맡아 했다. 게다가 수시로 버스 기사에 바칠 부수입을 알아서 챙겨주어야 했으며, 버스 기사에게 당하는 성추행과 희롱이 참 많다고 했다. 회사 측에 항의해보았자 가재는 게 편이라고 회사 측이나 기사 측이나 같은 놈들이라고 했다. 매번 당하는 몸수색은 정말 수치스럽고 치욕적이라 받을 때마다 곤혹스럽다고 했다. 경구는 화가 났다. 그리고 순덕에게 당부했다. 오늘 참 잘했다고. 그리고 결연하게 살라고 부탁했다. 자신은 그러지 못해 늘 죄스러운데, 자신도 앞으로는 당당하게 할 소리 하면서 살겠노라고 약속했다.

둘은 제과점을 나와, 원동 시장통을 거닐었다. 길거리를 배회하며, 순덕이 야간 중학교에 입학한 기념으로 좋은 펜 하나를 선물해주고 싶었다. 당시 유행하던 파이롯 만년필은 워낙 금액이 비싸 사주지 못하고, 순덕에게 다음에 돈 많이 벌면 꼭 사주겠다는 약속만 남겼다. 순덕이도 그런 비싼 것은 부담 간다며 삼색 모나미 볼펜을 선물로 골랐다. 야간 중학교 생활은 힘이 좀 들어 그렇지 재미는 있다고 했다. 좀 더 일찍 시작할 걸 하는 후회가 오히려 든다고 했다. 그러면서 순덕은 자기 반에서 자기가 그래도 공부는 제일 잘한다고 자랑했다. 특히 수학과 영어가 재미있는데, 수학은 풀 때마다 답 하나씩 탁탁 나오는 것이 신비했고, 영어는 코쟁이 말이 우리말과 매우 다르지만 희한하게 머리에 쏙쏙 감긴다고 했다. 가끔 버스에 외국인이 탈 때 시험 삼아 써보면, 외국인은 웃으면서 흔쾌히 답해주는 것도 마냥 신기하다고 했다. 그러면서 순덕은 꼭 고등학교, 더 하면 대학교까지도 가능하다면 가보고 싶다고 포부를 드러냈다. 경구는 배움의 길에 들어서 최선을 다하는 순덕이가 장해 보였고, 자신도 순덕이에게 뒤지지 않기 위해 1종 보통 운전면허를 하루속히 따겠다고 굳게 맹세했다.

두 사람은 손을 꼭 잡고 거리를 걸었다. 마침 젊은이들이 많은 거리라 쑥스럽지 않았다. 실곡마을이나 명천 시내까지만 해도 청춘남녀가 손을 잡고 다니는 것은 불문율처럼 금기시하였다. 당시 사회 통념이고 분위기였다. 그러나 도회지는 이를 탈바꿈하는 모습이 서서히 나타났다. 대전이나 서울 같은 대도시에서는 청춘남녀가 버젓이 손을 잡고 다니는 모습을 암묵적으로 인정하는 분위기였다. 두 사람은 용기를 내서 대도시에서 이를 시행해본 것이다. 그것도 당당하게. 둘은 좋았다. 서로 좋아하는 마음을 손 하나만으로도 충분히 느낄 수 있었다.

거리를 거닐다 둘은 음악다방에 들어갔다. 맥스웰 커피가 막 시판되면서 큰 유행이었는데, 그 커피 맛이 어떤지 먹어보자는 데 두 사람의 의견이 일치했다. 다방 안은 조용한 기타 연주 음악이 흘러나오고 한산했다. 경구와 순덕처럼 남녀 두 쌍이 멀찌감치 떨어져 두 테이블에 앉아있었고, 한 테이블은 여자 셋이 음악 DJ 바로 앞에 앉아 넋을 잃고 있었다. 다방 안은 미국 여성 포크 싱어 송 라이터인 '멜라니 사프카(Melanie Safka)'가 부른 「더 새디스트 싱(The Saddest Thing)」을 틀겠다고 DJ는 소개말을 했고, 넋 빠진 여성 셋은 소리를 지르며 환호했다. 순덕은 꼭 먹고 싶었던 맥스웰 커피를 주문하고, 이것도 꼭 해보고 싶었다며, 손가방에서 당시 텔레비전 광고로 많이 나오는 해태 조니 크래커 한 봉지를 꺼내놓았다. 그러면서 순덕은 자기가 커피값은 선물 받은 턱으로 사겠다며 신이 났다. 이윽고 커피 두 잔이 나오고, 둘은 조용히 커피잔을 입으로 당겼다. 그리고 한 모금을 호호 불면서 먹었다. 쌉싸래하고 달짝지근하며 고소한 것이 난생처음 맛보는 맛이었다. '이게 커피 맛이라는 게로구나.' 했다. 분명 쓰긴 한데, 묘하게 단맛이 나오는 것. 거기다가 고소함까지. 참으로 신기하고 드문 식감과 향과 맛이었다. 그래서 이 묘한 맛 때문에 요즘 도회지 사람들이 커피 하면 사족을 못 쓰고, 최 기사도 연쇄점에서 줄곧 커피 캔만 찾는구나 했다.

노래 한 곡이 끝나기 무섭게 셋이 온 여자 일행은 비틀즈의 노래를 하나 더 청했고, 음악박스 안의 DJ는 파마한 긴 머리를 쓸어 넘기며 끈적끈적한 목소리로 마이크에 말을 실어 날랐다. 신세계를 접한 둘은 그냥 그 분위기를 느끼고 배우고 즐겼다. 촌티가 나지 않도록 적당히 눈치도 보면서. DJ가 어느 순간 경구와 순덕이 앉아있는 테이블을 향해 노래 한 곡 신청을 부탁했고, 순덕은 자리에 놓인 메모지에 '퀸(Queen)'의 「위 윌 록 유(We Will Rock You)」를 신청했다. 순덕은 얼떨결에 노래를 신청했는데, 경구는 이러한 순덕의 준비성에 크게 놀랐다. 경구는 의아한 표정으로 물었다.

"와~. 너 이런 외국 노래두 아는 겨? 우리 순덕이 출세혔네. 대단헌디?"

순덕은 부끄러운 얼굴빛으로,

"아녀. 내가 뭘 알겄어. 나두 잘 모르는디, 저 총각이 시키니께 촌티 안 낼려구 쓴 겨. 이 노래는 안내양 숙소 내 옆 언니가 귀가 징헐 정도루 맨날 부르는 노래걸랑."

이어서 순덕은 잠깐 눈을 치켜뜨며 자기 삶을 회상하듯

"첨엔 꼬부랑 노래라 듣기 싫었는디 그것두 마약처럼 마취가 되는지 자꾸 들으니께 괜찮더라구. 그토록 징하게 듣기 싫었었는디, 참으로 인생은 모르는 겨. 그리고 그걸 여기서 써먹을 줄이야…."

음악다방에서 외국인 노래를 들으면서 경구는 생각했다. 수백 아니, 수천만 리 멀리 떨어져 사는 사람들이지만, 마음을 가락에 실어 나르는 음악은 별반 차이가 없음을. 우리의 트로트나 발라드와는 뭔가 색이 다르지만, 마음을 담아내는 가락의 흐름은 크게 다르지 않음을. 경구는 기껏해야 아는 가수가 이은하, 이미자, 윤복희, 나훈아, 남진 등이 전부였지만, 가끔 화물 기사휴게실에서 귀동냥하자면, 최근 젊은 기사들은 장덕, 정태춘, 박은옥, 양희은, 송창식, 윤형주 등의 노래에 열광했다. 그들은 테이프나 레코드까지 사서 집에서 광적으로 반복해 듣지만, 그러한 경제적 여유가 없었던 경구는 라디오에 간혹 흘러나오는 그들의 노래를 맛만 조금 볼 뿐이었다. 특히 그중에서 정태춘의 노래가 심금을 울렸다. 조용하고 낮은 목소리로 마치 시를 읊듯 잔잔하게 노래하는 그의 목소리는 한과 정이 듬뿍 담겨있었다. 그러나 무슨 이유인지는 몰라도 정태춘의 노래는 라디오에서 듣기 참으로 어려웠다. 나중에 강 기사한테서 들은 이야기인데, 정태춘의 노래가 정권에 저항하는 것이 많아 금지곡도 많고 방송가에서 꺼린다는 것이었다.

순덕이와 불고기 백반을 먹고 경구는 막차를 탔다. 순덕은 버스가 출발해 한창 떨어졌을 때까지도 손을 흔들며 이별을 아쉬워했다. 보이지는 않지만 아마 눈가에 눈물이 촉촉하게 흘러내릴 듯했다. 그녀의 손짓은 자명종 벽시계의 추처럼 규칙적으로 흔들렸다. 순덕이는 점점 작아져 점이 될 때까지 그냥 그 자리에 서 있었다.

15

저무는 1978년

최 기사는 어제도 과음했는지 술 냄새가 차 안에 진동했다. 먼젓번 우회전하면서 문방구 집기를 친 이후 술을 먹었어도 정신을 똑바로 차리고 운전하려는 모습이 역력했다. 명천 외곽의 일춘면을 지나는데, 일춘국민학교 안 운동장에 만국기가 운동장에 널려있다. 가을 운동회인가 보았다. 대체로 10월 초순에 끝난 운동회를 이 학교는 무슨 사정이 있는지 좀 늦은 감이 있었다. 아이들은 머리와 손에 흰 띠와 파란 띠를 둘렀고, 오늘만은 백군이 꼭 우승하리라, 아니다. 청군이 꼭 승리하리라 다짐하며 등교하는 모습이 보무도 당당했다. 국민학교 가을 운동회 날은 마을 잔칫날이었다. 집집마다 가족들이 이것저것 찬합에 음식을 싸와 자식들의 운동 경기를 참관했고, 동네 발 빠른 아줌마는 교문 근처에 솥단지를 걸어놓고 배추나 시래기를 잔뜩 넣어 돼지비계 몇 점을 썰어놓은 후 국밥을 팔았다. 그날은 칠성사이다를 맘껏 먹고, 김밥도 먹을 수 있는 날이었으며, 잘 사는 친구들 옆에 운 좋게 자리를 잡으면 통닭이나 잡채도 덤으로 얻어먹을 수 있는 푸짐한 날이었다. 아이들은 목이 찢어져라 '청군 이겨라, 백군 이겨라!'를 외쳤고, 살벌한 응원전은 군대 못지않게 일사불란했다. 경구도 국민학교 6학년 때 백군 응원단장으로 응원가를 선창하며 불렀던 기억이 생생했다.

이 세상에 청군 없으면 무슨 재미로
해가 떠도 청군, 달이 떠도 청군
청군이 최고야!
아니야! 아니야!
백군이 최고야.

신에 들린 듯 백군 깃발을 있는 힘껏 휘두르면서 목의 울림통이 터지고 성대가 찢어지게 외치고 불렀다. 참! 재미있는 소싯적이었다. 점점 만국기가 흔들리는 교정이 멀어지며 옛날 순덕이와 운동회에서 이어달리기했던 날이 떠올랐다.

순덕과 경구는 같은 백군으로 운동회의 최고 하이라이트인 이어달리기 주자였는데, 순덕이의 바통을 받는 사람이 경구였다. 4학년 때쯤이었다. 청군의 주자는 순덕이와 두 팔 간격을 두고 뒤이어 따라오고 있었다. 순덕이 숨 가쁘게 구십 미터를 달리고 이제 십 미터만 더 가서 마지막 주자인 경구에게 바통을 건네주면 되는 순간, 돌부리에 걸렸는지 갑작스레 순덕은 넘어졌다. 그 순간에 청군 주자는 순덕을 추월했고, 순덕이 허겁지겁하는 사이 경구는 쫓아가 떨어진 바통을 냉큼 주워 달리기 시작했다. 경구 앞에 청군 주자는 십 미터 이상 떨어져 있었다. 경구는 순덕이를 위해 죽자 살자 뛰었다. 달리다가 죽자는 마음이었다. 여기서 마지막 주자였던 경구가 청군보다 늦게 결승점에 도달하면 순덕은 오랫동안 그 후유증에 시달릴 게 뻔했다. 발을 그야말로 엄청 재게 놀렸다. 다행히 청군과의 간격이 서서히 좁혀졌다. 결승점을 이십 미터 남긴 무렵, 경구는 마지막 안간힘을 다 썼다. 점점 간격은 좁혀지고, 결승선이 불과 오 미터 내외 남았을 때, 경구는 있는 힘껏 발을 놀렸다. 결승선을 두 주자는 거의 나란히 도착했다. 심판을 보았던 선생님들도 누가 먼저 들어왔는지 판가름내기 곤란할 정도였다. 결국, 교장 선생님은 공동 우승으로 결정을 내렸다. 그날 순덕이는 경구를 보고 엄청나게 울었다. 미안하고 고맙고 장해서. 그러면서 두 사이는 점점 친해지기 시작했었다.

그때 생각을 하던 경구는 피식 웃음이 났다. 이를 놓치지 않고 최 기사는,

"실성혔냐? 왜 혼차 웃고 지랄혀? 미쳐두 곱게 미치지, 젊은 눔이."

경구는 최 기사의 말본새에 기분이 좀 상했지만, 그러려니 했다.

"아뉴. 국민핵교 운동회 만국기 보니께 옛날 생각이 나서유."

최 기사는 이제야 이해했다는 표정으로,

"운동회 좋지. 나두 애덜 어릴 땐 어지간히 쫓아다녔지. 학부형 달리기 헐 때는 반 대표루 나가서 일등도 줄곧 혔었구. 근디 어느 날은 말여. 내가 일등을 혔는디 핵교 선생들이 부정 출발이라고 허는 겨. 그러면서 상품을 안 주는 겨. 그래 화딱지 나서 그 이후부터는 아예 운동회를 댕기지 않았지."

그 이후부터 최 기사의 자식들이 아버지 없이 어머니만 참석한 운동회이었을 광경이 선하게 그려졌다. 그 자식들은 자기 아버지가 편한 대로 참석하고 불참하는 것을 보면서 무엇을 느꼈을까. 점심시간에 가족들이 빙 둘러앉아 식사할 때 아버지가 없어 창피하거나 남 눈치를 보지는 않았을까?

경구의 아버지도 최 기사와 똑같았다. 아버지는 늘 술과 여자뿐이었다. 진득하게 한 곳에서 일자리를 잡아 지낸 적이 없었다. 그저 그날그

날 걸리는 대로 날품을 팔면서 당일 번 돈은 죄다 시내에서 술 먹고 계집질하는 데 썼다. 어느 날은 길거리에서 누워 자는 아버지를 데리러 읍내 차부 앞까지 손수레를 끌고 가 태워 온 적도 있었고, 술값을 내지 않아 파출소에 가있는 것을 어머니가 임시변통해주신 돈을 갖다 주고 빼낸 날도 있었다. 남들 아버지는 장날 회 포대 종이에 싼 통닭도 사다 주고, 돈이 없으면 신문지로 고깔을 만들어 그 안에 한 국자씩 담은 번데기도 사다 주고, 입을 화하게 만드는 흰색 눈깔사탕인 박하사탕도 사다 주고들 한다는데, 통 경구의 아버지는 그런 적이 없었다. 간혹 집에 일찍 오는 날도 어머니와 싸우면서 어머니를 때리거나 무서워서 우는 범구를 내던지거나 했다. 그래서 경구는 아버지가 일찍 귀가하는 날은 일부러 집 밖을 쏘다녀야 했다. 아버지가 잘 때쯤에 조용히 들어가 자는 것이 최우선의 방법이었다.

이런 아버지인데도 어머니는 겉으로 절대 원망하지 않았다. 가장을 욕하면 아이들 버릇 나빠진다는 고정관념이 뿌리박힌 사람이었다. 그저 밖으로 표현하지 않고 경구에게 간혹 '아버지 닮지 마라. 참아라, 신경 쓰지 마라'식의 말만 했을 뿐이었다. 경구는 어머니가 남몰래 혼자 부엌이나 아랫목에서 눈물을 훔치는 것을 여러 번 봤다. 그러나 딱히 경구가 어머니를 위해 해줄 격려의 말은 없었다. 그런 말을 하면 어머니는 '어린 게 뭘 안다고 지껄이냐'는 식이었다. 그럴 때 어머니는 야속했지만, 늘 불쌍한 마음이 한 곳에 있었다.

도라꾸는 일춘면 들녘을 베어링이 돌아가는 기계 소리를 내며 잘 달리고 있었다. 농사꾼들은 가을걷이한 곡식들을 널고 쬐고 털고 주워 담고 있었다. 콩을 수확한 한 농군 부부는 대문 앞마당에 돗자리를 펴놓고 콩 타작 도리깨질을 열심히 하고 있었다. 실곡마을에서는 도리깨질을 '돌캐질'이라고 했는데, 경구는 기가 막히게 돌캐질을 잘했다. 너무 잘하니까 이웃에서 부탁이 많이 들어왔었고, 돌캐질 후 받은 부수입으로 얻은 콩이나 곡식이 생활에 조금 보탬이 될 정도였다. 경구는 '실곡마을에서 올해 돌캐질은 누가 할까?' 하는 생각이 들다가 이내 생각을 지운다. 다 알아서 할 것을. 별일이네. 지금 순간에 최선을 다하지, 남 걱정까지 하고 있으니…. 경구는 자신이 참 오지랖이 넓은 사람이구나 했다.

오후 다섯 시만 되어도 밝기가 어둑하니 어스름이 깔리고 어깨동무를 한 쌍둥이 별자리가 서둘러 밤하늘을 수놓았다. 경구는 국민학교 시절, 담임선생님이 하신 말씀을 생생하게 떠올렸다.

"12월 밤하늘에 보이는 쌍둥이 별자리는 쌍둥이 형제인 카스토르와 폴룩스의 우애에 감동한 제우스가 이를 기리기 위해 만든 별자리로, 다음과 같은 전설이 전한단다.

카스토르와 폴룩스는 스파르타의 왕비 레다와 고니로 변신한 제우스 사이에서 태어났지. 카스토르는 승마에 능했고, 폴룩스는 복싱과 무기 다루기에 뛰어나면서 불사신의 몸이었어.

어느 날, 카스토르가 죽게 되자 폴룩스 역시 슬픔을 이기지 못하고 죽음을 선택하게 돼. 하지만 불사의 몸을 가진 폴룩스는 마음대로 죽을 수도 없었지. 결국, 폴룩스는 아버지인 제우스에게 자신을 죽여달라고 부탁했고, 이들 형제의 우애에 감동한 제우스는 카스토르와 폴룩스를 두 개의 밝은 별로 만들어 형제의 우애를 영원히 기리도록 하였지.

어때? 감동적이지 않니? 형제간 우애가 그토록 소중하니, 너희들도 형이나 아우들과는 사이좋게 지내야 한다."

경구는 쌍둥이자리를 올려 보며, 동생 범구가 보고 싶었다. 늦둥이로 내게 다가와 백일 전까지는 나오지 않는 어머니의 젖을 원망하듯 늘 울음소리가 우렁찼다. 흰 쌀죽을 곱게 써 입안에 넣어줘도 모유 말고는 먹지를 않았다. 어렵게 구한 미숫가루에 설탕까지 달달하게 탄 물을 먹여도 쳐다보지 않았다. 고집 센 게 경구와 비슷해서 역시 피는 속일 수 없구나 했다. 이제 올해가 가면 만 세 살이다. 미운 세 살이라고 했다. 범구도 그럴 것이다. 이제는 세상 이치를 조금씩 터득할 테고, 이것저것 궁금한 것도 많을 것이다. 대책 없이 이것저것 앞뒤 생각 없이 감행할 것이다. 실수하면서 깨닫겠지. 이건 이렇고 저건 저렇고. '범구도 나를 그리워할까?' 하다가 '집 나간 형, 뭐가 좋다고 보고싶겠어.' 하면서 스스로 답을 한다.

12월 9일은 남녘 더운 나라 태국에서 낭보가 들어왔다. 방콕에서 있었던 제8회 아시안게임에서 남북 축구가 결승에 올랐고, 결국 무승부로 끝나 공동 우승이라는 소식이었다. 남북한 모두가 승자였다. 일부는 반공 이데올로기에 따라 공산당인 북한은 어떻게 해서라도 이겼어야 하는데 그러지 못해 분통을 터뜨렸지만, 경구는 피를 나눈 동포로서 승자가 무슨 소용이 있을까 했다. 그러나 이러한 낭보도 잠시 잠깐이었다.

12월 12일, 제10대 국회의원 선거가 있었다. 경구는 투표권은 없었지만, 주위 사람들은 선거 얘기만 했다. 듣고 싶지 않아도 들을 수밖에 없었다. 기사휴게실도 그 얘기, 사장 댁에서 저녁 먹으면서도 그 얘기, 배달처에서도 그 얘기. 오로지 그 얘기뿐이었다. 야당에서는 박정희 정권에서 유신헌법을 개정하고 긴급조치를 즉각 해제할 것을 요청하는 선거 내용으로 공략했고, 결국 국민들은 신민당의 이러한 주장에 씨알이 먹혀 최초로 야당인 신민당이 여당인 공화당을 앞서는 득표 결과가 나왔다. 그러는 와중에서 세밑인 12월 27일 박정희는 제9대 대통령으로 취임을 했다. 든든하지 않은 사상누각 위에서 새로 선출된 기존의 대통령이 나라를 다시 다스리기 시작했던 것이다.

16

떠오르는 1979년

까치설날인 12월 31일은 오전만 근무하고, 오후부터 신년 1월 1일까지 휴가를 주었다. 순덕은 오히려 그때 버스가 바쁠 때라 쉬지 못하는 대목이었다. 경구는 새해를 순덕과 같이 맞이하고픈 욕심에 전날 대전으로 내려갔다. 잠은 역 근처 여인숙에서 잘 예정이었다. 대전 시내는 대통령 취임을 축하하는 현수막과 1978년 1인당 GNP 1,000불 돌파 현수막이 곳곳에 나부꼈다. 저가는 한 해를 아쉬워하듯 현수막들은 차가운 겨울바람에도 아랑곳하지 않고 살랑살랑 흔들리며 자리를 버티었다. 천 불이라면 대략 팔십만 원, 한 달로 치면 다달이 칠만 원씩 벌었다는 이야기인데, 경구의 이야기는 아니었다.

31일 밤은 연말 연장 근무로 오히려 순덕이를 만나기 어려웠다. 일부러 순덕이가 일하는 버스를 타며 버스 안에서 이야기해보려 했으나, 영 만나서 함께할 시간이 나오지 않았고, 끝나는 시간도 정확하지 않았다. 1월 1일도 아침 6시부터 버스 운행을 하기에 경구가 순덕의 버스를 타고 돌면서 둘만의 시간을 가지기로 했다. 경구는 대전역 근처의 인동 골목에서 여인숙 하나를 잡아 섭섭하게 가는 해를 정리했다. 방은 한 평 남짓으로 웃풍이 심해 바람이 쌩쌩거렸으며, 이불은 오랫동안 세탁하지 않아 때가 시커멓게 앉고 꼬질꼬질했다. 문고리의 손잡이 옆은 손때에 절어 새까맣고, 유일한 창가에는 먼지 더께가 소복이 쌓여있었다. 경구가 지내는 반지하 방보다 결코 좋은 환경이 되지 못했다. 미지근한 방바닥에 등을 대고 천장을 보며 가만히 생각에 잠겼다.

1978년은 경구에게 의미 있는 한 해였다. 물론 순덕에게도 마찬가지이다. 과감하게 집과 고향을 박차고 나와 객지 생활하면서 미래의 꿈을 이루는 데 한 발짝 나아간 한 해이었다. 순덕과 가는 해를 마감하고자 했으나 뜻대로 되지 않았고, 그저 그렇게 가는 해를 아쉬워해야만 했다.

다음 날, 1979년 1월 1일 아침 6시 10분, 대전역 앞 버스 정류장에서 순덕이 안내하는 버스를 올라탔다. 서너 사람이 탔는데, 정초부터 어디를 가는지 궁금도 했지만, 경구는 버스 안내양이 앉는 중간 부분에 자리를 잡았다. 버스 기사가 눈치채면 안 좋다는 순덕의 지난번 이야기를 참고해, 아는 척 없이 그냥 순덕이만 쳐다보고 있었다. 순덕도 바깥을 주로 응시하다 가끔 경구에게 눈길을 주었다. 새해 아침 해는 버스를 타고 한 시간이 지난 후에 떠올랐다. 1979년의 첫해다. 버스 안에서 보문산 중턱을 지나 떠오르는 첫해를 보았다. 하얬다. 밝았다. 힘이 넘쳤다. 야무졌다. 순덕과 같이 눈을 첫해로 향했다. 그리고 혼잣말로 뭐라 뭐라 소원을 빌었다. 둘 다 빌었다. 경구는 정오 한 시간 전까지 계속 버스 안에서 있었다. 이를 눈치챈 버스 기사가 순덕에게 물었다. '저 손님 뭐냐고'. 순덕은 자기도 모르는 사람이라고 둘러댔고, 순덕은 그러한 언질을 경구에게 전했다. 경구는 할 수 없이 손 쪽지를 남기고 헤어졌다. 그는 이참에 일찍 명천으로 돌아가 밀린 빨래도 하고 청소도 하고, 고향에 편지를 쓸 예정이었다. 올해의 첫해를 순덕이와 함께 본 것으로 만족해야 했다. 첫해를 같이 본 것만 해도 어딘가. 서로 새해 첫 출발을 힘차게 내디뎠으면 그게 행복이었다.

엊그제 시작한 새해가 동백꽃을 시작으로 붉은 홍매화, 하얀 목련, 샛노란 산수유꽃과 개나리, 나르시시즘의 연노란 수선화, 연분홍빛 진달래, 빨간 명자꽃들이 서로 꽃을 피우며 뽐내더니, 산과 들에 봄꽃이 화사한 춘삼월이 왔다. 경구도 올해는 만 18세가 넘었으니, 1종 보통 운전면허 시험도 응시할 수 있는 해였다. 지난여름부터 소소히 준비한 이론과 거의 독학이다시피 한 실기 연습이 이제는 어느 정도 무르익었다.

경구는 일단 운전면허시험 응시원서를 제출했다. 예산 시험장에서 4월 중순이 응시예정일이다. 3월부터 새벽 5시에 일어나 도라꾸를 가지고 연습했다. 물론 사전에 사장에게 충분히 양해를 구했다. 사장은 조심해서 연습하라고 흔쾌히 허락했었다. 코스 연습도 능숙해졌으나, S자를 뒤로 움직이는 것이 가장 어려웠다. 그러나 친절한 강 기사가 알려준 비법인 뒷바퀴 삼십 센티, 앞바퀴 일 미터 간격 유지를 안 후 S자 후진도 아주 어렵지 않았다.

연초부터 정부에서는 우리나라가 세계 수출 18위라 자랑하더니, 급기야 4월 초, 수출에 너무 중점을 둔 부작용으로 '율산산업 부도' 사태가 터졌다. 게다가 작년 말 석유 산유국들이 석윳값을 4배 올리더니 연초에도 점점 더 석윳값을 올렸고, 폭등의 기미까지 생겨 2차 석유파동으로 온 나라가 난리였다. 국제적으로도 이란의 이슬람 혁명, 사우디아라비아의 내전, 소련의 아프가니스탄 침공 등은 물가가 폭등하는 데 부채질을 했다. 주유소마다 손에 손을 잡고 석유 사려는 사람들로 인산인해를 이루었고, 사람들은 이 위기가 어떻게 펼쳐질지 불안해했다. 운송업도 타격이 심했다. 기름값이 올라 운임이 턱없이 올랐고, 운송비가 비싸지자 유통업 관계자들도 덩달아 가격을 올랐다. 이에 대한 피해는 고스란히 소비자들에게 떨어졌고, 물가는 하루가 다르게 오르며 부동산 가격은 하늘 높이 치솟았다. 게다가 국가가 안정적인 재정 확보를 위해 10%의 세율로 부가가치세를 새로 도입하자 소비자 물가는 천정부지로 뛰었고, 서민들의 민심은 날로 사나워졌다.

봄부터 도라꾸는 서서히 고장이 나 정비업체에 들어가는 일이 잦아졌다. 1977년 8월 현대자동차에서 바이슨 화물자동차를 3톤과 5톤 두 종류로 처음 생산했는데, 사장은 그때 출시되자마자 5톤 트럭을 빚까지 져서 샀다. 당시 바이슨 화물차는 영국 포드사의 디트럭을 기반으로 차체는 미쓰비시 후소의 캔터 트럭을 참고해 만든 4기통 엔진이었다.

일 년 반 동안은 문제없이 잘 굴러갔던 도라꾸는 일일 운행 거리가 오백 리까지 다다르며 바쁘게 몬 탓인지 하나둘 삐거덕거리고 탈이 났다. 경구는 차와 같이 정비공장에 들어가 무엇이 문제인지 공장에서도 꼼꼼히 적고 차 구조를 익혔다. 고장의 원인도 정비사들에게 이것저것 물어보며 귀찮고 성가시게 했다. 사장은 그런 경구가 미더웠으며 성실한 탐욕심에 흐뭇했다. 경구는 고장의 원인도 알아두면 두고두고 큰 도움이 되리라 여기고 끈질기게 묻고 배웠다. 특히 정비사들의 용어는 일본어가 많았다. 이는 운전기사들도 마찬가지였다. 일제강점기부터 들여온 자동차 여파가 지금까지 영향을 끼쳤다. 이는 어쩌면 운전 관계자들만 쓰는 전문어처럼 대접받고 자랑삼아 쓰는 것 같았다.

가오(체면), 가빠(천막), 가쿠(틀), 고바이(안덕길), 곤죠(성깔), 구배(기울기), 기리빠시(자투리), 낫토(암나사), 노깡(토관), 니즈쿠리(짐 꾸리기), 다이(선반), 데꼬(지렛대), 더꾸보꾸(울퉁불퉁), 데모도(조수, 도우미), 덴찌(손전등), 도라이바(드라이버), 라이방(색안경), 리무(바퀴테), 모도시(원위치), 밤바(범퍼), 보데(차체), 부레키(브레이크), 빠루(쇠지렛대), 쇼바(완충기), 스베루(미끄러지다), 시마이(끝냄), 시다(조수), 아까지(손해), 아또(싹쓸이), 아타

라시(새것), 엥꼬(바닥), 오야(책임자), 오함마(쇠메), 좌부동(방석), 카부(굽은 길), 하바(폭), 혯도(머리) 등 이루 다 말할 수 없었다.

경구는 이 말들을 알아야 이해할 수밖에 없어 마음에 없는 염불 식으로 외우고 있지만, 좀 못마땅한 구석이 있었다. '도라꾸'라는 명칭부터도 그랬다. 하루빨리 일본어 잔재가 없어져야 함을 스스로 느끼지만, 자신도 그들과 숨을 같이 쉬고 쓸 수밖에 없는 처지가 처량했다.

4월 셋째 주 토요일, 드디어 경구는 1통 보통 운전면허 시험을 보기 위해 예산 시험장에 도착했다. 사장이 직접 경구를 태워다 주었다. 떨지 말고 차분히 보라고 기원하며 사장은 경구를 내려주고 자기 일을 보러 떠났다. 한 달여 간 꼭두새벽에 일어나 이론 공부와 운전 연습을 병행해 열심히 했었다. 부족한 잠과 시험에 대한 중압감 탓인지, 시험일이 다가올수록 밥맛도 잃고 심장은 두근거렸다. 시험 당일은 더더욱 심장이 쿵쾅거렸다. 합격률이 기껏 20%도 되지 않기에 맘 편하게 보기로 마음을 다져보지만 시험은 시험이었다. 오전에 필기시험을 무사히 치르고, 결과는 한 시간이 지난 후에 발표하였다. 필기는 80점 이상이어야 합격이었는데, 경구는 82점의 점수를 받아 가까스로 필기시험을 통과했다. '휴우' 하는 안도의 숨을 크게 내쉬었다.

오후에 코스 시험이 공고되었다. 경구는 일곱 번째로 응시할 예정이었다. 모든 응시생은 마음을 졸이며 조마조마하는 모습들이 역력했다. 드디어 오후 코스 시험이 시작되고 앞선 여섯 명 중 삼십 정도 먹은 건장한 청장년 한 사람만 통과했지, 그 나머지는 모두 탈락이었다. 경구의 차례다. 연습대로 하려고 했다. 시험용 도라꾸는 1.4톤 타이탄 트럭으로 손에 익지 않은 탓인지 뻑뻑하고 운전석도 가시방석처럼 까칠했다.

코스 시험이 먼저이고 주행 시험이 그다음이었다. T자, S자 코스이다. 그렇게 많은 연습을 했건만 S자 후진에서 아슬아슬하게 선을 밟지 않고 통과하였다. 수도 없이 연습해서 자신이 있었건만 실전은 매우 달랐다. 혼 빠진 상태에서 코스 시험을 마치고 내려오자 주행 시험이 있었다. 시험 감독 경찰관이 조수석에 타고 치러졌다. 경찰관은 느닷없이 운행 도중 '급브레이크'를 주문했고, 경구는 한 이 초 정도 늦게 반응했다. 브레이크 반응 속도가 늦은 것이다. 감독 경찰관은 판정지에 뭐라고 적고 있었다. 그리고 또 천천히 주행하는데 '따불 크라치로 기아 변속'을 주문했다. 강 기사에게 배운 대로 기어를 변경했다. 그러나 많이 긴장해서인지 기어가 자연스럽게 들어가지 않았고, 덜컹대며 어렵게 변속을 했다. 언덕 중간에 차를 멈추고 다시 출발하는 과정. 이에 대한 연습은 충분했는지 어렵지 않게 통과했다. 주행 코스 한 바퀴를 다 돌자 옆에 있던 시험 감독 경찰관이 최종 판정을 내렸다. '불합격'이었다.

좋은 경험한 것으로 큰 수확이었다. 첫술에 배부를 수 없었다. 다시 한 번 도전하기로 하고, 귀가 전 시험장 사무실에 들러 다음 시험에 등록했다. 한 달 후였다. 오늘의 체험을 충분히 기억하고 연습을 다시 시작해야겠다고 새롭게 마음먹었다. 실전을 치르면서 막연했던 코스 시험이 뚜렷하게 다가왔다. 이것만으로도 정말 큰 수확이었다. 한 번 만에 붙어 순덕이와 어머니에게 큰 자랑을 하고 싶었으나, 다음 기회로 미룰 수밖에 없었다. 예산 시험장을 등지고 돌아가는 경구의 어깨는 축 처졌지만, 마음만은 새로운 도전에 희망이 널려있었다.

싱그러운 오월, 그렇게 흐드러지게 산에 불을 지폈던 진달래도 서서히 숙여 들고, 길가를 노랗게 채웠던 개나리도 꽃이 지면서 연록의 새잎들이 움을 틔우고 있다. 사장댁 마당의 돌 틈에는 진빨강 패랭이가 다섯 장의 꽃잎을 흰 꽃술 아래 가지런히 피웠고, 청초한 흰 붓꽃과 연보랏빛

작약도 수줍은 듯이 조용하게 자리를 잡았다. 사장 부인이 좋아하는 수국도 머리통만 한 꽃 덩어리를 터뜨리며 곱게 서있다.

정국은 5월 말 신민당 전당대회를 앞두고 야당 총재 선발을 위해 설왕설래 말들이 많았고, 이에 신경 쓸 겨를이 없는 경구는 여전히 꼭두새벽에 나가 운전 연습을 감행하였다. 날이 제법 길어져 새벽빛이 제법 환했다. 경구는 하천 변에 임시 운전 코스 연습용으로 최근 몇 사람의 운전 교습자들이 만들어 놓은 장소로 이동해 제대로 연습했다. 실전의 경험을 최대한 살려가며, 하고 또 하고 반복의 연속이었다. 어느 날은 부지런히 연습하는 도중에 갑자기 사장이 나타나서 지켜보고는

"와! 연습을 정말 열심히 하네. 그만하면 합격은 떼놓은 당상일세. 쉬면서 하게나. 수고하고."

하며 자신이 준비한 박카스 한 상자를 살포시 놓아두고 자리를 떴다. 남몰래 지켜봐 주면서 용기를 북돋아 준 사장에게 감사한 마음이 들었다. 도라꾸를 운전 연습용으로 쓸 수 있게 허락한 것만도 사실 엄청난 은혜였다. 사장은 그런 사람이었다. 말이 많지 않았고, 묵묵히 지켜보고 격려해주는 듬직한 성격을 지닌 사람이었다.

드디어 5월 중순, 운전면허 재응시일이다. 아침부터 안성댁 아주머니는 어디서 구했는지, 찹쌀떡 두 개를 밥상 위에 놓아주셨고, 사장 내외도 긴장하지 말고 평소처럼 보면 반드시 합격하리라는 장담을 건넸다. 이번에는 예산 시험장으로 버스를 타고 혼자 갔다. 사장이 데려다주고 싶었으나 당일 중요한 약속으로 그러지 못해 미안해했다. 예산 시험장으로 가는 길은 사과밭투성이였다. 4월 말까지는 꽃봉오리가 분홍빛을 자아내지만, 막상 꽃이 피는 5월이면 소복 같은 흰색을 여념 없이 발산했다. 신록의 나뭇잎을 곁에 두고 하얀 꽃잎들 사이에 병아리색 꽃술 십

여 개가 옹기종기 모여있는 자태는 낱개로 볼 때보다 다수가 함께할 때 장관이었다. 대개 한 가지에서 세 개의 꽃봉오리가 올라오고 삼지(三支) 형태로 꽃을 피우는 사과는 벚꽃이나 배꽃, 매화, 앵두꽃 못지않게 순백을 자랑했다. 그러고 보니 봄꽃들은 하얀 꽃을 피우는 종들이 많은 편이다. 특히 과실 나무꽃들은 흰색이 주종이었다. 실곡마을에서도 경구가 꼴 베러 다닐 때, 밤골 계곡 초입에 야생으로 막 자란 애기사과 흰 꽃이 흐드러지게 피면 풀들은 하루가 다르게 진록으로 색을 바꾸며 왕성한 성장력을 발휘하였다.

오후 코스 시험에 열한 번째 응시생으로 들어갔다. 한 달 전처럼 떨리지는 않았으나 여전히 심장은 숨 가쁘게 뛰고 있었다. 앞선 응시생 중에서 불과 셋만 겨우 합격의 기쁨을 안았다. 그래도 그 정도면 많이 합격한 편. 느낌이 좋았다. 자신도 줄기차게 연습했고, 컨디션도 좋았다. 시험용 타이탄 화물차를 타고 움직이기 시작했다. S자 전·후진, T자, 굴절, 평행 주차 모두 선을 밟지 않고 무사하게 통과했다. 이제 주행만 무사히 통과하면 되었다. 주행 시험을 진행했다. 중년의 시험 감독 경찰관이 조수석에 앉으며, 떨지 말고 천천히 해보라고 격려까지 해주었다. 강 기사의 옆얼굴과 무척 닮았다. 늘 보이지 않게 후원해주는 강 기사가 옆에 탄 듯해 마음이 편했다. 기어 변속과 급정지, 언덕 정지 후 출발, 모두 순조롭게 진행했다. 이제 마지막 결승선이 두 발가량 남았다. 심장은 시작할 때보다 더 심하게 뛰었다. 이러다 합격하는 거 아닌가 하면서. 결승선을 넘자, 감독 경찰관은 씩 웃으며 경구에게 한마디 전했다.

"축하합니다. 합격이오."

눈물이 하염없이 흘렀다. 그 어렵다는 면허시험을 다른 사람이 아닌 내가 붙었다니, 믿을 수 없을 정도로 경구는 기뻤다. 마음이 정상적이지 않은 것을 이를 때, '미쳤다'라고 하든지 '환장했다'라고 하지만, 미친 것은 정신에 이상이 생긴 반면, 환장한 것은 정신이 이상이 없는 상태에서 제정신이 아닌 상태로 흘러가는 것이랬다. 말 그대로 경구는 환장했다. 지난 과거가 운행 중인 버스의 창밖 풍경이 스치듯, 이런저런 생각이 똬리를 틀며 끝없는 눈물이 솟구쳤다. 가출한 날 차부의 매표소 남자가 생각나고, 반지하 방 베니아 합판이 생각나고, 라디오 주파수를 맞추던 날이 생각나고, 도라꾸를 처음 끌던 날이 생각나고. 이런저런 생각 속에서 서서히 시험장 사무실로 발길을 옮겼다. 그곳에선 한 달 후엔 정식 운전면허증 찾으러 오란다. 고개를 숙여 '네, 알겠습니다.'라는 의미로 서너 번을 연거푸 인사했다.

예산 시외버스 차부에서 곧바로 명천행 버스표를 끊지 않고, 대전행 표를 끊었다. 이 기쁨을 순덕과 나누고 싶었다. 순덕이 일하는 버스 번호를 기다려 타고 이 신나는 이야기를 버스 안이라도 해주어야 직성이 풀릴 것 같았다. 또 약속을 지킨다는 의미도 있었다. 포장되지 않은 이차선 도로로 유구면과 마곡사를 거쳐 공주에 도착한 시외버스는 십여 분을 쉬더니 포장된 채로 죽 뻗은 신작로를 따라 까치를 쫓는 사냥매처럼 대전으로 내달렸다. 내려가면서 다가오는 차창 밖 풍경은 활력과 소생과 시작을 알리듯, 새파랗고 환하고 화창하고 힘이 넘쳤다. 그러면서 경구는 희망찬 미래를 그려봤다.

'부지런히 돈 모아 우선 오래된 중고라도 적재함이 완전 개방형인 기아 타이탄 2.5톤 트럭, 백만 원짜리를 구매하자. 적당한 타이탄 트럭이 없으면 새한자동차에서 만든 2.5톤 엘프 차량이라도 괜찮다.'라고 생각했다. 엘프 차가 작지만, 딴딴하다는 게 운전 기사들에게 정평 나있었다. 경구는 자신의 차만 있으면 금방이라도 떼부자가 될 듯한 환상에 빠졌다. 기름값, 보험료, 세금을 제외하고 최소 하루에 삼만 원씩 한 달이면 팔십만 원은 순수익으로 남을 것이고, 인건비야 드는 것이 없지만, 식비 등의 잡비와 고장 수리비 같은 유지비를 제하고도 넉넉하게 칠십만 원은 벌 수 있으리라. 중고차비를 빨리 확보하려면 조수 딱지를 얼른 떼고, 정식 기사로 취직되는 것이 급선무였다. 과연 잉크도 마르지 않은 채 갓 나온 뜨끈뜨끈한 새내기 운전기사를 누가 써줄 것인지가 미지수였다. 미래를 상상함에 행복할 줄만 알았던 계획이 하나둘 난관에 부딪히자, 역시 자기 사업을 한다는 것이 전혀 녹록지 않은 것이구나 했다. 우선 당장 생각나고 떠오르는 사항을 점검해도 앞이 캄캄한데, 하물며 실제 운행을 하다 보면 얼마나 예상치 못한 일들이 펼쳐질까? 스스로 생각이 거기까지 미치자, 너무 앞서서 많이 나갔음을 인지하고 오늘은 여기까지만 생각하고 합격한 사실에만 집중해서 즐기자고 마음먹었다. 순덕이가 이 소식을 들으면 어떤 표정을 지을까? 경구는 차 안에서도 순덕을 만난다는 설렘에 마치 처음 선보는 청춘남녀처럼 가슴이 콩닥콩닥 뛰고, 발걸음은 푹신한 구름을 내리밟듯 가볍게 사푼거렸다.

오후 햇볕이 뉘엿뉘엿 가라앉은 즈음에 경구는 대전에 도착했다. 순덕을 만나도 막차 시간을 고려하면 길어야 한 시간 정도 이야기를 나눌 수 있었다. 대전 유천동에 있는 서부 차부에서 내린 경구는 마음이 바빠지기 시작했다. 순덕이가 버스 안내양으로 있는 101번 버스를 타려면 우선 시청 쪽으로 가는 버스를 얼른 올라타야 했다. 서둘러 몸을 놀리고 시청으로 가는 버스를 겨우 잡아탔다. 대전역 근방 극장통에서 101번 버스를 기다렸다. 101번이라 해도 순덕이가 있는 버스를 잡아타는 것은 또 시간과의 싸움이었다. 연이어 101번 버스 두 대를 보냈다. 시간은 어느덧 한 시간이 흘렀다. 그래도 신은 경구의 편이었나 보았다. 운좋게도 세 번째 101번 버스에서 순덕이를 만났다. 주말이라 사람이 적지는 않았지만, 그렇다고 시루 안의 콩나물처럼 빽빽하게 채워지지는 않았다. 뜬금없는 경구의 출현에 자못 순덕은 당황한 눈치였다. 그러나 싫지 않은 표정을 얼굴에 듬뿍 담았다. 순덕이와 최대한 가까운 거리에서 일어선 채 경구는 말을 걸었다.

"야! 나 붙었다. 붙었다구. 운전면허 말여."

순덕은 반색하면서 마침 자기 일처럼 제자리에서 콩콩 뛰었다.

"장허다. 그려. 잘혔다. 경구야. 니는 해낼 줄 알았어. 잘혔다. 그나저나 어쩌나…. 니를 축하혀줘야 헐틴디."

순덕의 축하 인사는 진심에서 우러나온 그 자체였다. 마치 자기 일처럼 기뻐했다. 이 경사스러운 일을 축하하는 자리를 만들지 못해 순덕은 안달이었다. 버스가 다음 정류장에 서고 일단의 무리가 하나둘 하차했다. 순덕은 그들의 버스 차비를 받는 둥 마는 둥 정신없이 날뛰고 있었다. 경구는 기뻐 날뛰는 순덕에게 웃음 띤 얼굴로,

"정신채리고 차비 받어. 일은 똑바루다가 혀야 맞지. 안 그냐?"

거미의 그물망에 걸려 들락날락하는 부나비처럼 순덕은 우왕좌왕하면서

"그려. 맞어. 내가 시방 정신이 읎어야. 어쩔까? 니 나 퇴근헐 때까정 지다릴쳐?"

경구는 기쁜 사실을 함께 공유하고 제일 먼저 알려준 것으로 오늘의 소임을 다했다고 생각하여, 흥분된 순덕을 차분히 가라앉히게 말을 건넸다.

"아녀. 오늘은 기냥 소식만 전허구, 다음 뻰 휴일에 만나서 맘껏 축하잔치를 혀뿐지자. 어뗘? 그게 낫겄지?"

순덕은 잠시 눈을 감고 생각에 잠기다 말을 이었다.

"그려, 그럼. 이번 달 말에 나 휴무일인디, 너는 어뗘?"

경구는 날짜를 얼마 정도 헤아려보더니,

"그려. 되도록 그날 쉬도록 사장님께 야그혀볼게. 만약시리 안 되면 연락줄게. 그케 허면 되겄지?"

이 말을 끝으로 대여섯 정류장을 더 지난 후 경구는 101번 버스를 내렸다. 순덕은 좀 더 있다 갔으면 하는 아쉬움이 역력했다. 그러나 경구는 기쁜 소식을 전했으니, 자신이 돌아갈 길로 가는 것이 마음에 편했다. 다음 만나는 휴일에 그 기쁨을 실컷 누리려면 좀 아쉽더라도 여기까지만 하고 여분을 남겨둠이 좋을 듯했다. 버스 유리창에 기대어 글썽이는 눈물을 머금고 순덕이는 붕 하니 떠났다.

막차 직전의 버스를 타고 경구는 명천에 돌아왔다. 오월의 하늘은 맑고 드넓었다. 지는 해도 주황빛을 신명 나게 드러내며 경구의 면허 합격을 축하하고 있었다. 신발 밑바닥은 스프링을 단 것처럼 통통 튀어 올랐고, 걷는 것이 아니라 떠다니는 느낌이었다. 반지하 방으로 향하는 발걸음이었지만, 대영제국의 왕궁으로 가는 것처럼 호연한 기운이 온몸에 꽉 찼다. 집에 도착하니, 마침 사장 내외가 조용히 거실에서 차를 한 잔 마시고 있었다. 안성댁 아주머니는 저녁거리를 막 사 와 식사 준비로 심란하고 바지런하게 몸을 움직였다. 경구는 자신만만하게 거실문을 똑똑 두드리고 들어갔다. 사장 내외는 경구의 얼굴을 순간의 빠른 눈 놀림으로 감지했다. 곧이어 사장은,

"김 기사. 붙었구나. 붙었어. 그렇지?"

경구는 대답 대신 고개를 크게 위아래로 끄덕였다.

"와! 대단한데? 나도 세 번이나 떨어지고 겨우 붙은 게 운전면허인데. 잘했네, 잘했어. 축하해. 김 기사. 이제는 진짜 김 기사네. 안 그래, 여보?"

사장의 말 화살을 받은 사장 부인도 기쁘고 환한 낯빛으로,

"어머! 김 기사님, 축하, 축하. 정말 축하해요. 그렇게 열심히 연습하더니. 역시 하늘에서 인재는 알아본다니까."

주방에서 음식 준비에 산만한 안성댁 아주머니도 이 이야기를 눈치로 알아채고, 거실 쪽을 향해 큰소리로 축하 말을 내질렀다.

"경구야! 아니 김 기사! 축하, 축하해. 너무 잘 됐다. 너 한턱 쏴라, 잉."

경구는 가족 이상으로 반겨주는 이분들의 모습에 잔잔한 사랑을 물씬 느꼈다. 잠시 후 최 기사도 마지막 운행을 마치고 저녁 식사를 하기 위해 도착했다. 경구의 기쁜 소식에, 최 기사는 시큰둥한 표정을 지으며,

"잘혔네…."

그 외마디가 전부였다. 크게 기대하진 않았으나 남 일처럼 반응한 최 기사의 축하에 경구는 들떴던 마음이 착 가라앉았다. 사장은 축하한다며 '이런 날 술이 없어서야 되겠느냐'는 말과 함께, 거실 진열장 맨 아래 칸에 놓인 더덕주를 꺼냈다. 그러면서 사장은 말하길

"이놈이 드디어 주인을 찾았네. 김 기사 축하주 역할을 하니 말이야. 김 기사! 이게 계룡산 자락에서 칠 년 전 캐서 담가놓은 삼십 년 된 더덕으로 담근 술인데, 사포닌이 산삼 이상으로 좋을 거야. 내 김 기사 합격 기념으로 이 술 한 병 내겠네."

경구는 머리를 두어 번 조아리며 감사의 뜻을 표했다. 마침 저녁 반찬으로 돼지고기 두루치기가 나와 안주로는 제격이었다. '부어라, 마셔라, 내일은 없다.' 하면서 입으로 더덕주를 들이부었다. 더덕향이 진한 게 술이 아니라 약처럼 진하고 향긋했다. 경구는 아버지의 유전인자를 오롯이 받은 탓인지 웬만해서는 취하지 않고 자세 하나 흐트러지지 않았다. 대도 두 병의 더덕주를 반 이상 경구가 마셨다. 물론 술을 좋아하는 최 기사도 원님 덕에 나발 부는 격으로 어기적어기적 술과 안주를 쑤셔넣었다. 취한 최 기사는 '너 내 덕에 된 겨.'를 수차례 반복했고, 경구는 어찌했거나 그 덕이 전혀 없는 것은 아니어서, '고마워유.'를 누차 되풀이했

다. 그리고 경구의 눈은 점점 가물가물해졌다. 그 이후로는 점점 시야에 모든 사물이 사라지면서 안개 속으로 빠져들었다.

17

초짜의 삶

한 달이 지나고 드디어 1종 보통 운전면허증을 경구는 받았다. 면허증의 사진도 자기 자신이지만 어쩌면 그렇게 멋있어 보이고 잘 생겼는지 모를 정도였다. 면허증을 보고 또 보면서 피식 웃음이 나왔다. 자랑스러운 자신이 쑥스럽기도 했다. 최 기사는 경구가 면허를 딴 이후 심심하면 운전대를 넘겼다. 그리고 자신은 조수석에서 무슨 잠이 그렇게 많은지 반나절을 잠만 내리 잤다. 경구야 그 덕에 현장 실력이 하루가 다르게 늘어서 싫지는 않았지만, 최 기사는 베짱이처럼 늘어지고 한가롭게 나날을 보냈다. 경구가 면허를 딴 이후로 월급이 좀 올랐다. 정식 기사는 아니지만, 운전면허가 있는 기사를 조수 월급으로 주기가 그랬던지, 매달 삼만 원씩을 주겠다고 사장은 전했다. 삼 배 이상 월급이 뛰면서 경구도 일할 때마다 신바람이 났다. 삼만 원씩 일 년 모으면 적어도 삼십만 원은 모을 수 있고, 그러면 이삼 년만 바짝 돈을 모으면 백만 원 하는 중고 트럭이라도 충분히 살 수 있을 것 같았다. 군대 입대 전에 반드시 이루어놓고 가리라 다짐하고 다짐했다.

그러던 6월 말 어느 날, 미국의 인권 옹호자이며 대통령인 지미 카터가 우리나라를 방문했다. 그는 오로지 경제성장을 염두에 두고 인권과 민주주의를 짓밟은 박 대통령을 빗대어, 국회에서 '인권'과 '민주주의'를 반복하면서 강조한 연설을 마쳤고, 당시 야당인 신민당 의원들은 환호하면서 좋아들 했다. 이에 반해 박 대통령은 이는 엄연한 내정 간섭임을 간접적으로 밝히고 은근히 싫은 내색을 드러냈다. 주한 미군을 철수하고자 했던 카터 대통령에게 박 대통령은 막후 정치의 수완을 발휘하여 어렵게 철수 철회를 얻어냈다.

6월 말이지만 날씨는 섭씨 이십오 도를 오르내리고 있었다. 저녁마다 MBC 문화방송 뉴스데스크 시간에는 이득렬 앵커가 이러한 한·미 관계를 자세히도 설명하며 열변에 가까운 뉴스 진행을 했다. 경구는 사장 댁 거실에서 텔레비전을 가끔 보면서 한·미 관계로 나불대는 방송국 앵커의 목소리보다 그 뉴스 바로 전에 광고하는 OB맥주 선전이 더 좋았다. 무더운 여름날 시원한 그늘막에서 하얀 거품이 뭉게뭉게 올라오는 쌉싸래한 맥주 한 모금은 더위를 싹 휘모는 청량제이기도 했다. 최 기사는 점심에도 반주로 사백 원하는 맥주 한 병을 삥땅 친 돈으로 줄곧 먹었고, 어느 날은 이천 원씩이나 하는 롯데 하야비치 보드카 큰 병을 비우기도 했다. 차를 운전하면서 라디오 음악방송에 거의 절반은 혜은이의 「제3한강교」를 틀어주었다. 젊고 발랄한 기운에 톡톡 튀는 목소리로 시원하게 부르는 경쾌한 이 노래는 세간에 큰 인기를 독차지하고 있었다. 짧은 단발머리에 어디서 그렇게 힘찬 목소리가 나오는지 그녀의 목줄기는 핏대를 곧게 세우며 제3한강교를 외치고 있었다.

'주한 미군을 철수하네, 마네'로 정가(政街)는 혼란스럽고, 혜은이의 「제3한강교」는 한강의 기적을 외치며 전국 방방곡곡 국민의 마음을 설레게 하는 그 무렵, 최 기사가 드디어 사고를 쳤다. 그날도 하루 운행을 별 탈 없이 마치고 사장 댁으로 귀가했다. 물론 그날 운행의 반 이상은 경구가 운전대를 잡았었다. 사장 댁 마당에 웬 낯선 중년의 여인이 서

있었다. 최 기사와 퇴근한 경구는 최 기사가 그 여인을 보자마자 화들짝 놀라 어찌할 줄을 모르는 것을 보고, 최 기사의 부인임을 금방 눈치챌 수 있었다. 그 여인은 최 기사를 보자마자 다짜고짜 '이 새X, 개 새X' 하면서 '너 앞으로 어쩔래?' 하면서 막무가내로 소리를 지르고 난리를 쳤다. 미리 집에 있었던 사장 내외는 예상이나 한 듯 가만히 구경만 할 뿐이었다. 그 여인은 '바람난 것도 부족해 애까지 낳고 두 집 살림을 해? 니가 미쳐두 상미친놈이지, 정상인 놈이 맞냐?'라며 다그치는 여인을 누구도 막아서거나 말릴 수 없었다. 그녀는 악이 받칠 대로 받친 상태였고, 두 눈은 벌겋게 충혈된 게 굶주린 하이에나 눈보다 앙칼지고 사나웠다. 최 기사는 당황한 나머지, 도주했다가 다시 돌아와서는 그 여인의 손목을 잡고 집 밖으로 질질 끌며 데리고 나갔다. 최 기사와 그 여인이 나간 마당은 휑뎅그렁하니, 다시 고요를 찾았다.

적막을 깬 것은 사장 부인이었다.

"내 어째 행색이 불안 불안하고, 좀 못 미더웠는데…. 술 좋아하고 여자 좋아하는 건 알았지만, 작은집까지 두었는지 전혀 몰랐네."

그러면서 사장을 향하며 단단히 이번 기회에 겸사겸사 주의를 시키고자,

"당신 저 꼴 봤죠? 저는 당신 바람피우면 저 정도는 약과에요. 난 아주 상판대기를 후려갈기고 집에서 알몸으로 내쫓을 테니까 그리 아슈."

하면서 눈을 부릅떴다. 사장은 불똥이 자기에게 이유 없이 떨어짐을 불편해하며,

"바람 같은 소리 하고 있네요. 난 대한민국 천지를 다 다녀봐도 당신보다 이쁜 사람을 본 적이 없어요. 잘나고 이쁜 사람이 있어야 바람을 피우지."

사장의 오래된 묵은지 같은 능글능글한 넋두리에 사장 부인은 혀를 내두르지만 싫지는 않은 표정으로,

"사실, 말이 나와 그렇지. 나보다 더 이쁘고 잘난 사람 보기 힘들긴 할 거예요. 크크. 그러니 평소에 제게 잘해요. 어쩌면 내가 바람 필 수 있으니. 크크"

사장은 못마땅하지만 억지춘향으로,

"아무렴요. 알아서 그리 모시겠습니다. 사모님."

최 기사 없이 주방에서 저녁 식사를 했다. 아무래도 오늘 이 사단의 끝이 좋지 않을 것을 예감한 사장은 경구에게 한마디 거든다.

"아마 모르긴 몰라도 최 기사 더 이상 우리 집에서 일 못 할 것 같아. 이 창피를 당했는데, 면이 서겠어? 만약 사태 수습이 어려워 최 기사가 그만둔다고 하면, 김 기사 어때? 김 기사가 차를 맡아줄 수 있겠나?"

경구는 놀라 자빠질 뻔했다. 정식 기사로 승진하는 기회가 우연히 빨리 온 것이다. 앞뒤 재지 않고 잠깐도 지체할 것 없이,

"암만유. 지야 그리 혀주시면 성은이 망극허쥬. 만약 그런 기회가 주어진다면 최선을 다혀서 열심히 발에 땀나도록 혀볼팅게 맬겨만 주셔유. 흐흐"

인생사 새옹지마요, 쥐구멍에도 볕들 날 있고, 오히려 이번 일로 경구에게는 전화위복의 기회가 될 수 있었다. 최 기사에게 미안한 마음이 없지는 않았다. 최 기사가 돌아와 계속 운전한다고 하여도 경구는 아쉬운 것이 없었다. 아직 배울 것이 많고 좀 더 익숙해지면 정식 기사야 화물차 기사들을 통해 언제든지 될 수 있으리라 생각하고 있던 터였다.

며칠 후 사장의 예감은 적중했다. 코가 석 자는 빠진 최 기사는 사직을 통보하고, 당일 사장은 남은 월급을 정산해주면서 힘내고 잘 살라고 당부하며 최 기사를 떠나보냈다.

1979년 7월, 김경구는 정식 기사로 첫 단추를 끼웠다. 월급도 최 기사보다 일만 원을 올려 받기로 했고, 거처도 반지하 방에서 안채 2층 방으로 옮기게 되었다. 파격적인 상승이었다. 눅눅한 습기와 곰팡이와도 결별이었다. 햇빛이 온종일 드나드는 이 층 방을 얻은 것도 무엇보다 신나고 좋았다. 전에 있었던 박 기사가 쓰던 방. 책 몇 권을 빌리러 와서 봤던 그 방. 여기에서 잠자면 등만 대도 그냥 숙면할 것 같았고, 고도가 높아 이 층 창가에서 내려보는 마당의 모습과 마을 입구의 골목 풍경은 또 하나의 선물이었다. 남쪽으로는 푸르른 정원이 펼쳐지며 대추나무와 사과나무가 정면으로 대칭을 이루며 자리 잡았고, 그 가운데는 달구지와 큰 바위 하나가 덩그러니 중심을 잡고 있으니, 이 집의 중심에 서있는 것이나 마찬가지였다. 그 마당을 지나 대문을 거치면 큰 도로를 향해 똑바로 뻗은 골목길이 시내 중앙을 향해 내달리고 있었다. 경구는 저 길을 걸어 출퇴근할 때마다 그렇게 넓어 보였는데, 이 층에서 내려본 골목길은 그리 보이지 않고 좁기만 했다. 새 방을 구석구석 살피면서 갑자기 예전에 살갑게 대해주었던 박 기사님과 갑례 누님이 그리워졌다. 구석에 아직도 박 기사가 붙여놓은 쿠바의 체게바라 그림 하나가 그대로 있었다. 판화 형식의 그 그림은 자체에서 힘이 발광하였다. 경구는 박 기사가 지금은 어느 어촌가에서 뿌리를 내리고 있을지 궁금했다. 풍문으로 떠도는 소문에 보령 천북 바닷가에서 보았다는 화물차 기사들의 이야기가 있었지만, 확인해볼 도리는 없었고, 언젠가 꼭 시간이 나면 그곳에 가서 찾아보고 싶었다.

18

어이쿠야!

순덕은 나날이 몸이 야위어갔다. 안내양 숙소에서는 선후배들이 살 빠지며 점점 더 예뻐진다고 뭇소리를 했지만, 순덕은 내심 흐뭇하지 않았다. 피로가 누적된 탓인지 밥맛이 점점 없어지고, 이틀에 한 번씩 코피를 쏟았다. 코피는 한번 터지면 적어도 한 컵 이상 나오면서 멈추지 않았고, 종종 한 바가지를 쏟는 날도 비일비재했다. 실곡마을에서 소싯적에도 코피를 가끔 흘리긴 하였다. 그때마다 할머니는 측백나무 잎을 구해 그 잎을 찧어 코 주위에 붙이고 일부는 복용했었다. 측백나무 잎이 피를 토하는 것과 코피와 혈변을 낫게 하며, 음(陰)을 보하는 중요한 약으로 민간에서는 흔하게 써 왔다. 그때 그렇게 하면 코피를 흘리는 것이 호전된 적이 많았다. 그러나 지금은 구하기도 힘들 뿐만 아니라, 구했다고 해도 잎을 찧어 붙이고 복용하는 것은 그림의 떡이었다. 매일 14시간이나 버스를 타면서 지내는 시간이 그리 호락호락하지 않았다. 실제 모든 마무리를 하며 숙소에 들어가는 시간은 저녁 9시가 되어서였다. 아침 5시 30분부터 준비하여 온종일 승객들과 씨름하고 들어오면 그야말로 몸은 녹초가 되었다. 야간 학교에서도 수업은 몸이 피로해서인지 집중되지 않고 자꾸 졸리기만 하였다. 같이 공부하는 사람 태반은 순덕과 같았다. 다들 십여 시간의 중노동을 한 후 수업을 받는다는 것 자체가 어불성설일 수 있었다. 모두 찜통 속에 넣은 파 뿌리처럼 축 늘어져 있고 눈 밑에 눈그늘이 드리워져 있었다. 내년 봄에 있을 고입 검정고시를 보기 위해 마지막으로 힘을 내어야 하지만 몸은 자기 뜻대로 움직여지지 않았다. 경구가 운전면허 취득한 것은 너무 잘 되고 부러웠다. 경구는 계획한 대로 탁탁 이루어지는 것이 순덕에게는 찬사요, 갈채요, 자극 그 이상이었다. 힘을 더 내야겠다고 순덕은 마음을 다잡았다.

실곡마을의 여름은 짱짱한 열기와 더위로 벼들은 이삭을 축 늘어뜨렸고, 개울가의 물비늘도 일광의 반사를 재량껏 발산하고 있었다. 매미 유충들은 탈피하느라 신나게 바둥거렸고, 하루살이들은 하루를 더 알차게 살고자 날갯짓을 바지런히 했다. 땀은 잠시 마당에만 서 있어도 주구장창 체외로 외출했고, 그러면서 끈적한 피부들은 소금기를 흠뻑 머금었다. 해쪼이를 하기 싫은 경구는 이내 결심하고 실곡마을 앞을 도도히 흐르는 실곡천으로 다가섰다. 폭은 스무 발 정도로 좁지만, 태학산 골짜기에서 발원한 물세는 이골 저골을 후비고 다니면서 물줄기를 모았고, 모여진 물줄기는 한 뼘에서 시작해 한 발짝이 되고, 맞은편 청태산 물줄기와 합쳐서 네 발 정도로 세를 키우더니, 마을 앞을 급히 휘돌고 나서부터는 제법 세력을 갖춘 개천으로 성장했다. 마을 앞을 지나 방아실에 다다를 무렵이면 이제는 내로라하는 위세로 수심까지 한 길은 족히 넘기면서 물을 찰랑대며 유유히 흘렀다.

경구는 끝내 무더위를 삭이지 못한 채 웃통을 휙 벗어 던지고 그 김에 잠방이와 팬티까지 홀딱 벗어 던졌다. 주위에 사람은 없이 괴괴했지만, 내 더위 탈출이 우선이기에 신경 쓸 겨를이 없었다. 목 밑까지 차오르는 물속에서 손과 발로 오리발 짓으로 자맥질을 하고 있을 무렵, 어머니가 언제 나타났는지, 빨리 나오라고 손짓까지 하면서 아우성쳤다. 경구는 왜 그러는지 의아해하면서 머리를 갸우뚱했는데, 자세히 보니 어머니만 있는 것이 아니었다. 한 발짝 떨어져 동생 범구가 속히 나오라고 '형아! 형아!' 하면서 자지러지게 울고 있었다. 모자의 독촉에 그리하겠다고 실곡천을 나오려는 순간, 발밑에서 누군가가 발목을 움켜쥐는 감촉이 쑥 들어왔다. 물살의 사품질은 점점 더 심해졌다. 발버둥을 치면서 억지스럽게 아등바등했지만, 물귀신의 헤살 덕인지 도통 벗어날 수 없었다. 경구는 '안 돼!' 하면서 목이 찢어지게 소리쳤다.

베갯잇은 땀으로 범벅이었다. 경구의 몸은 머리부터 곳등, 겨드랑이, 가슴팍, 사타구니까지 축축하게 땀을 머금고 있었다. 요도 얼마나 발로 차면서 발버둥 쳤는지 발밑에서 저만치 떨어져 나갔고, 이불은 둘둘 말려져서 종아리를 야무지게 동여매고 있었다. 경구는 간만에 어머니와 동생 범구를 꿈속이나마 보아서 다행이었지만, 수장 직전까지 간 몸부림이 영 개운치 않고 뒤끝이 남았다. 정식 기사로 일을 시작한 지 일주일이 지났다. 역시 운행 책임자의 몫은 어깨에 묵직한 아령을 얹어놓았다. 사장 댁 거실 한가운데 걸린 액자가 되새겨졌다. 단발머리를 한 어느 예쁘장한 소녀가 간절한 눈빛으로 두 손을 맞대고 '오늘도 무사히' 기도하는 그림이었다. 하루하루를 무사히 사는 것이 어쩌면 가장 잘 사는 것이 아닐까 하는 생각을 오늘따라 무람없이 하게 된다.

경구는 안성댁이 정성스레 차려놓은 아침 식사를 들기 위해 주방에 들어섰다. 안성댁은 어쩐 일인지 간단한 아침을 준비해놓았다. 달걀 프라이 두 개. 안성댁은 차려 놓고도 양심상 미안했는지,

"내가 몸살 기운이 있어, 영 밥이 그러네. 이해하고 먹어. 저녁때는 기운 차리고 맛난 걸로 준비해줄게."

경구는 대수롭지 않게 말 대응을 했다.

"그류. 몸이 먼첨이유. 어여 기운 채리고 낫구기나 허세유."

경구는 그리 대꾸했지만, 썩 마음이 내키지는 않았다. 그러면서 속으로 '니두 이제 뱃대지에 기름기가 꼈구먼. 옛날 실곡마을 때 생각허면 진수성찬인 걸. 차림이 성의 없다구 투덜거리기까지 허구'. 환경에 적응을 잘하는 것이 사람이지만, 이제 기삿밥 좀 먹었다고 속으로 상차림을 타박까지 하는 자기 심사가 못마땅도 했다.

경구는 화물주차장으로 발길을 옮겼다. 그리고 오늘의 일정을 정리해 보았다. 충북 옥천에서 포도 상자를 실어 대전 홍명상가 중앙시장통에 짐을 부리고, 오후에는 영동으로 공장 짐을 실어다 주면 되는 일정이었다. 충북으로 가는 날은 기분이 들떴다. 산골 소년티가 여전히 남아있는 탓이었다. 충북은 소백산맥 자락이라 그런지 산지가 대다수를 차지했고, 산 능선도 서해안 가 큰 산이라는 오서산, 가야산, 덕숭산에 비하면 준령과 고도가 사뭇 달랐다. 특히 옥천과 영동 부근의 서대산이나 민주지산 자락은 그 위용이 대단하여 어마어마하고, 장엄했다. 그 자락 밑에 자리 잡은 고장들은 꼬불대는 신작로를 품고 있었고, 이런 곳을 차로 운전할 때면 역시 산촌이 많다고 절감했다. 여느 때와 같이 시동을 걸었다. 세루모다를 돌리려는데, 오늘은 웬일인지 한 번에 걸리지 않고 애를 먹였다. 가끔 이런 날이 있었지만, 경구가 몸소 운전하고는 처음이었다. 두세 번 하다 잘되지 않아 보닛을 열고 여기저기 살펴보았다. 맨눈으로 별 이상은 없었다. 두드려보고 돌려 보고 때려보았다. 그리고 다시 시동을 걸었다. 이제야 노인네 헛기침 소리처럼 털털대더니 겨우 걸렸다. 어젯밤 꿈자리가 심란하더니 꿈땜을 톡톡히 하는가 보았다.

명천 시내는 호젓했다. 여름날 아침 공기는 습기를 좀 머금어서 그렇지 싱싱하고 산뜻했다. 시원한 청량감마저 들었다. 운전대 유리를 활짝 열고 신나게 액셀러레이터를 밟았다. 차는 덜컥거리는 미동이 있었지만 제법 속도를 내주었다. 길가의 플라타너스들은 도로변에 이 열 종대로 열을 지어 경구는 맞이했다. 교외를 벗어나 한참을 지나고 대전 근방에 다다랐다. 차로는 이 차선으로 좁혀졌지만, 아침 일찍인지 오가는 차량이나 사람들은 별로 없었다. 대전 시내를 지나 대전 동쪽 끝 세천에 도착했다. 아직 목적지까지는 삼십 분 정도가 남았다. 세천은 물이 많기로 유명하고 물 또한 맑은 곳이었다. 어젯밤 잠을 설친 탓인지 몸이 찌뿌둥하고 노곤했다. 경구는 차를 길가에 세우고 주원천으로 세수를 하러 내려갔다. 물속은 맑고 깨끗했다. 피라미들은 무엇이 그리 급한지 떼를 지어 왔다 갔다 했고, 때 이른 새끼붕어의 아침 마실은 느릿하게 등지느러미를 놀렸다. 별종인 각시붕어까지 경구의 아침 세수를 반기며 꼬리질을 해댔다. 고양이 세수를 말끔하게 하고 손으로 얼굴을 훔친 후 물기를 허리춤 옷에 쓱싹 닦았다.

정신이 한결 맑아졌다. 운전석에 올라 시동을 건 후, 라디오를 켰다. 여자 아나운서의 말소리가 아침 이슬처럼 청초하게 떼구루루 굴렀다. 가수 이은하의 「봄비」를 내보내며 신곡이라 소개를 했다. 이 여름에 봄비라니, 계절에 어울리지 않은 선곡을 의아해했다. 오가는 도로는 한적했다. 십 분에 한 대씩 교행하며 이 싱그런 아침을 열어젖히고 있었다. 맞은 편에서 타이탄 트럭 하나가 달려오고 있었다. 개나리 빛깔을 칠한 차체가 반들반들했다. 차를 새로 뺀 지 얼마 안 되는 차구나 했다. 경구는 타이탄 트럭만 보면 잠시 흥분되었다. 꼭 성공해서 사고 싶은 차라 더 그랬다. 다가오는 타이탄 트럭의 빛깔이 너무 인상적이어서, 속으로 '내가 차를 타이탄으로 뺀다면 저런 색으로 빼리라.' 마음먹었다.

샛노란 타이탄 트럭은 새 차의 모습을 자랑하듯, 쌩쌩거리며 십여 미터 앞까지 근접했다. 그런데 운전석 방향 뒷바퀴 부문에서 시커먼 무엇이 불쑥 나오더니, 느닷없이 오토바이가 노란 타이탄 트럭을 추월하며 경구의 트럭 쪽으로 치달렸다. 순간 아차 싶었다. 핸들을 부리나케 오른쪽으로 최대한 꺾었다. 이미 늦었구나. 부딪치기는 할 텐데 이를 어쩌나 했다. 오토바이는 그대로 차를 덮쳤고 경구의 화물차 범퍼 오른쪽을 일차로 박더니 운전석 쪽 보닛을 타고 공중으로 한 바퀴 빙 돌고서 왼쪽으로 십여 미터 떨어져 철썩 내려앉았다. 급브레이크를 잡고 오른편 갓길에 바짝 차를 정지했다. 손이 사시나무 떨듯 떨리고 가슴은 일 초에 두세 번씩 요동쳤다. 머리카락은 한 올 한 올 쭈뼛하게 섰다. 정신이 없었다. 쓰러진 오토바이 운전자를 보았다. 머리와 무릎에서 뿜어져 나오는 피는 양수기 펌프에서 양수 물이 쏟아지듯 콸콸 흘러내렸고, 꾸불꾸불하며 약하게 팔을 움직이고 있었다. 떨리는 발로 다가갔다. 의식이 없어 보였다. 잠시 생각을 가다듬고 빨리 병원으로 옮겨야겠다고 했다. 상대편 노란 타이탄 차도 오십여 미터를 가다가 멈추고 경구를 주시하며 다가왔다. 지천명을 지난 듯한 초로의 운전기사였다. 그는 여기저기 흩어진 사고 후 파편을 정리해주면서 흥분된 경구를 다독여주었다. 마음은 차분히 안정시키고, 선배로서 이리저리 사건을 처리하라는 조언을 해주었다. 그러면서 자기 차 번호를 알려주며, 나중에 자기가 증인이 될 수 있으니, 자기 차 번호와 연락처를 적어 두라고 말해주었다. 떨리는 손으로 조수석의 대시보드 서랍에서 수첩을 꺼내 노란 타이탄 트럭 번호와 연락 전화를 적었다. 그리고 오토바이 운전자를 두 손으로 품에 안았다. 사십 대가량으로 보이는 운전자의 몸무게는 무척 가벼웠다. 그의 피는 슬며시 경구의 가슴 언저리에도 스며들었고, 경구는 우선 자기 차 조수석에 눕혔다. 대시보드 안의 수건을 꺼내 최대한 지혈 조치를 취했다. 안전띠를 그의 몸에 감았다. 피는 계속해서 콸콸 쏟아졌다. 차 안에 피가 흥건히 고였다. 그리고 냄새가 코끝으로 밀려왔다. '바로 이게 피비린내구나.' 했다. 역하고 구토가 나오려 했다. 침을 몇 번이나 삼키며 꾹 참았다. 그리고 차를 돌려 대전 도립병원으로 향했다. 오토바이 운전자는 가는 도중 잠깐씩 움직임이 있을 뿐이지, 앓는 소리 하나 없었다.

액셀러레이터를 최대한 밟았다. 화물차의 엔진이 터져도 좋으니, 우선 병원에 빨리 가야겠다는 생각뿐이었다. 가슴은 미어터질 듯 꿍꽝거렸고, 핸들을 잡은 손목도 부르르 떨렸다. 지나가는 차들도 보이지 않았다. 숱하게 지나갔지만 보이지 않을 뿐이었다. 앞서거나 교행하는 차들도 비상 상황을 감지했는지 모두 알아서 비켜주고 피해주었다. 비상 깜빡이를 켜고 헤드라이트도 한밤중처럼 최고의 빛을 내며 내달렸다. 이십여 분이 지나 병원 응급실로 도착했다. 어떻게 대전 도립병원에 갔는지 기억이 없었다. 응급실에서 응급용 들것이 나왔고, 거기에 실려 오토바이 운전자를 마치 준비된 것처럼 병원 관계자들은 일사불란하게 옮겼다. 간호사들과 흰 가운의 의사도 바지런히 몸을 놀렸다. 응급 비상사태임을 그들도 몸으로 보여주고 있었다. 옮기는 순간 오토바이 운전자를 보았지만, 숨을 쉬지 않은 채 편안한 모습으로 누워있었다. 응급 수술실로 오토바이 운전자가 들어가서야 경구는 숨을 몰아쉬었다. 자기 옷은 태반이 피범벅이었고 그때서부터 소리 없이 눈물이 쏟아졌다. 이 모습을 곁에서 지켜본 병원 행정요원은 경구에게 어깨를 두드리며 차분히 마음을 안정시켜주었고, 그의 말대로 남은 처리 과정을 자세히 안내받았다. 곧이어 경찰서에 교통사고 신고를 했다. 그리고 차주에게 연락하고, 오토바이 운전자 보호자를 수소문하고, 보험회사에도 사고 소식을 알리고….

경구는 응급 수술실 앞 긴 의자에 앉아 두 손을 모으고 기도만 간절하게 했다. '하느님이고 예수님이고 부처님이고 누구시든 제발 저 운전자 좀 살려주세요. 제발, 제발. 살려주시기만 하신다면 교회고 절이고 열심히 다니고 평생 당신을 믿고 따를게요.'라고 기도했다. '정말로 저 운전자만 살려주시면 뭐라도 다 할 테니 제발, 제발 살려주세요.'라고 혼잣말을 되뇌었다.

결국, 오토바이 운전자는 다발성 늑골 골절에 의한 심정지, 전두(前頭)와 무릎 출혈 과다로 응급실에 도착하기 전에 사망했다는 결과가 나왔다. 하늘이 주는 얼은 피할 도리가 있어도 제가 지은 얼은 피할 도리가 없다는 말처럼, 하늘도 무너지니 미약한 인간으로 할 일은 아무것도 없었다. 차 주인 사장이 숨을 헐떡이며 병원에 도착했고, 잠시 후 운전자 가족들도 울고불고하며 허둥대면서 다다랐다. 경구는 사장이 피해자 가족들과 상봉하는 것은 조심스럽다고 해서 일단 사장과 같이 귀가를 하고 마음을 추스르기로 했다.

며칠 후 경찰서에서 현장 조사차 경구를 찾았고, 증인으로 노란 타이탄 트럭 운전자도 동행했다. 보험회사 손해사정사도 함께했다. 잊고 싶은 기억인지라 그 장소로 다시 가기란 정말 싫었다. 피해자 가족들을 볼 면목도 없었다. 잘잘못을 따지기 이전에 한 생명을 빼앗은 일은 어떤 위로나 핑계도 한낱 넋두리에 불과했다. 사고 조사팀 경찰은 피해자 가족을 염두에 두지 말고 당일 사고 모습 그대로 재현하도록 요구했다. 또 다른 경찰 한 명은 경구 옆에 바짝 붙어 피해자로부터 보호해주고 있었다.

교통사고 발생 일시, 사고 장소, 피해 상황, 교통사고 관련자의 차량 등록 및 보험 가입 여부, 피해자에 대한 구호 조치 등 안전 조치 이행 여부, 운전면허 유효 기간, 술과 약물 복용 여부, 운전자의 부주의 여부, 교통사고 현장 상황 이외의 노면 전차, 교통안전시설의 결함 등의 증거를 수집하기 위해 사고 조사팀 경찰관은 바지런히 움직였다. 당일 사고 직후의 처리에 대해 사고 조사팀 경찰은 꼬치꼬치 캐물었다. 응급처

치한 시간도 분 단위로까지 명확한 시간을 요구했다. 생각나는 대로 응답은 했지만, 때에 따라서 정확하게 기억이 나지 않아 망설일 때, 조사팀 경찰은 지청구를 주기도 했고 피해자 가족들은 악에 받친 소리를 질렀다. 병원을 데리고 가기 위해 도라쿠에 실었을 때 상황도 자세히 물었다. 숨은 쉬고 있었나, 지혈 조치와 그 외 응급조치는 어떠했나를 낱낱이 설명해주길 원했다. 사고 목격자인 노란 타이탄 트럭 운전자에게도 당일의 상황을 있는 그대로 설명을 요구했고, 그 운전자는 경구의 진술에 크게 벗어나지 않게 당시의 상황을 진술해주었다. 당일의 기억을 되새기는 고통의 연속이었다.

그날은 무던히도 햇빛이 따갑더니, 땀도 경구의 온몸에 흠뻑 젖었다. 매미는 경구의 마음을 실컷 이해한다는 의미인지 서너 마리가 자지러지게 울어댔고, 계절을 앞질러 핀 코스모스 몇 송이는 하늘하늘 불어오는 바람에 일렁였다. 긴장해서 흘린 땀인지, 더워서 흘린 땀인지 분간할 수 없었다. 피해자 가족들 쪽에서 욕설과 심한 말이 시도 때도 없이 넘어왔다. 한마디 한마디가 경구의 폐부에 꽂혔다. 피할 수 없는 사고였지만, 인간의 성정이 매몰차게 흑과 백을 가릴 수 없는 상황이었다. 피해자 가족에게 미안한 마음을 안고 기나긴 현장 조사를 마친 후 빨랫줄에서 다 말라버린 시래기처럼 건조한 몸과 정신 상태로 귀가했다.

경구는 피고인이 되어 법정에 섰다. 그리고 그 법정에서 같은 운전 밥 먹는다고 생각해 노란 타이탄 트럭 기사가 고맙게도 일부러 나와 증인으로 사고 경황을 설명했다. 교통사고처리 특례법 위반으로 치사 사건에 배당된 법정은 단출했다. 법원 관람석에는 차 주인 사장과 피해자 측 가족만 우두커니 앉아있었다. 나이가 얼마 되지 않은 젊은 판사는 검찰 측과 변호인 측 이야기를 최종으로 듣고, 마지막 선고를 앞두고 피의자에게 발언 기회를 주었다. 경구는 '피해자의 명복을 빈다.'라는 한마디로 말을 마쳤다. 이윽고 판결을 선고했다. 무죄였다. 도로 구조상 이 차선에서 불법으로 갑작스레 출현한 오토바이를 피할 시간이 없었고, 트럭은 제한 속도 범위 내에서 운행하였으며, 피해자가 도로 색과 비슷한 회색 옷을 입고 술이 덜 깬 만취 상태로 무단 추월하여 피고인에게 주의의무 위반이 있었다고 보기 어려울 뿐만 아니라 운전자는 교통관여자가 법규를 잘 지킬 것이라고 신뢰하여 운전하면 된다는 신뢰의 원칙이 적용된다는 판결이었다.

무죄를 받았건만 경구의 마음은 편치 않았다. 어찌 되었거나 자기 차에 치여 사람이 죽었다는 것은 참기 어려운 고통이었다. 무죄 선고를 받는 순간 덤덤하게 눈물이 흘렀다. 안도의 눈물이라기보다는 죄책감과 그동안의 과정을 되새기며 나오는 눈물이었다. 차 주인 사장은 경구의 어깨를 부축하며 법정을 터벅터벅 나왔고, 법원 밖 의자에 경구가 잠시 앉아있는 동안 사장은 어디서 구했는지 두부 한 모를 손에 받쳐 들고 다가왔다. 구치소를 나오거나 큰 사건을 치르고 나면 액땜으로 두부를 먹어야 한다는 사장의 말이 잘 들어올 리 없었다. 경구는 힘없이 두부의 한 모서리를 베어 물었다. 밍밍한 두부 맛이 그렇게나 씁쓸할 수 없었다. 두 입을 먹지 못하고 두부를 다시 사장에게 건넸다. 감사의 마음은 가벼운 눈인사로 대신했다. 그리고 피해자 가족에게 늦게나마 조의를 표하고자 방문하고 싶다는 말을 사장에게 전했다. 그러나 사장은 가족들의 마음 상태를 확인하고 가는 것이 누가 되지 않을 것이라 하여, 사장은 먼저 피해자 가족들이 조문을 받아들일 것인지 의향을 알아보기로 했다. 사장은 경구를 위해 발에 땀 나도록 열심이었다. 직원 이상으로 가족처럼 사건 처리를 하는 사장의 모습에 경구는 죄스러울 뿐이었다.

다음 날 사장은 피해자 측 가족이 조문을 거부한다는 말을 경구에게 전했다. 경구는 충분히 피해자 가족들의 마음을 이해했다. 역지사지로 보면 경구 자신도 같은 결정을 내릴 만했다. 사장은 며칠을 더 쉬고 마음이 안정되면 일하는 것이 어떤지 의사를 타진했다. 그동안 경구의 도라쿠는 대체한 운전기사, 일명 스페어(spare) 운전사가 운행을 대신했다. 급조한 운전사라 최선을 다하지 않았고, 임시방편이라 그런지 책임감이나 열의가 부족해 사장 측에서도 큰 이익 없이 그냥 울며 겨자먹기 식으로 버티고 있었다. 경구는 교통사고 처리에 내 일처럼 손발 걷고 분주히 해결하고자 노력한 사장을 위해서라도 당장 내일부터 일을 다시 하겠다고 했다. 그동안 자의든 타의든 교통사고로 인해 피해가 이만저만이 아니었다. 사장은 이에 대해 한마디 언급도 하지 않고 오로지 사건 처리에 신경 써준 것이 정말 미안하고 고마웠다. 그에 대한 보답으로 내 일부터라도 일해야 마음이 편할 것 같았다.

그리고 경구는 생각했다. 피해자 가족들의 마음이 진정되면 피해자가 안치된 묘소를 나중에 꼭 방문해 죄스러운 마음을 전해야겠다고. 우선 숙소 근처의 절이나 교회를 찾아 피해자의 극락왕생이나 천당 안착을 간절하게 기도드리고자 했다. 사고 난 지역도 다시 찾아가 국화꽃 한 송이라도 놓고 명복을 빌어야겠다고 다짐했다. 피해자에 대한 정리가 좀 마무리되면 실곡마을에 있는 가족도 찾아가 그동안 바쁘게 살아온 인생에 다독거림을 받으며 위로도 받고 싶었다. 불현듯 가족의 소중함이 느껴지고 그리워졌다. 이토록 힘들었던 여름이 지나면 이틀을 잡아 순덕이와 함께 소고기 서 근에 어머니 꽃신 한 켤레, 범구 노리개 하나를 사서 꼭 들르리라. 하룻저녁을 새까맣게 지새우며 그동안 각자의 세상에서 있었던 모든 일을 나눌 것이다.

대략 교통사고 처리가 끝나가자 그동안 두문불출하며 연락이 없었던 경구에게 무슨 일이 있음을 눈치챈 순덕에게 연락이 왔다. 경구는 지칠 대로 지쳐 기댈 사람을 찾고 있던 터라, 새로 내일부터 출근하기 전에 순덕을 만나기로 결심했다. 대전행 버스를 타고 오후 두 시가 다 되어 순덕을 만났다. 순덕도 버스회사에 급한 일이 있다며 조퇴를 내고 보문산 입구로 나왔다. 보문산을 오르는 오솔길 중턱에 놓인 숲속 의자에 둘은 앉았다. 경구는 굴참나무 아래 통나무 모양을 한 시멘트 의자에 한적하게 앉아있으니, 금세 마음이 편했다. 순덕이랑 있는 게 그토록 편안하고 안정적일 수가 없었다. 해쓱해진 경구의 모습에 순덕은 적잖게 놀랐다. 무슨 일이 있었음을 인지한 순덕은 궁금해서 사정 얘기를 재촉했다. 경구는 정식 기사 된 이후 좀 일이 많아 힘들었을 뿐이며, 너무 바빠 자주 소식을 전하지 못함을 미안하다고 표현했다. 그러나 이 말을 순덕이가 믿을 리 만무했다. 무슨 일이 분명히 있었음을 직감하고 속내를 드러내도록 다그치고 다그쳤다. 아무 일도 없었다고 이야기를 했지만, 경구의 낯빛에는 순덕이가 알아주기를 바라는 마음이 고스란히 비추어졌다.

경구는 오른쪽 눈에서부터 스르르 눈물이 흘러내렸다. 곧이어 왼쪽 눈에서도 갯지렁이 같은 눈물이 좌르르 흘렀다. 그러더니 시간이 잠시 지나자 잔잔한 소리까지 내면서 훌쩍였다. 터져버린 눈물 보따리는 끊임없이 눈 속의 물들을 볼 빰에 분출했다. 순덕이는 '경구가 무슨 일이 단단히 났구나.' 하며 그의 어깨를 가만히 토닥거렸다. 순덕이는 경구가 마음을 추스를 수 있도록 여유의 시간을 주었다. 남의 가슴 아픈 이야기일수록 기다림의 미학이 필요함을 알기 때문이다. 자신도 울고 싶을 때 실컷 울고 나면 속이 시원한 것을 여러 번 경험한 적이 있다. 얼마의 시간이 흘렀을까. 경구는 창피하기도 하고 어이가 없기도 한 표정을 지으며 눈물을 멈추고 깊게 한숨을 내쉬었다. 그리고 교통사고 당일의 이야기와 그간의 사건 처리 과정을 간략하게 정리해 차근차근 이야기하기 시작했다.

순덕은 경구가 그 큰일을 어찌 감당하고 헤쳐 나갔을까? 경구가 우러러 보였다. 그 큰일을 감내하며 지금까지 이겨낸 몸과 맘이 피폐해질 대로 피폐해졌을 텐데. 장하고 고마웠다. '경구야! 그간 몸과 마음고생이 컸겠구나. 애썼다. 돌아가신 그분의 명복을 빌고 기운 내서 내일을 준비하자.'라는 말로 다독거릴 뿐이었다. 순덕이는 내가 그런 처지라면 어찌 했을까. 아마 감당하지 못하고 극한 상황에서 자살까지 생각할 수도 있을 것 같았다. 인생은 아픈 만큼 성숙해지고, 비 온 뒤에 땅은 굳으며, 긴 장마 끝에 무지개가 핀다고 했지만, 그 통과 의례가 어느 날 갑자기 찾아올 때 과연 어찌 처신할 것인가를 곰곰이 그려보았다. 상상만 해보아도 머리가 절레절레 흔들렸다.

상대방의 고통을 같이 나누기만 하여도 반 이상은 치유된다고 했던가. 경구는 속내를 순덕에게 툭 털어놓으니, 전보다 홀가분해졌다. 순덕이의 말처럼 과거에만 머물 수 없는 것이 인생이었다. 이 일을 계기로 더더욱 조심하고 강단진 마음으로 삶을 개척해야겠다고 다시 한 번 다짐하였다. 명천으로 떠나는 경구에게 순덕은 오른쪽 주먹을 꼭 쥐고 힘내라는 행동을 보여주었다. '넌 이겨낼 수 있어. 우리는 내일이 있는 거야.' 하며 힘을 주었다. 명천행 버스 차창에서 쳐다보는 순덕이의 모습은 미국 뉴욕에 있는 자유의 여신상이었다.

올여름은 유난히 더웠다. 중부권은 20년 만에 수은주가 최고치를 달린다며 방송에서는 호들갑을 떨고, 불타는 태양은 뙤약볕으로 도로의 아스팔트를 지글거리는 용광로처럼 달구어 흐물거리게 했다. 그러나 경구의 마음은 습기를 잔뜩 머금은 바람이 힘없이 늘어뜨린 능수버들을 비껴가듯 축축하고 버거웠다. 그리운 실곡마을에 어느샌가 마음은 가고 있었다. 가족들을 보며 울고 웃고 마음을 달래고 싶었다. 매안산 양지뜸에도 올라 퉁소 소리를 흐드러지게 불러보고 싶었다. 그 소리에 누렁이가 좋아하는 개찌리가 살랑거릴 모습을 그려본다. 높디높은 태학산도 정상을 정복해 보리라 마음을 다진다. 열흘이 지나고 순덕과 고향 방문 날짜를 잡았다. 그날을 위해 힘차게 하루를 출발했다. 그러는 사이 도라쿠의 아침 라디오에서는 차범근이 서독 축구단에 입단했다고 소식을 전하며 이는 한국 축구 역사상 경이로운 일이라고 스포츠 기자는 자평하고 있었다.

19

갈매기의 꿈

괭이갈매기가 떼를 지어 천수만 죽도(竹島) 자락에 입항하는 통통배를 좇아 끼룩대고 있다. 몸 윗면의 청회색이 파란 바다 물결과 잿빛 갯벌에 동화되어 청색으로도 보이고, 회색으로도 보인다. 꼬리 끝의 검은 띠와 다리 쪽 노란색이 퍼덕거리는 저 새가 괭이갈매기임을 알려준다. 수십 마리가 배 위를 선회하며 어선에서 흘러내리는 떡고물이라도 얻어먹을 심사로 부지런한 날갯짓을 한다. 통통배는 우럭이나 노래미를 잡는 주낙 어선으로 선미에는 얼레에 감긴 여러 개의 낚싯줄이 감겨 있다. 뱃고동 소리를 울리며 들어오는 천북 2호 선장은 신이 나서 입이 헤벌쭉하다. 홍성의 청룡산과 형산에서 조그마한 개천으로 발원한 물줄기는 산을 휘돌아 나오며 금리천으로 명명되다가 갈록산 골짜기에서 나오는 대판천과 합세하고 점점 세를 늘린다. 해발 백여 미터의 성호리 왕자산 끝자락에 다다르면 폭이 오백여 미터를 족히 넘긴다. 도도하고 유유히 흐르는 위용이 중국 황하에 못지않다.

해 질 녘의 서해안 물빛은 푸른 빛에서 서서히 누렇게 변하더니, 이제는 주황빛을 완연히 띠고 있다. 북서쪽 남당항에서 불어오는 하늬바람은 초겨울에도 기세를 떨치며 수룡 포구로 몰려오고 있다. 금리천이 서해와 만나는 하구에는 펄이 질펀하게 자리를 잡았고, 거기서 올 초 뿌리를 내린 새끼 굴들은 우후죽순처럼 하룻날 파도에 껍데기를 넓혀가고 있다. 연초록 감태도 걸림돌이 될 곳을 찾아 자리를 잡고 서서히 숱을 늘린다. 날다가 지친 괭이갈매기 한 쌍은 갯벌에 내려앉아 구멍 난 갯벌을 쪼며 허기를 달래고자 방아질을 해댄다. 갯벌 밖 식생들은 겨울맞이를 준비하느라 최대한 몸을 움츠리고 쌍패류와 권패류 조개들도 갯벌 깊숙한 곳에 자리를 잡고 동면을 꼼꼼하게 맞이하는 중이다. 금리천은 천북면 장은리 마을 쪽으로 여울을 이루어 쏜살같이 달음질을 하고 이를 남녘에서 지켜보는 봉화산은 넉넉하게 서해와 하구를 담아내고 있다. 마을 중동부로 오성들판이 널브러져 있으며 장은천을 중심으로 해안에는 대여섯 집이 천막을 치고, 다가오는 제철을 맞아 굴 손질에 손을 바지런히 움직인다. 동네 개들도 분주한 주인들의 손길에 뭐가 좋은지 껑충껑충 뛰놀며 왔다 갔다 한다.

머리에 수건을 질끈 두르고 무거운 임산부의 몸으로 쭈그려 앉아 난든집이 난 손으로 굴 손질을 야무지게 하는 아낙은 십 분이 멀다 하고 허리를 중간에 펴며 머리에 땀을 펄펄 흘리고 있다. 이를 안타깝게 보고 있던 예순 가까운 여인네가 한마디 거든다.

"갑례야, 몸도 무거운디 그만 허구 방에 들어가 쉬어."

갑례는 손으로 이마를 한번 쓸어내리면서

"아뉴, 괜찮유 아줌니. 놀면 뭐해유? 이래야 운동도 되고 좋쥬."

여인네는 못마땅한 말투로

"들어가래두 그러네. 니가 안 혀두 내가 다 혀놓을팅게 들어가!"

갑례는 미안한 마음이 있으나, 여인네의 말을 못 이기는 척하며 대꾸한다.

"그류, 그럼. 전 들어가 쬐금만 쉬고 올팅게 지가 헐 양은 냄겨두셔유. 잠깐 쉬다올게유."

갑례는 무거운 허리춤에 두 손을 얹고 '끙'하며 일어선다. 불과 다섯 달도 안 되었는데, 배가 볼록하게 올라오고 몸이 무거웠다. 올겨울 참굴을 잘 팔아야 1년을 나는데, 걱정도 든다. 굴도 크게 네 종류가 있는데, 단연 맛으로 참굴이 최고다. 흔히들 이곳 사람들은 석화라 하는데, 굴 빛깔이 밝고 선명하며 탱글탱글한 탄력까지 있어 먹을 때 아주 제격이다. 제주도나 울릉도에 나는 바위굴은 여름이 오히려 제철인 것으로, 자연산만 가능하고 크기도 큰 편이라 아기자기한 맛이 없다. 또 섬진강 하구나 하동 등지에서 나는 벗굴은 강에서 나는 굴로 비린 맛이 별로 없고 짜지 않은 것이 특징이긴 하나, 짭조름한 고유의 맛이 없다. 목포나 신안 근방에서 자라는 돌굴은 또 어떤가. 오른쪽 껍데기에 흑대롱 가시가 있고 맛과 향이 진한 편이지만, 크기가 잘은 편이다. 반면에 참굴은 앙증맞게 크기도 적당하고 짠 기도 적당한 것이 탱탱한 식감까지 있어 사람마다 차이는 있으나, 참굴을 먹어본 사람은 참굴만 찾는다.

명천에서 몸뚱어리만 들고 박 기사와 나와 이곳저곳 헤매다가 정착한 곳이 이곳 보령(保寧)의 천북(川北)이었다. 행정구역상 보령군이라 하지만, 북쪽 끄트머리에 위치해 오히려 홍성군 광천읍이 더 가깝고 지리적으로도 금리천이 있어 그렇지 홍성군에 인접한 고장이었다. 그래서 1900년도까지는 홍성군에 속하기도 했었다. 좀 외지고 교통이 불편했지만 한적(閑寂)하고 한만(閑漫)스러운 고장이다. 이곳에 내려와 쉰 가구가 안 되는 마을 사람들에게 인사하고 정을 통한 지 이태가 거의 되었다. 갯벌 사람들이라 억세고 거칠 거라고 남들이 말했지만, 그건 사람 살아가는 방식이기에 문제가 될 수 없었다. 젊은 내외가 이곳에 내려왔을 때, 처음엔 가시눈을 뜨고 요모조모 조심스레 보더니, 거짓 없이 성실하게 살아가는 모습을 지켜보며 한두 명씩 다가오며 살갑게 대해주었다. 사람 사는 세상이 다 그렇듯이, 이방인의 출현에 헤살과 입방아를 놓기도 하지만, 텃세라기보다는 그에 관한 관심일 뿐이었다. 어느 누가 낯모르는 새 사람의 출현에 달갑게 맞이할 곳이 있을까. 박 기사와 갑례는 그저 인사 잘하고 조그만 점방 크기의 가게를 얻어 탁자 놓고 집기 사들이고, 조리 도구 장만하며 묵묵히 지냈다. 마을 이장님께 이사를 온 사정을 얘기하고 열심히 살면서 동네일에 최선을 다해 솔선수범하겠노라고 다짐한 다음부터는 더더욱 이웃들이 한발 한발 다가왔다. 1.5톤 되는 트럭 중고를 백만 원에 사고, 가게도 마침 자식 뒷바라지 때문에 팔고 상경하려는 집을 용케 잘 만나 시세보다 저렴하게 얻었다. 식도 올리지 않고 살림부터 차린 갑례 부부는 박 기사의 운전 기술 덕분인지 동네 사람들에게 쉽게 다가갈 수 있었고, 운송 수단으로써 트럭은 최고인지라 모두들 환영하는 눈치였다. 박 기사는 어항으로 들어오는 석화들을 각 가게에 운송하기도 하고 때에 따라서는 가까운 대천을 비롯해 천안, 대전, 심지어 서울까지 해산물과 석화를 실어 날랐다.

가게 안으로 들어가면서 광천에서 들어오는 길을 향해 손갓을 하고 쳐다보지만, 남편 트럭이 오는 모습은 없었다. 남편 박 기사는 사람들과 어울리면서 서서히 말문을 트기 시작했다. 그토록 묵묵부답이었던 사람이 이제야 마음을 열기 시작한 것이었다. 그래도 가끔 천북 지서에서 경찰이 나와 이것저것 묻고 감시하는 흉내를 냈지만, 명천에 있을 때보다는 훨씬 그 횟수도 줄고 감시의 눈초리도 없어졌다. 그러면서 박 기사는 편안해했고, 눈빛이 예전의 다정한 그것으로 서서히 돌아왔다. 박 기사는 우연히 잡지를 보다가 알게 된 시 한 편을 하얀 백지에 옮겨 적었다. 적어서 대천 시내로 나간 어느 날 코팅 기계가 있는 문방구에 들러 곱디곱게 코팅까지 해서 운전석 대시 보시 위에 찰싹 붙여놓고 시간만 나면 읽고 또 읽었다. 읽을수록 입에 착 감기는 감칠맛이 운전사로서 살아온 자신을 돌이켜보게 했다.

길 위에 있는 동안 행복하다

김재진

둥근 우주같이 파꽃이 피고
살구나무 열매가 머리 위에 매달릴 때
가진 것 하나 없어도 나는
걸을 수 있는 동안 행복하다.

구두 아래 길들이 노래하며 밟히고
햇볕에 돌들이 빵처럼 구워질 때
새처럼 앉아있는 후박 꽃 바라보며
코끝을 만지는 향기는
비어 있기에 향기롭다.

배드민턴 치듯 가벼워지고 있는
산들의 저 연둣빛
기다릴 사람 없어도 나무는
늘 문밖에 서 있다.

길들을 사색하는 마음속의 작은 창문
창이 있기에 집들은 다 반짝거릴 수 있다.
아무것도 찌르지 못할 가시 하나 내보이며
찔레가 어느새 울타리를 넘어가고
울타리 밖은 곧 여름
마음의 경계 울타리 넘듯 넘어가며
걷고 있는 두 다리는 길 위에 있는 동안
행복하다.

갑례 부부는 정착하면서 끝없는 바다를 한참 동안 보고 또 보았다. 서해는 그들에게 모든 것을 안아두고 보듬어주었다. 세상의 가장 낮은 곳에서 만물을 포용하며 한가로움을 즐기는 바다가 참 좋았다. 부부는 건너편 안면도가 보이는 봉화산까지 올라 저 큰 바다 너머의 안면도를 동경하기도 했고, 마을에서 북서쪽의 죽도를 보면서도 대나무가 얼마나 있을까 그려보았다. 바다는 연초록일 때도 있고, 진한 푸른빛도 띠었으며 저녁 무렵은 황금빛, 한밤중에는 칠흑처럼 캄캄하기도 했다. 하루의 빛깔도 다 다를 뿐만 아니라 계절마다 풍광도 달랐다. 봄에는 살랑살랑하는 처녀의 치맛자락처럼 일렁거리며 연둣빛을 자아내고, 여름엔 검푸른색을 지닌 채 넘실넘실 만물을 삼키듯 달려들었으며, 가을엔 우수수 떨어지는 낙엽을 고스란히 지닌 갈빛으로 유유히 흘러내리고, 겨울엔 백색과 투명의 얼음과 육각수로 차디차고 맹렬하게 날을 세웠다. 박 기사와 갑례는 철마다 가게 앞에 놓인 들마루 위에서 최근 유행하는 맥심커피 한 잔씩을 타 손에 들고 나란히 서해를 쳐다본다. 갑례는 최근 유행하는 '유심초'라는 가수의 「사랑이여」를 박 기사의 어깨에 머리를 기댄 채 낮고 조용히 노래하면서 행복감에 젖었다.

별처럼 아름다운 사랑이여
꿈처럼 행복했던 사랑이여
머물고 간 바람처럼
기약 없이 멀어져간 내 사랑아

한 송이 꽃으로 피어나라
지지 않는 사랑의 꽃으로
다시 한 번 내 가슴에
돌아오라 사랑이여, 내 사랑아!

아! 사랑은 타버린 불꽃
아! 사랑은 한 줄기 바람인 것을
아! 까맣게 잊으려 해도
왜 나는 너를 잊지 못하나?

오! 내 사랑, 오! 내 사랑
영원토록 못 잊어, 못 잊어

조용히 눈을 감고 갑례가 이 노래를 읊조리고 나면 이어서 박 기사는 자신이 좋아하는 함중아의 「안개 속의 두 그림자」를 즐겨 불렀다.

자욱한 안개 속에
희미한 가로등 아래
쓸쓸한 두 그림자
아무 말 없이 마지막 잡은 손
따스하던 그 손길이
싸늘히 식어가지만
너를 위해 보내야지,
너를 위해 가야지.

자욱한 안개 속에
희미한 가로등 아래
쓸쓸한 두 그림자
아무 말 없이 돌아서야 하는가?
다정했던 그 추억에
미련을 두지 말자.

너를 위해 보내야지,
너를 위해 가야지.

갑례 부부는 둘이 한몸이 된 연리지처럼 몸과 맘이 하나가 되었다. 비록 정식으로 결혼식을 올리지 않고 웨딩드레스도 입어보진 않았지만, 아쉽지는 않았다. 박 기사는 갑례를 누구보다 아끼고 사랑했으며 갑례 또한 세상 무엇보다도 박 기사를 위하니, 두 사람에게 미움과 갈등은 없었다. 그러면서 자연스레 사랑의 결실도 찾아왔다. 갑례는 허술한 식당을 운영하지만 힘들다는 기색 없이 하루하루를 보냈다. 그녀의 손맛이 인근에 소문이 나면서 식당 매출도 서서히 늘었다. 남들이 흔히 하는 입덧도 그녀에게는 사치였다. 있어도 꾹 참고 표현하지 않을까도 몰랐다. 주위에서 어르신들이 배 모양을 보고 오뚝하고 뾰족한 것이 딸이라고 떠들었다. 박 기사는 둘 이상을 제한하는 산아 제한의 국가 정책은 고려하지 않고 되도록 많은 자식을 두고 싶었다. 그렇게 마음을 먹었기에 첫딸은 살림 밑천이라는 말이 아니라도 무조건 좋았다. 그냥 무럭무럭 잘 자라 순산하기만을 간절히 바랐다.

박 기사는 천북 하늘 아래가 참으로 포근했다. 아침저녁으로 툭 터진 바다를 보면 괭이갈매기가 반갑게 맞아주었고, 봉화산 기슭에서 떠오르는 해는 답답한 속을 뻥 뚫어주었다. 지는 태양은 해돋이보다 휘황찬란해 황금빛으로 뛰놀았고, 그 후의 보랏빛 노을은 잔잔한 가슴에 보석을 안겨주었다. 갑례는 자신에게 온몸을 다해 정성껏 보살폈다. 동네 사람들도 처음에는 어색했지만, 이제는 제 식구 감싸듯 찬사와 갈채를 아끼지 않았다. 물때를 잘 즈음해 새벽에 손전등과 삽 하나를 들고 갯벌에 나가 쓰러진 소를 치료한다는 낙지를 손에 넣고, 바위나 모래톱 사이에서 가만히 움츠려있는 소라를 주워오는 일도 행복감을 만끽하게 했다.

날 뜨거운 대낮이라도 갯벌 위에 발갛게 촉을 세운 함초들의 열병식이 펼쳐지고, 그 끝 모래밭에 움을 틔워 꽃을 하얗게 피우고 부끄럽게 씨앗을 다듬는 쑥부쟁이의 낯가림이 웃음을 짓게 했다. 리아스식으로 구불구불한 해안선에 줄지어 선 한 길 길이의 갈대 군단들이 바람 소리를 감싸 안으며 내는 까칠함은 라디오 에프엠에서 울려 퍼지는 클래식 연주에 버금갔다.

천북에 내려와서는 돈 욕심을 덜 부리고 자신의 삶을 여유롭게 다루고 싶었다. 그에 관해 박 기사와 갑례는 의견이 일치했고, 중고 트럭으로 하는 화물 운송도 악착같이 달려들지 않았다. 일이 있으면 다녀오고 없으면 갑례를 도와 식당을 운영하면 그뿐이었다. 그리고 자투리로 생긴 시간에 틈틈이 책을 사서 읽고, 화구도 기본으로 갖추어 낙서와 같은 그림도 그려보았다. 그리고 그 감회를 글로도 남겨보았다. 이 아름다운 풍광과 넉넉함 속에 놓여있는 인생을 표출하지 않고는 참을 수가 없었다.

20

안녕! 이 세상

그러나 시간이 지나면서 박 기사는 자신도 모르게 마음 한편에 갈증이 심해졌다. 이상했다. 마치 주변에 물은 많은데, 모두 바닷물이라 먹을수록 갈증이 더 심해지는 것처럼. 서서히 사람들이 모여있으면 가기 싫고 다가오는 것이 두려웠으며, 다가가는 것은 더더욱 귀찮았다. 두통이 자주 왔다. 혼자 있는 시간이 많아졌다. 점점 감정은 메말라갔고 말수가 전처럼 적어졌다. 환청이나 망상이 생기면서 사는 재미가 없고 삶의 의욕이 줄었다. 어렵게 말을 꺼내도 횡설수설하니 무슨 말을 하는지 몰랐다. 끊임없이 대공분실에서 있었던 조사관의 말소리가 귓바퀴를 맴돌고, 갑자기 눈앞에 나타났다 사라지기도 했으며, 길을 걷거나 차를 운행할 때 늘 누군가 미행을 하며 뒤를 따랐다. 이를 깨달은 갑례는 피곤이 누적되어 그런가 해서 전복과 장어, 닭을 푹 삶아 먹이고 기력 회복을 위해 영양제도 여러 차례 챙겼다. 최근 대대적으로 선전하는 일양양행의 바이스탁 영양제와 유한양행의 그랑패롤 영양제도 거금 이만 원을 들여 사 먹였다. 그러나 개전의 모습은 없었다. 갑례는 때론 울면서 때론 큰소리로 '여보! 정신 똑바로 차려 보세요.'라며 하소연을 했지만, 박 기사의 증세는 날로 심해지면 심해졌지 좀처럼 나아지지 않았다.

결국, 부부는 천안에 있는 대학병원을 찾았고, 거기서 박 기사는 조현병이라는 결과가 나왔다. 치료는 정신과 전문의와 상담하면서 박 기사의 경험, 생각, 느낌을 이해하고 공감적인 관계를 바탕으로 왜곡된 생각을 교정하는 치료가 일차로 진행되었고, 갑례도 가족으로서 조현병에 대한 이해를 높임으로써 박 기사에게 지지적이고 협조적인 환경을 만들어주어 조현병의 재발률을 줄일 수 있도록 하였다. 그래야만 위기 상황에 부닥쳤을 때 적절한 대처 방안을 찾아 위험한 상황을 슬기롭게 해결할 수 있다는 것이다.

그러나 박 기사는 항상 아린 생채기가 남아있었다. 도회지에서 십 년 가까이 살면서 몸으로 얻은 경험과 습관을 다 떨어버리지 못해서인지, 아니면 대공분실을 다녀온 후 대중을 보면 피하고 그들이 자신의 이야기만 하는 헛소리와 환청이 머리를 혼란스럽게 했다. 박 기사는 행복했지만, 도시인의 바쁜 삶을 은연중에 동경하고 있었다. 시간은 많고 갑례와 같이 하는 식당엔 항상 술과 안주가 준비되어 있었다. 처음에 한두 잔 하던 술버릇이 점점 늘더니, 이제는 한두 병은 간에 기별도 가지 않고 서너 병은 마셔야 불콰했으며, 하루도 술을 마시지 않고는 잠들 수 없는 지경까지 다다랐다. 술을 먹으면 머리가 빙빙 도는 게, 마치 구름 위를 걷는 듯 포근하게 푹신하다. 가슴이 떨리지 않는다. 이런저런 생각을 재지 않고 생각나는 대로 말할 용기가 충만하다. 웃음이 연이어 나오고 온몸에 힘이 충전된다. 비몽사몽 한 정신에 잠도 쏟아진다. 좀 심하면 앞이 뿌옇고 사물이 잘 보이지 않을 때도 있다. 그러나 겁나지 않는다. 몸은 너풀대고 한결 가볍다. 어깨춤도 절로 난다. 술은 아무리 생각해보아도 향정신성 약물인 것은 정확하다. 그러나 이것은 마약류로 분류하지 않고 심지어 남정네들 세계에서는 권장하는 요물이 되었으니, 참으로 재미있는 세상이었다. 갑례는 조현병을 지닌 채 점점 심해지는 박 기사의 알코올 중독을 여러모로 말리고자 하였으나, 그것마저 없으면 자기는 미쳐버릴 것이라고 우격다짐을 하니, 그냥 보고만 있을 수밖에 없었다. 그러나 점점 주량이 많아지고 그로 인한 실수가 깊어지며 바싹바싹 마른 채 쇠약해지는 몸이 항상 걱정이었다.

박 기사도 자신의 이러한 모습을 탈피하고자 전혀 노력하지 않은 것은 아니다. 그래서 일부러 책 읽기에 빠져들기도 했다. 특히 올 5월 '책주머니' 출판사에서 출간한 미국 '딘 쿤츠(Din Coontz)'의 소설 『그늘의 눈동자(The Eyes of Shadow)』는 미래 가상소설치고 꽤 흥미로웠다. 특히 내용 중엔 이런 내용도 있었다.

> 2020년경, 허파와 기관지를 공격하며 이제껏 알려진 모든 치료법에 저항하는 심각한 폐렴 같은 질병이 전 세계에 퍼질 것이다. 이 바이러스는 야생 동물로부터 기원했으나 사람들에게 옮겨지면서 그 퍼지는 파장이 쾌속에 가깝다.
>
> (중략)
>
> 중국 우한 외곽 소재 RDNA 실험실에서 만들어진 그것을 '우한-400'이라 불렀다. 이 바이러스는 변종으로도 발전하는데, 그 속도 또한 엄청나다.

과거 14세기 중앙아시아 건조 평원에서 발원해 비단길을 타거나 지중해를 따라 동양 쥐벼룩이 옮긴 흑사병으로 최대 2억 명이 사망한 유럽 흑사병 사건을 방불케 하는 이야기를 가상으로 옮긴 소설이다. 작가의 복선 처리 능력과 상상력에 탄복하면서 만화책처럼 재미있게 읽었다. 그리고 최근에는 주목받는 작가, 주종래의 소설들 전부를 사서 읽었다. 그의 『비탈진 응달』은 1970년대 우리 사회가 안고 있는 농촌의 붕괴, 재벌적 민주주의의 정착으로 인한 빈부 격차, 그리고 그 그늘에 가려진 도시 빈민들의 모습을 진솔하게 그려져 현실의 과제를 던져주었고, 『어떤

화가의 죽음』 또한 1970년대의 과도한 경제개발 우선 정책으로 파생된 사회인들의 고통과 처절한 모습, 막강한 절대 권력과의 갈등을 잘 담아내고 있었다. 그의 소설 중 아직 읽어보지 못한 『누런 흙』, 『도외시하는 벽』, 『소장경』도 곧 읽을 예정인데, 글에 빠지면 도낏자루 썩는지 모른다는 말처럼 하염없이 세월은 흘렀다.

그러나 책은 그때뿐이었다. 읽을 때만 잠시 정신을 차리고 술을 잊을 뿐이었다. 밤이 무섭고 두려웠다. 환각과 망상이 찾아들었다. 얼굴에 누가 물을 들이붓고, 머리를 물속에 자꾸 집어넣었다. 동네 사람들이 자기를 보고 비웃기도 하고 손가락질을 하며 혀를 끌끌 차기도 했다. 밤마다 사람들이 자기 얘기만 쑥덕쑥덕했다. 그럴 때면 영락없이 술을 먹어야 했다. 소주만이 자신을 지켜주었다. 두 병까지 안주 없는 강소주로 들이붓는다. 서서히 정신이 몽롱해지고 몸이 가벼워졌다. 노래가 절로 나오고 큰 목소리로 고래고래 소리를 질렀다. 두 병을 더 먹는다. 정신은 더 말짱해진다. 눈앞은 부연했지만, 생각은 더 초롱초롱해진다. 한 병을 더 먹는다. 겨드랑이에 날개가 돋친다. 훨훨 날아가는 기분이다. 몸은 새 깃털처럼 가볍다. 서서히 눈이 감기며 잠도 온다.

이렇게 점점 하루를 고통스럽게 살아가는 박 기사를 갑례는 우두커니 지켜볼 수밖에 없었다. 박 기사를 주위 사람들에게 신경 쓰지 말고 마음 흐르는 데로 내버려두는 것이 좋을 것 같았다. 흐르는 물도 막아버리면 잠시 그때만 멈출 뿐이지 점점 세력과 수압이 커지면서 봇물 터지면 큰 화를 입고, 가두어버리면 썩어 물고기는 죽어가고 악취를 풍기는 것처럼, 마음도 막힘 없이, 담아둠 없이 훌훌 떨어버리는 것이 상책이리라. 그러나 점점 주량이 많아지고, 얼굴은 피골이 상접하니 육체의 볼품이 천해서 그게 걱정이었다. 갑례의 근심·걱정에도 아랑곳하지 않고 박 기사는 소주도 이제는 알코올 도수가 낮은지 사백 원 하는 동해백주 30도짜리를 전전하다가 이것도 부족했던지 롯데 주조에서 만든 35도 캡틴큐를 품에 끼고 살아갔다.

12월이다. 이제 세밑으로 한 달이면 또 한 해가 간다. 그 이튿날은 텔레비전을 보다가 MBC 저녁 뉴스에 방송 개국 20주년이라면서 이득렬 앵커가 특집방송을 나불댔고, 구수한 목소리의 김동완 통보관이 내일 날씨는 최저 영하 10도에 최고 영상 3도라고 말한다. 제법 맹위를 떨치는 추위. 맛깔스러운 갑례의 손맛에 대한 입소문을 듣고 하나둘 찾아오는 단골들이 늘어갔다. 석화구이와 굴회 그리고 밀가루로 손 반죽을 쫀쫀하게 치대서 만든 면발에 굴은 한 움큼 집어넣은 굴칼국수를 먹기 위해 그들은 한겨울에 겯불을 쬐기 위해 모인 인부들처럼 여기저기서 갑례의 식당을 찾았다.

한편 박 기사는 겨울이 깊어지면서 하루하루가 형틀에 묶인 죄수처럼 고통스러워하며 앓는 소리를 부르짖었다. 밤마다 천북 해안에서 대천해수욕장이 보이는 남쪽을 그리운 눈짓으로 내려본다. 밤에 보이는 해수욕장의 불빛은 박 기사에게 도시의 향수를 불러일으키기에 충분했다. 갑례와 부부의 연을 맺고, 고요하며 한적한 곳에 발을 디뎠지만, 마음은 점점 도회지의 삶을 그리워했다. 밤이 깊어질수록 향수병은 더 심해졌다. 큰 소리로 소리를 질러보고 윤수일의 유행가 「제2의 고향」을 읊조려보지만, 하면 할수록 가슴이 답답할 뿐이었다. 갑례를 옆에 끼고 잠자리에 누워보지만, 홑몸이 아닌 갑례는 하루가 노곤한 탓인지 등만 대면 잠 수렁에 빠져들었다. 그러한 갑례가 불쌍해 밖을 서성이다 그날은 1.5톤 중고 트럭 안에서 히터와 라디오를 틀고 잠들어버렸다.

이른 새벽 갑례는 곁에 없는 박 기사를 찾기 위해 허둥지둥 방을 나섰다. 큰 고생 없이 바로 차 안에서 잠든 박 기사를 확인하고 '휴우' 하는 안도의 한숨을 쉬었다. 그리곤 자칫 동사할 가능성이 있어 얼른 깨우고 뜨끈한 안방 아랫목에 눕혔다. 다음 주 화요일에 대학병원 정기 치료를 받으러 가야 하지만, 점점 심해지는 조현병과 알코올 중독을 조금이나마 치료하기 위해 이번 주 금요일이라도 찾아볼 요량이었다. 요즘 힘들어하는 박 기사를 손님이 점점 늘면서 관심을 가지지 못했다. 항상 옆에 있으면서 위로해주고 상담을 해주어야 호전됨을 잘 알지만, 목구멍의 포도청을 해결하기 위해 한 푼이라도 벌어야 했다. 박 기사의 행동이 남달라지면서 이웃들도 바쁜 한철이지만 박 기사의 트럭을 이용하지 않는 날이 많아졌다. 이에 반해 식당 일은 점점 많아지니 동네 아주머니 한 분을 보조로 쓰지만, 내 일처럼 다잡으며 야무지게 일하지는 않았다. 이것저것 바쁘게 신경 쓰며 살다 보니, 배 속의 태아도 뭉칠 때가 많았다. 그럴 때마다 손으로 배를 쓸어안으며 '아가야! 미안해.' 하면서 달래보는 일이 잦아졌다. 박 기사는 문득 갑례에게 한용운의 「고대(苦待)」라는 시 한 편을 백지에 써서 정자로 아주 잘 가다듬어 살포시 갖다 놓았다. 갑례는 읽어보면서 무슨 이야기인가 알듯도 하고 말듯도 하며 어리둥절하기만 했다.

고 대

한용운

당신은 나로 하여금 날마다 날마다 당신을 기다리게 합니다.

해가 저물어 산 그림자가 촌집을 덮을 때에

나는 기약 없는 기대를 가지고 마을 숲 밖에 가서 기다리고 있습니다.

소를 몰고 오는 아이들의 풀잎피리는 제소리에 목마칩니다.

숲들은 바람과의 유희를 그치고 잠잠히 섰습니다.
그것은 나에게 동정하는 표상입니다.
시내를 따라 굽이친 모랫길이 어둠의 품에 안겨서 잠들 때에
나는 고요하고 아득한 하늘에 긴 한숨의 사라진 자취를 남기고 게으른 걸음으로 돌아봅니다.

당신은 나로 하여금 날마다 날마다 당신을 기다리게 합니다.
어둠의 입이 황혼의 엷은 빛을 삼킬 때에
나는 시름없이 문밖에 서서 당신을 기다립니다.
다시 오는 별들은 고운 눈으로 반가운 표정을 빛내면서 머리를 좋아 다투어 인사합니다.

풀 사이의 벌레들은 이상한 노래로 백주의
모든 생명의 전쟁을 쉬게 하는 평화의 밤을 공양합니다.
네모진 작은 못의 연잎 위에 발자취 소리를 내는 실없는 바람이 나를 조롱할 때에
나는 아득한 생각이 날카로운 원망으로 화합니다.

당신은 나로 하여금 날마다 날마다 당신을 기다리게 합니다.
일정한 보조로 걸어가는 사정 없는 시간이 모든 희망을 채찍질하여 밤과 함께 몰아갈 때에
나는 쓸쓸한 잠자리에 누워서 당신을 기다립니다.
가슴 가운데의 저기압은 인생의 해안에 폭풍우를 지어서, 삼천세계는 유실되었습니다.
벗을 잃고 견디지 못하는 가없는 잔나비는 정의 삼림에서 저의 숨에 질식되었습니다.

우주와 인생의 근본 문제를 해결하는 대철학은 눈물의 삼매에 입정되었습니다.

나의 '기다림'은 나를 찾다가 못 찾고 저의 자신까지 잃어버렸습니다.

1981년의 끝자락에 다다랐다. 텔레비전에서는 올해의 방송음악대상 후보로 조용필, 송창식, 이정희, 윤형주, 인순이, 김만수, 현숙, 한경애, 김세환, 윤시내, 함중아, 혜은이, 윤수일, 이은하 등을 제시하면서 연말 분위기를 후끈하게 달궈놓았고, 결국 1981년 마지막 날을 하루 앞두고 치러진 시상식에서 조용필은 1,686표 중 983표의 득표로 남자 가수상을, 이정희는 1,686표 중 564표의 득표로 여자 가수상을 차지했다. 초미의 관심사 속에서 그날은 식당 손님도 일찍 끊어졌고, 텔레비전 앞에서 갑례는 과연 누가 가수왕을 수상할까 궁금해 넋 놓고 보던 날이었다.

이날도 박 기사는 초저녁부터 가게 안에서 두꺼비가 넙데데하게 자리 잡은 금복주 소주 세 병을 먹고, 전에 사놓은 캡틴큐 양주를 마지막으로 먹고 있었다. 양주병에 그려진 애꾸눈 선장의 웃는 얼굴이 참으로 호탕하고 부러웠다. 그 선장은 박 기사에게 '술 더 먹어, 겨우 그 정도야?' 하며 이야기를 건네는 것도 같고, '당신, 지금 뭐 하는 거야?' 하며 나무라는 것도 같다. 불콰해진 상태에 이르자 박 기사는 조용히 가게 문을 나서고, 남쪽 해수욕장 불빛을 향해 우두커니 모래사장 위에 앉았다. 지는 해가 아쉬웠던지 겨울 바다의 물빛은 암흑 그 자체였다.

가야만 한다. 내가 지금 여기서 무엇을 하는 것인가. 옛날 명천 시내에서 내로라하는 운전기사로 서울, 대전, 청주 등을 누비던 자신이 아니었던가. 새로운 신문물의 첨단 거리를 누비면서 이 세계를 선도하는 존재감이 있었다. 너무나 빨리 변하는 세상이지만 자기도 그곳에서 큰 역할을 한다고 자부했었다. 그런데 지금 이 꼴은 무엇인가. 이 깡촌에서 자신은 술에 찌들어, 망각과 환청에 시달리면서 서서히 죽어가는 것이 아닌가. 이건 아니다. 벗어나야 한다. 탈출해야 한다. 자리를 박차고 일어섰다. 그리고 정처 없이 발길을 옮겼다.

연말 방송대상 시상식 시청에 얼이 빠져있던 갑례는 갑자기 가게 안에서 술을 먹고 있는 박 기사가 궁금했다. 창호지 여닫이문 손잡이에 주먹만 하게 만들어놓은 유리창을 통해 가게 안을 살핀다. 언제 나갔는지 박 기사가 없다. 걱정된 갑례는 옷을 주섬주섬 입고 가게 문을 나선다. 해변은 매서운 찬바람으로 고요하니 인적 하나 없었고, 찰랑대는 파도 소리만 반복적으로 울려 퍼졌다. 괭이갈매기 한 마리가 유독 울부짖으며 큰 소리로 찬 바람을 뚫고 왔다 갔다 나는데, 성가시게 그 소리가 처량하기도 했다. 가게 뒤편에 세워둔 트럭으로 향했다. 박 기사는 차 안에서 숨죽이고 조용히 곯아떨어져 있었다. 자는 사람을 깨워 방안으로 가자고 할까 하다가 별일이야 있겠는가 하는 생각에 그냥 내버려두기로 한다. 단, 얼어 죽을 염려가 있으니, 차창을 조금 열고 차 시동을 켜서 히터를 좀 올려놓고 왔다. 이런 일이 오늘만 있던 것도 아니고, 자신의 몸도 무거워 자는 사람을 부축해 방안으로 데려가는 것이 여간 부담되지 않아 내린 결정이다.

다음 날 아침, 갑례는 굴에 미역을 넣고 해장국을 맛깔나게 만들었다. 그리고 트럭 안에서 자고 있을 박 기사를 깨우기 위해 가게 뒤쪽으로 향했다. 아직도 세상 모르게 자고 있는 박 기사의 모습에 피식 찬웃음이 일었다. 갑례는 속으로 그런 생각을 한다. '저 사람처럼 속 편한 사람은 대한민국 천지에 없을 것이여.' 했다. 그러면서 한편으로 불쌍한 연민의 정도 들었다. 도시에서 그 잘나가던 사람이 이곳에서 무료하게 지내는 것도 그렇고, 조현병에 시달려 밤마다 잠을 못 이루는 것도 안타깝고, 오로지 술만 찾으며 몸을 학대하는 모습이 안되었다.

트럭의 운전석 문을 열고 어렵게 발을 디뎌 차에 올랐다.

"여보! 어여 인나슈. 해가 중천에 떴슈. 아침 해장국 자시고 속 푸셔야지."

얼마나 술이 떡 될 정도로 먹었는지 미동도 하지 않는다. 앞유리 앞에 펼쳐진 해변을 보니, 새들도 벌써 일어나 무리 지어 날아다니고 있었다. 갑례는 재차 다그쳤다.

"이이가 오늘은 왜 그런댜. 어여 인나슈. 나두 오늘 헐 일 많으니, 어여 인나서 오늘은 굴 선별이나 도와주슈."

그러나 박 기사는 여전히 꿈쩍하지 않았다. 엎드려 자는 박 기사의 몸을 앞으로 세우며, 갑례는 소리를 높여 지청구했다.

"정말 이럴규? 빨랑 인나라니께. 이봐유. 정신 차류."

몸을 바로 눕힌 뒤 쳐다본 박 기사의 얼굴은 예전과 사뭇 달랐다. 갑례는 순간 섬찟함을 느낀다. 이거 뭐가 잘못되었는가 싶었다. 우두망찰한 가운데, 얼른 갑례는 귀를 박 기사의 코앞에 둔다. 숨소리가 거의 안 난다. 미세하게 '세엑~섹' 나지만 평소와는 다른 가냘픈 숨소리이다. 얼른 차 안을 둘러보았다. 밤에는 보이지 않았던 농약병 하나가 어디서 났는지 운전석 뒷공간에 휑뎅그렁하니 놓여있다.

"아뿔싸! 이게 뭔 일이랴!"

갑례는 정신없이 박 기사를 흔들었다. 가녀리고 나약한 미동만 있을 뿐이다. 눈을 뜨라고 볼 뺨을 몇 번 쳐보지만, 박 기사는 눈만 게슴츠레 실눈으로 뜨고 말 뿐이었다. 병원에 신속히 가야겠다고 생각한 갑례는 반 마장 떨어진 윤 씨 차주 댁으로 잰걸음 반, 뜀걸음 반으로 향했다. '어떻게 하나, 이를 어떻게 하나? 내가 죽일 년이지 저녁에 안방에 눕혀야 하는걸.' 얼른 차를 타고 가까운 보령병원으로 이송해야 했다. 혼

비백산한 가운데 배 속의 아기도 갑작스러운 상황에 스트레스를 받았는지 아주 탱탱하게 뭉쳐있었다. 그러나 지금 배 속의 아기가 문제가 아니었다. 인생의 반려자로 한평생 약속했던 내 사람이 죽을 지경인데, 우선 급한 불부터 꺼야 한다는 마음이었다. 2.5t 트럭을 가진 윤 씨는 사태의 심각성을 바로 알아차리고 차를 대령했다. 갑례는 우선 방 안으로 들어가 모아놓았던 돈과 급한 옷가지 몇 개를 챙긴 후 박 기사를 눕힌 채, 차에 올랐다. 보령병원으로 가는 길은 오늘따라 왜 이렇게 긴지 몰랐다. 반 시간이면 가는 거리였는데, 지금은 한두 시간이 걸리는 듯했다. 박 기사의 신음 소리는 점점 작아지고 있었다. 윤 기사도 최대한 액셀러레이터를 밟아 속도를 냈지만, 갑례에게 그 속도는 양에 차지 않았다. 갑례는 윤 기사에게 급하니, 속도를 최대로 내달라고 신신당부를 한다. 2.5톤의 화물차는 덜컥거리며 얼마 전 놓은 신작로를 신나게 달려나갔다.

박 기사는 그라목손이라는 제초제를 먹고 보령병원에 옮겨, 위 세척도 하고 응급 처치를 받았으나 끔찍할 정도로 고통스러워했다. 세척액으로 물 백 컵, 그러니까 이만 시시(CC)를 마셨고, 세척을 끊임없이 강행하였다. 그러나 워낙 독한 약 성분이 위에 퍼지면서 낯빛이 서서히 파랗게 되어갔고, 사나흘 후부터는 까맣게 변해갔다. 그 고통 속에서도 갑례에게 미안하다는 말을 몇 번이고 했고, 다음 인생에는 자기 같은 사람 절대 만나지 말라는 앞선 당부까지 했다. 박 기사가 힘들어하는 것을 알았지만, 농약 먹고 자살할 정도임을 몰랐던 갑례는 자신의 무관심 탓으로 생각하며 무한한 죄책감에 사로잡혔다. 제 남편이 자살을 각오할 정도로 힘든데, 오로지 돈 욕심에 한 푼 두 푼 음식 파는 데 여념이 없었으니. 갑례는 자신이 남편을 죽음으로 내몬 것 같아 괴로웠다. 닷새 동안 주치의의 바짓가랑이를 부여잡고 제발 살려달라고 하소연했지만, 현대 의학으로는 불가능하다는 말만 되풀이하였다. 큰 병원이 나을 거라는 의사의 말에 가까운 천안의 대학병원으로 급히 옮겼다. 혈액 투석도 한두 번 해보았으나 호흡은 점점 곤란해지며 동맥 내 산소분압도 많이 떨어져 박 기사는 고통스럽게 사그라들고 있었다. 몸은 퉁퉁 부은 채 입안과 위 벽에 궤양이 생기고 식도도 따가워서 음식을 제대로 먹지 못했다. 머리털은 점점 한 움큼씩 빠지고 황달도 겸해오면서 호전의 기미가 없었다. 갑례는 점점 생을 마치는 남편의 초췌한 모습을 보면서 어떠한 것도 해결해주지 못하는 자신이 미웠고, 용서되지 않았다. 그러나 남편 앞에서는 실낱같은 희망을 주면서 생기를 북돋워 주고자 최선을 다했다. 박 기사는 그렁그렁한 눈으로 자신의 이기적인 모습을 미안해하고 있었고, 미안하다는 말만 반복하였다. 고생하지 말고 그냥 놔달라고도 했다.

결국, 입원한 지 1주일 후, 박 기사는 갑례 곁을 그렇게 떠났다. '제초제 먹고 죽는 놈은 1주일간 노모의 속을 썩이다가 죽어서, 가장 후레자식'이라더니, 꼭 그 짝이었다. 그러나 박 기사는 먼저 가지만 행복하다고 하면서, 가는 순간까지 갑례 손을 꼭 부여잡고 참회의 눈물을 쏟아냈다. 박 기사는 그렇게 떠났다. 박 기사는 한없이 선량하고 다정다감했던 사람이었다. 명천을 등지고 정착한 천북에서 어떻게든지 살아보려는 생존 욕구가 그때까지는 남아있었다. 식솔을 데리고 인생을 펼쳐나가는 가장의 역할을 톡톡히 해주었다. 천북에 온 날, 운전 밥 먹으며 거칠어진 손바닥으로 갑례의 등을 도닥거리며, '내가 부족하지만, 당신 하나는 책임지고 잘살아볼게.' 하며 언약했던 것이 얼마 전이었다. 천북에 어렵게 뿌리내리면서 이제야 터를 잡고 있을 무렵, 그러니까 천북에 온 지 1년이 지날 무렵이었다. 어떻게 알았는지 경구와 그의 여자친구 순덕이 돼지고기 두 근을 신문지에 곱게 쌓아 들고 왔다. 경구도 떨어진 1년 동안에 파란만장한 세월을 보냄을 들었다. 자기 일처럼 남편 박 기사는 한

숨을 몰아쉬었었다. 그래도 이제는 어엿한 정식 기사가 되어 찾아온 경구가 그렇게 장할 수 없었다. 제 동생도 그렇게 기뻐하지는 않았을 것이다. 그날 밤은 밤새도록 술 마시고 이야기하며 동녘에 아침 해를 보면서 잠들었다.

21

설상가상

갑례는 박 기사를 보내고 넋 나간 사람처럼 식음을 전폐했다. 억지로 주위에서 음식물을 넣어주었으나, 그동안 하지 못했던 입덧이 나타나며 먹는 족족 다 토하고 말았다. 배 속의 태아도 먼저 떠난 아빠의 모습을 감지했는지, 태동이 없었다. 오히려 그 슬픔을 동감하며 딱딱한 현무암처럼 가만히 굳어져 갔다. 남편을 보내고 사흘이 지난 즈음이었다. 갑례는 아랫배가 서서히 아파지더니, 점점 복통이 심해졌다. 배탈의 고통과는 사뭇 다른 통증이었다. 아랫배가 묵직하며 찢어질 듯 아팠다. 지칠 대로 지친 몸을 이끌고 화장실에 앉아 자세를 잡았다. 변기 위에 선홍빛 핏덩어리가 쑥 빠지면서 느낌이 싸했다. 뭔가 잘못되었음을 갑례는 직감했다. 급하게 집 전화기로 마을 이장님께 전화를 넣었다. 나 죽어간다, 살려달라고 했다. 이장은 무슨 말인지 단번에 알아듣고 급조한 차량 한 대를 대동하고 갑례의 집 앞에 대기했다. 이장도 정신없이 나왔는지, 그의 아내와 함께 머리에는 새집까지 지은 채로 잠옷 바람이었다. 이장의 아내는 '이걸 어쩐다?'를 연거푸 내뱉었다. 젊은 부부의 연이은 비보가 남의 일 같지 않아 혀를 차면서 안타까울 뿐이었다. 녹초가 되어버린 임산부의 몸을 서둘러 둘러메고 보령병원으로 향했다. 가면서 갑례는 곧 죽을 것처럼 고통스러워했고, 이를 곁에서 보는 마을 이장 내외는 가슴이 심하게 요동치면서 옥죄여왔다.

천북에 처음 내려왔을 때 젊은 부부 내외는 표정이 밝지 않았다. 남편은 힘아리가 없이 얼굴에 그늘이 깊게 드리워져 있었고, 냉기와 무덤덤함을 겸비한 듯 보였다. 갑례도 그러한 남편을 왜 좋아했는지는 몰라도 서먹서먹한 기운을 품어냈다. 결코 오지 어촌의 비릿한 갯내음을 맡고 살 사람들이 아니었다. 그래도 인사성 하나는 밝아서 오랜만에 찾아온 젊은 부부의 방문을 동네 사람들은 쉬쉬하면서 묵묵히 지켜보았다. 무슨 사정이 있어, 이런 작은 어촌까지 기어들어 왔는지는 모르겠으나 천천히 그리고 찬찬히 뜯어보고 지켜보니, 악인 같지 않고 인간적인 성실함이 엿보였다. 면치레를 마치고 서서히 몇 마디를 해보니, 남편은 운전기사요, 그 아내는 옹골차게 요리를 잘했다. 아내는 눈빛이 나날이 살아나더니, 해맑고 건강한 모습을 찾아갔다. 마을 사람들도 젊은 부부가 착한 사람 같다고 뒷담화를 해댔고, 하나둘 그들과 말문을 트기 시작했다. 남편은 트럭을 몰며 다녔고, 그 아내는 식당 집기를 하나둘 들여놓더니, 곧이어 천북에 흔한 굴로 장사를 시작했다. 당시에 천북은 굴 산지로는 유명했으나, 수확해서 외지에 팔 생각만 했지, 자신들이 직접 음식을 만들어 팔 생각은 전혀 없었던 때였다. 워낙 외지여서 식당을 차려보았자 찾아올 손님이 없을 거로 생각했다. 그러나 젊은 아낙은 도전하는 심정으로 음식점을 밀어붙였다. 처음에는 하루에 한둘 오던 손님이 날이 갈수록 찾는 발길이 이어지더니, 음식 맛이 좋다고 입에서 입으로 소문이 붙은 이후로는 하루에 십여 명 내외가 음식점을 찾았다. 이를 본 동네 사람 중 눈치 빠른 원영이 엄마는 그 근처에 있는 자기 밭에 임시 조립식 건축으로 식당을 내놓고 더불어 굴 요리점을 시작했다. 그러더니, 순식간에 이에 질세라 그 주변에 대여섯 집이 날림으로 음식점을 지었고, 굴을 좋아하는 전국의 마니아들은 차를 타고 이 먼 외딴곳까지 들어와 굴칼국수니, 석화구이를 먹고 갔다. 그 젊은 부부들은 오지 천북에 새바람을 일으킨 주역이었다. 그저 물속에서 고기 잡아 팔던 시절에서, 요리까지 해서 돈 버는 쪽으로 분위기가 변했고, 동네 사람들은 그들을 서서히 품에 안고 함께했다. 부딪혀볼수록 매력 있고 배울 점이 많은 사람이었다.

땀을 비 오듯 쏟으며 병원에 도착한 이장 내외는 응급실에 연락하여 들것으로 신속하게 병상에 눕혔다. 이십 대 후반으로 보이는 당직 의사는 부스스한 눈을 비비며 저벅저벅 병상으로 왔다. 눈꺼풀, 혈압 체크, 정신 상태를 확인한 의사는 곧바로 수술실로 옮길 것을 병원 근무 간호사들에게 알렸다. 이장 내외는 보호자를 대신해 응급 처치와 수술 동의서를 작성하고, 수술실에 고통스러운 몸짓으로 들어가는 갑례를 걱정스러운 눈빛으로 지켜보았다.

얼마나 지났을까. 수술실에서 초췌한 몰골로 갑례는 나왔고, 볼록했던 배도 쑥 꺼져버렸다. 배우자를 떠나보낸 충격과 피로 그리고 영양 부족으로 조산기가 나타나며 통증이 찾아왔고, 불행히도 아이는 사생아로 세상 밖을 나왔다. 자칫 산모의 목숨이 위중한 상태라 그럴 수밖에 없는 결정이었다. 아직 정신이 몽롱한 갑례는 이 사실을 알지 못하는 듯했다. 이 사실을 듣고 나서 또 얼마나 힘들어할 것인가. 이장 부부는 속으로 걱정이 하해와 같았다. 3일 동안 병원에서 갑례는 몸조리를 하며 추슬렀다. 임산부 우울증까지 동반하여 도통 음식을 입에 대지 않았다. 눈꺼풀은 꺼질 대로 꺼지고, 낯빛은 허여멀겠으며, 팔다리는 처마 밑에 달아놓은 시래기처럼 축 늘어져 있었다. 마을 이장 내외는 자기 딸처럼 갑례를 극진하게 찾아보고 보살피며 위로했다. 저세상에 먼저 간 남편을 위해서라도 강인하게 떨쳐 일어나라고 했으나, 갑례는 남편도, 아이도 잃은 상태에서 살고 싶지 않은 마음이 오히려 더 강했다. 밤낮으로 울었다. 눈물샘은 마르지 않고 끝없이 눈물을 자아냈다. 갑례의 부모도 갑례를 찾아오지 않았다. 어려서부터 딸년 팔아버렸다고 생각했고, 갑례 또한 그런 부모를 살아오면서 한 번도 찾아보지 않았었다. 이제 자신 주변에는 아무도 없으며 삶을 지속해야 할 명분도 잃었다. 그저 이승에서 가장 사랑한 남편과 그 열매인 아이와 함께 저승에서 단란하게 살고픈 생각만 들었다.

한편 경구는 뒤늦게 박 기사의 자살 소식을 들었다. 사장 집으로 전보가 급하게 도달하였다. '남편위급 급래요망'이라는 여덟 글자가 선명했다. 경구는 휴가를 얻어 사건 발생 이틀 후에 부랴부랴 순덕과 달려갔다. 천안 대학병원 병상에 누워있는 박 기사의 몰골을 차마 눈 뜨고 보기 어려울 정도였다. 지금의 자신을 만들어준 스승과도 같은 박 기사가 농약 음독 후유증으로 서서히 죽어가는 모습을 보며 어찌할 바를 몰랐다. 무엇을 도와줘야 하나, 고통을 분담할 방법은 없는가, 주치의를 찾아뵙고 살려달라고 애원도 해보았다. 그러나 주치의는 고개를 절레절레 흔들 뿐이었다. 그저 지켜보는 일만이 유일한 방법이었다. 박 기사는 병문안을 온 경구와 순덕을 실눈으로 잠시 보며 빙그레 웃어주었지만, 웃음에 통한의 슬픔이 고스란히 남아있었다. 갑례의 모습은 거의 실신 직전의 모양새였다. 그렇게 뽀얗고 화사했던 피부가 피죽도 못 얻어먹은 아이처럼 검은 그림자를 감싸 안고 있었다. 흔들리지 말고 꿋꿋하게 마음 단단히 먹어야 함을 재차 강조하면서 무거운 발걸음을 옮겼다. 조만간 다시 찾아온다는 기약과 함께 명천으로 돌아왔다.

버스에서 순덕과 나란히 앉아 앞으로 어찌해야 할까 서로 많은 대화를 나누었지만, 뾰족한 해결책이 떠오르지 않았고, 대화는 계속 제자리에서 맴돌고 있었다. 이미 엎어진 물을 쓸어 담기 곤란한 지경이었다. 앞으로 어떻게 이 사태를 마무리하는 것이 정도(正道)일까 고민했다. 우선 임신한 갑례 누님이 가장 걱정스러웠다. 혹여나 실의에 빠져 못된 짓을 벌이지는 않을까도 염려되었다. 집에 도착하면 삶의 경험이 많은 사장님께 이 사실을 고하고 앞으로의 대책에 대해 조언을 구하기로 하며 순덕과 헤어졌다. 경구는 매일 한 번 이상 전화로 환자의 안부를 묻고 확인했다. 차도는 없고 더더욱 박 기사의 상황이 악화된다는 말에, 무엇보다 갑례 누님이 걱정되었다. 그리고 일주일 후 환자의 급박한 상황 이야기를 전해 듣고, 그날 밤 트럭을 몰고 직접 병원을 밤늦게서야 찾았다. 의사의 말을 듣자니, 오늘 밤을 넘기기 힘들 거라는 청천벽력 같은 소리를 접했다. 경구는 병원 밖 느티나무 아래로 나가 소리 없이 멈추지 않는 눈물을 쏟았다. 정말 아깝고 착한 분을 하늘로 데려가는 신을 원망했다. 그러면서 제발 한 번만 도와달라고 신에게 두 손을 합장하고 진정한 마음으로 기도드렸다.

그러나 다음 날 아침 박 기사는 미안하다는 표정을 지으며 하늘로 올라갔다. 그 질기고도 질긴 목숨이 이렇게 허망하게 사그라짐을 보며 인생을 다시 한 번 곱씹어보았다. 힘들어하는 갑례 누님을 앞으로 어떻게 보살펴야 하나도 고민이었다. 그러면서 경구는 자신까지 마음 약해서는 안 됨을 깨닫고 흐르는 눈물을 애써 감추고 갑례를 찾았다. 실의에 빠진 누님의 모습은 바람 빠진 풍선이요, 건드리면 사그라질 잿더미 같았다. 정신을 차리고 병원 측과 영안실을 비롯해 장례 절차를 협의했다. 갑례의 의견을 참고해 조촐하게 빈소를 마련했다. 그리고 갑례 누님과 상복을 갖춰 입고 조문객을 받았다. 떠돌이 인생인지라 조문객이 많지는 않았다. 천북 동네 어르신들, 명천 시내 화물차 운전사들 몇과 차주였던 사장님이 고작이었다. 홑몸이 아닌 갑례는 몸이 무척 수척해졌다. 경구는 갑례를 따로 마련된 별실에서 쉬도록 배려하고, 혼자서 조문객을 받았다. 삼일 상을 치르고 화장터로 옮겨 박 기사의 몸은 한 줌의 재로 돌아왔다. 살아있을 때 늘 내려보았던, 천북 앞바다에 뼛가루를 뿌렸다. 뿌리는 날 갑례는 또 한 번 실신했고, 곁을 지키던 순덕이 부축하여 응급조치를 취하고 방에 눕혔다.

'박 기사님, 잘 가셔유. 그나저나 갑례 누님은 어찌 살라고 그리 무심허게 가셔유? 그래 그렇게 가니께 좋은가유? 박 기사님은 심약한 이기주의자예유. 그러나 기사님을 지켜주지 못한 내 탓두 있슈. 죄송혀유. 하늘가서는 두 다리 쭉 펴고 헐 말 다하며 맘 편허게 실컷 웃으며 사셔유. 그리고 갑례 누님 길도 잘 터주시구유. 지두 깜냥껏 누님 보살필 팅께 큰 걱정일랑 붙들어매시구유.'

화장된 뼛가루를 가슴이 고이 안고서 파도 바람에 솔솔 풀려 바닷가로 흘려보냈다. 갑례는 머리를 풀어헤쳐 길게 늘어뜨리고, 소복 빛깔의 원피스를 입은 채 멀거니 유골함을 내려보았다. 속절없이 흐르는 게 인생이라지만, 예고 없이 떠나 버린 남편이 원망스러웠다. 아내에게 내색하지 않고 속으로 그 고통을 끌어안으면서 얼마나 힘들었을까 안타깝기도 하면서, 왜 자신에게 일말의 언급이나 암시도 하지 않았는가 서운했다. 오죽했으면 그랬을까. 갑례 스스로는 그것도 미리 알지 못하는 게 부부인가 했다. 돈보다 소중한 것이 정인 걸 뒤늦게 깨달으며 스스로 가슴을 두어 번 힘주어 친다. 장례식장 복도 벽면에 붙어 있던 김소월의 시 「초혼」의 글자 한 자 한 자가 응어리로 되새겨진다.

산산이 부서진 이름이여
허공중에 헤어진 이름이여
불러도 주인 없는 이름이여
부르다가 내가 죽을 이름이여

심중에 남아있는 말 한마디는

끝끝내 마저 하지 못하였구나.
사랑하던 그 사람이여
사랑하던 그 사람이여

붉은 해가 서산마루에 걸리었다.
사슴의 무리도 슬피 운다.
떨어져 나가 앉은 산 위에서
나는 그대의 이름을 부르노라.

설움에 겹도록 부르노라.
설움에 겹도록 부르노라.
부르는 소리는 비껴가지만
하늘과 땅 사이가 너무 넓구나.

선 채로 이 자리에 돌이 되어도
부르다가 내가 죽을 이름이여
사랑하던 그 사람이여
사랑하던 그 사람이여

이장 부인이 알려준 혼령 불러내기를 마지막으로 해본다. 남편이 생전에 즐겨 입던 국방색 잠바의 저고리를 왼손에 들고 오른손은 허리에 대어, 천북 앞바다를 왼편에 두고 북쪽을 향해 죽은 혼을 불러본다.

"여보! 여보! 여보! 박영식 씨. 이 무정한 사람아! 여보! 흐흐흑."

"잘 가슈우. 가서 허고 싶은 것 맘대로 허고 맘 편히 지네슈. 흐흐흑. 인간은 시상에 나뻔질 때 모두 하나씩 과제를 안고 와서 죽을 때는 그동안 수행한 성과물을 갖고 하늘로 간다는디, 당신은 무엇을 갖구서 갔나유? 아름다운 세상을 꿈꾸고 만들고자 혔으나 뜻대로 원대로 다 이루지는 못혔을지언정 미력허나마 최선을 다한 당신을 사랑했시유. 두고두고 기억할게유. 당신의 사랑과 그 열정을. 그라구 당신 마음을 헤아리지 못해 징말루 미안해유. 내가 저승 가서 다시 만나면 이승 때보다 잘해드릴게유. 사랑해유. 미안해유. 고마워유. 흐흐흑."

초혼 행사를 마치니, 그래도 마음이 조금은 편하게 사그라진다. 경구와 같이 유골함을 맞들고 이곳저곳 바다와 허공으로 훌훌 뿌렸다. 한 줌의 잿빛 가루는 산산이 흩어지며 훨훨 날아갔다. 곧이어 갑례는 북받치는 그리움과 희미해지는 기억, 그리고 바닥난 체력 탓인지 혼절하고 말았다.

경구는 박 기사의 뼛가루를 뿌리고, 갑례가 걱정되었다. 마음 단단히 먹고 살라고 갑례에게 신신당부했었다. 그러나 이 일이 있고 난 뒤 사흘만에 갑례가 유산하고 병원에 누워있다는 전갈을 받았다. 오전까지 트럭 운행을 서둘러 마치고 사장에게 양해를 구한 후 갑례가 누워있는 병상으로 급히 향했다. 남편 잃고, 유복자인 아기까지 잃고. 강단진 마음을 당부했으나, 하면서도 어딘가 좀 찜찜했는데, 걱정했던 바가 터지고야 말았다. 갑례를 탓할 수도 없었다. 세상에 가장 소중한 사람을 하나도 아닌, 둘이나 잃었으니. 문제는 여기서 끝나지 않을 것 같은 불길한 예감이었다. 일단 병원에서 며칠 요양을 한다니까 지켜보고, 퇴원하면 바로 경구가 피폐해질 대로 피폐해진 갑례를 곁에서 두고 기력을 차리고 삶에 대한 의욕을 불어넣을 때까지 지켜보아야겠다고 다짐했다. 오늘 밤에는 순덕과 상의해서 좋은 해결책을 강구하고, 차 주인 사장님에게도 조언을 구하고자 했다.

그날 밤, 저녁 9시가 되었다. 겨울바람은 스산하고 휑하게 나뭇가지를 흔들었고, 그 바람은 도로의 행인들의 피부 속을 아리게 파고들었다. 병원 공중전화로 일과를 마치고 퇴근한 순덕과 연결되었다. 경구는 병원에서의 갑례 상황을 간단히 전하고 앞으로의 대책에 대해 상의를 했다. 순덕은 연륜이나 경험이 많은 사장님과 상의하는 것이 더 좋은 묘안이 나올 듯하다는 생각을 전했고, 가능하다면 갑례가 의지할 만한 곳은 과거 일했던 사장 댁이 아닐까 하는 의견을 조심스레 내비치었다. '그려. 그게 좋겄구먼'. 경구는 밤늦은 시간이었으나, 지체해서는 안 될 일이라 사장 댁으로 바로 전화를 넣었다. 갑례의 사정에 대해 자초지종을 자세히 이르고, 마지막으로 갑례가 남은 자기 목숨마저 저버릴 수 있을 것 같아 걱정이라는 말로 끝을 맺었다. 사장은 잠시 생각에 잠기더니, 이어서 수화기에 큰 한숨과 함께 말했다. 자기 마누라와 상의해보기는 하는데, 갑례를 당분간 자기 집에 데려다놓고 몸과 마음이 안정을 찾을 때까지 돌보는 것이 어떤가 했다. 경구는 주저 없이 '그렇게만 해주시면야 최고지유.'라고 대꾸했다. 감사하다는 말을 연이어서 했고, 좋은 소식 기다리겠다며 수화기를 놓았다.

22

새봄의 시작

1982년 새해를 경구는 갑례의 천북집을 처분하는 것으로 시작하였다. 급매라 제값을 온전히 받지는 못했지만, 워낙 입소문이 잘 나 있고 길목도 좋아 크게 손해 보지 않게 마을 주민에게 팔아넘겼다. 사장 부인의 배려로 갑례는 혈혈단신으로 다시 명천의 사장 댁으로 들어갔고, 사장 부인의 위로와 간호 그리고 삶 속에서 우러나오는 상담을 통해 서서히 갑례는 기력을 회복하기 시작했다. 사장 부인은 입맛을 돌게 하고자 정육점에 부탁해 돼지 쓸개를 하나 구해, 그 쓰디쓴 쓸개즙을 복용시켰고, 지난해 봄에 채취한 익모초 마른 잎을 구해 물을 붓고 찧어 그 액을 먹였다. 이 이후로 갑례는 서서히 입맛이 돌더니, 밥을 감칠맛 나게 먹었고, 살이 뽀얗게 예전처럼 올랐다.

때마침 정부는 1월 5일을 기해 강화, 연천, 김포 등 일부 접적지역을 제외하고 오랫동안 야간통행을 금지했던 전국의 통행금지를 해제하면서 온통 사회 분위기가 들뜨고 축제 분위기였다. 또한, 경제적으로 원유가와 원자재 가격이 안정되어있어 지속적인 경제성장이 예상된다는 핑크빛 한 해를 전망했다. 이태 전 피바람 속에서 정권을 창출한 정부는 유화책과 경제성장 제일 정책으로 서민들의 머리를 단순화시켰고, 이른바 3S 정책으로 원색적인 영화가 남발하고, 지역 연고의 프로야구가 창단

되었으며, 밤늦게까지 요정과 카페는 문란한 성문화로 판을 쳤다. 남 이야기는 아무리 길어도 삼 일이면 끝난다는 말처럼 서서히 광주의 오월은 잊혀 갔다.

경구도 그동안 바지런히 벌고 모은 돈으로 이제는 중고 트럭 한 대는 살 정도가 되었다. 형편이 좀 나아지면서 실곡마을의 가족들에게 많지는 않지만 약간의 생활비를 보냈고, 누렁이는 어느새 세월 따라 튼실하게 커서, 올해는 새끼를 낼 수 있을 거라는 소식까지 들었다. 아버지는 여전히 시전 판에서 놀음과 술 속에 허덕였고, 유일한 남동생 범구는 제법 자라 동네를 천방지축으로 다니며 개구쟁이 노릇을 살맛 나게 하고 살았다.

순덕은 버스 안내양을 하면서 야간 중학교를 마치고 야간 고등학교에 진학해 대입 진학의 꿈이 서서히 앞당겨졌고, 버스 안내양을 하는 동안 그 성실함을 회사로부터 인정받아 버스회사 경리계에서 내근직을 꿰찼다. 순덕은 내근직으로 바뀌면서 아침 일찍 출근하지 않고 오전 열 시까지 출근하였다. 출근 후 사무실 청소와 정리 정돈을 마치고 전일 있었던 회계를 다시 한 번 점검 후 은행에 입금하면 점심시간이었다. 식사 후 이 교대로 들어오는 버스 수입금 정산을 일부 해주고, 오후에는 버스 안내양 순번을 주일과 일일 간격으로 짜다가 저녁 식사 후 먼 거리부터 들어오는 안내양의 당일 수입금을 정산해주었다. 가장 바쁜 시간은 저녁 아홉 시 무렵이다. 과반수가 그때 버스 운행을 모두 마치고 수입금을 접수하고 정리했다.

사무실 재무과장은 나이가 지천명인 중년으로 버스회사 사장의 처남이었다. 머리는 엠 자형 대머리로 앞부분이 훤하고 눈은 가느다란 실눈이다. 그에 어울리지 않게 코는 매부리코로 솟아있고, 입은 대구 주둥이처럼 얼굴의 반을 차지하고 있다. 목소리는 중저음의 나긋나긋한 톤이지만 능구렁이 같은 끈적거림이 있다. 그는 집안에서 맺어준 아내와 딸 둘이 있는데, 아들이 없음을 늘 아쉬워했다. 주위에서 '딸딸이 아빠'란 말을 들을 때 가장 역정을 냈고, 그래서인지 자식 이야기는 사무실에서 일절 없다. 전통적인 가부장적 권위를 내세우고 보수적인 성향이 강했다. 사무실에 사십 대의 중년 여성이 계장으로 있었고 그 또한 순덕처럼 버스 안내양을 거쳐 경리를 맡다가 지금은 안내양의 입금 시 몸수색을 전담으로 하고, 그 외 회사의 굵직한 예산이 들고나는 것은 그녀의 손을 통해서 처리한다. 사무실에 늘 세 사람이 주로 근무하고, 사무실 안쪽에 별도로 마련된 사장실이 있다. 사장은 한 달에 이삼일 정도만 나온다. 그는 시간 날 때마다 대전 유성이나 경기 오산의 골프장을 다니는 것이 주된 일과였고, 회사 운영은 재무과장에게 거의 일임했다. 명목상 사장이지, 실질적으로 재무과장이 사장 노릇을 했다. 재무과장 또한 별다른 일과가 없어, 종일 사무실 안에서 하루 한 갑 정도의 담배만 피우고, 점심때면 주위 친구나 업체 관계 사장들과 유명한 음식점을 찾아다니며 각종 보양식을 먹는 게 낙이었다. 특히 해신당, 용봉탕, 보신탕, 삼계탕, 장어 등 몸에 좋다는 음식을 수백 리가 떨어져 있어도 반드시 가서 먹어야 직성이 풀리는 식탐이 있었다. 그 탓인지 나날이 배는 참개구리 뱃구레처럼 통통하게 차오르고 볼때기는 두꺼비 낯짝처럼 부풀어 올랐다. 반들반들한 피부는 언제나 개기름이 좔좔 흘렀다. 저녁 무렵이면 항상 술에 절어 살았다. 저녁 일곱 시 무렵이면 일차 정리된 그 날 수입금 보고 결재를 받고, 수익금 일부는 현금으로 받아 당일 술값으로 탕진했다. 순덕이 일차 수익금을 정확하게 정리해서 맞춰놓으면, 재무과장은 이삼 만원을 막무가내로 금고에서 꺼내 장부상 아귀를 잘 맞춰놓으라고 지시하며 편법으로 갖고 나갔다. 이럴 때마다 허위 장부로 출납을 다시 맞추기가 영 개운치 않았고, 정직하지 못한 일을 하는 죄책감에 시달렸다. 그러나 과장은 지속해서 이를 강행했고, 이를 참다못한 순덕은 어느 날 열흘 만에 출근한 버스회사 사장에게 이 사실을 밀고했으나, 다 아는 사실이니 그냥 내버려 두라며 별말이 없었다.

재무과장은 식탐만 있지 않았다. 항상 음흉한 눈빛으로 순덕의 위아래를 훑어보고, 일일 결산 보고를 할 때면 결재판을 든 순덕의 손을 은근슬쩍 만지면서 이상야릇한 눈웃음을 지었다. 근무 복장은 치마만 입도록 강요하였고, 언젠가는 책상에서 정신없이 지출과 수입을 정리하는데, 어느새 다가와 순덕의 어깨 위에 손을 올리고 슬슬 비비기까지 하였다. 그럴 때마다 순덕은 몸서리쳤고, 마치 피부가 거친 뱀이 몸을 타고 오르는 듯한 촉감에 징그러웠다. 재무과장의 신체접촉이 있을 때 몸으로 거부의 몸짓을 과하게 표현했지만, 과장은 뭐 이 정도 가지고라는 말로 대충 얼버무렸고, 그 낌새를 계장도 모르는 척할 뿐이었다. 계장은 되레 그간 자신이 당한 과장의 추태를 순덕에게 떠넘기게 되어 다행이라는 표정이었다. 이렇게 사무실에서 하루 일을 마치고 숙소로 귀가하면 녹초가 되었다. 그러나 그때마다 숙소에서 동기들과 밤 10시부터 라디오로 듣는 「이종환의 디스크 쇼」는 하루의 피로를 말끔히 씻어주는 듯했다. 언제나 그의 나긋나긋한 목소리에 취해 잠들었다.

우여곡절과 파란만장했던 연초도 그렇게 그렇게 지나갔다. 2월 구정을 보내고, 3월이 다가오자 그 지긋했던 겨울이 이제야 마침표를 드러내고 있었다. 쿠데타로 새로 정권을 잡은 대통령은 통금 해제를 비롯한 여러 회유책으로 서민들의 동조를 구했고, 정권의 정당성을 확인받고자 2월에 직접 대통령이 방미하여 미국의 지지와 한미동맹 관계를 확인함으로써 자신의 제5공화국이 정당성을 지니고 있음을 선전하고자 노력했다.

그러나 일부 세력에서는 미국 정부가 군사독재정권을 감싼다는 인식이 확장되었고, 급기야 3월 18일 부산 고신대 학생들이 미국 정부가 5·18 광주 학살을 용인했다고 비판하며 부산 미문화원을 방화한 사건이 터졌다. 문부식, 김은숙, 박정미 등이 주도하여 '미국은 더 이상 남조선을 속국으로 만들지 말고 이 땅에서 물러가라.'라는 유인물을 배포하고 문화원 건물에 불을 붙였는데, 안타깝게도 책을 보던 동아대생 한 명이 사망까지 한 사건이었다. 정국이 다시 급랭하였다. 혹한 겨울이 지나고 꽃피는 춘삼월이 도래하였지만, 정국은 오히려 더 냉랭하고 살벌했다.

경구는 비 온 뒤에 땅이 굳듯, 서서히 안정되어 가는 갑례를 보면서 한숨을 덜었다. 시간이 약이고 세월이 보약이었다. 이제는 깊은 수렁에서 벗어나 하루하루 생기를 되찾는 갑례를 보며 '하늘에 있는 박 기사가 마음을 놓겠구나.' 하는 생각이 들었다. 저녁이면 조용히 갑례를 불러 사장 댁 마당에서 퉁소 소리를 한두 곡을 불러주면 하늘의 별을 보며 눈가에 촉촉이 이슬이 맺혔다. 구성진 퉁소 가락이 갑례와 경구의 마음을 애달프게 달래주었다. 물심양면으로 마음 써준 사장 부인은 이들의 모습을 조용히 지켜보면서 친 오누이 버금가는 그들의 마음 씀씀이에 환한 웃음을 지었다. 어느 날은 원미경이라는 배우가 초콜릿 TV 선전을 하는데, '롯데 가나 초코렛'이라며 말하는 것이 어쩌면 그렇게 달콤해 보이고 맛나게 보이는지, 초콜릿 두 개를 사서 밤하늘의 별빛 아래 퉁소 소리에 젖어 베어 물기도 하였다.

경구는 어느새 스무 살의 멋진 청년으로 성장하였다. 운전 경험도 이 년을 넘기면서 운전기사 사이에서도 이제는 운전을 썩 잘한다고 이구동성으로 이야기를 해댔고, 경구 또한 트럭 운전에 이골이 나면서 점점 기술이 늘었다. 차근차근 모아놓은 적금은 중고 트럭 한 대를 살 정도까지 되었다. 그런 즈음에 고향에서 어머니한테 연락이 왔다. 징집 신체검사를 받으라고 면사무소 병사계 김 주사가 통지서를 놓고 갔단다. 날짜와 검사일을 물으니, 한 달 뒤 대전병무청 신체 검사장이란다. 아! 드디어 올 것이 왔구나. 이쯤 되면 반드시 치러야 할 통과 의례. 그렇지 않아도 나올 때가 되었다고 어림짐작하던 차였다. 알았다고 하고, 조만간 집에 들르겠다는 전갈을 넣었다. 사장님과 순덕에게 이 사실을 먼저 알리고 자신도 정리할 것을 하나하나 점검하였다. 그나마 다행인 것은 갑례의 몸이 예전의 과반까지 회복되었고, 종잣돈으로 중고 트럭 살 돈은 모아놓았으니, 군대 36개월을 마치고 돌아오면 순덕에게 청혼을 하고 바로 자기 차를 사서 운수업에 뛰어들어야겠다고 마음먹었다. 그러면서 은근히 걱정도 되었다. 어머님과 범구는 잘 지낼까, 순덕은 자신을 친구 이상으로 생각하지 않아 청혼을 들어주지 않으면 어쩌나 하는 생각도 들었다.

4월 어느 날, 드디어 징집 신체검사를 받는 날이다. 경구는 설레는 마음을 안고 아침 일찍 대전행 버스에 올랐다. 하늘은 가을처럼 청명하고 푸르렀다. 버스의 엔진 소리도 시원하며 경쾌했다. 버스 안에는 10여 명이 올라앉아 각자 자리에서 잠을 청하고, 멍하니 차창을 내려보기도 했으며, 고개를 숙인 사람도 있었고, 맨 뒤 좌석의 중년은 담배를 맛있게 뻑뻑대며 빨았다. 버스는 신작로를 신나게 달렸다. 길가에서 단풍잎 모양의 다섯 각을 진 플라타너스 잎들은 연한 녹색의 새잎을 맘껏 뿜어냈다. 지나가는 차들의 행렬과 사람들의 모습들도 따스한 봄볕에 모두 환하다. 자발없이 날아가는 종다리 한 쌍은 서로 헤픈 날갯짓으로 창공을 떠돌며, 들판의 새싹들도 어깨를 뽑아내며 기지개를 맘껏 켰다. 버스의 스피커에서는 송대관의 「해 뜰 날」이라는 노래가 흘러나왔다.

퉁소 소리

펴 낸 날 2021년 11월 19일

지 은 이 김홍석
펴 낸 이 이기성
편집팀장 이윤숙
기획편집 서해주, 윤가영, 이지희
표지디자인 서해주
책임마케팅 강보현, 김성욱
펴 낸 곳 도서출판 생각나눔
출판등록 제 2018-000288호
주 소 서울 잔다리로7안길 22, 태성빌딩 3층
전 화 02-325-5100
팩 스 02-325-5101
홈페이지 www.생각나눔.kr
이 메 일 bookmain@think-book.com

• 책값은 표지 뒷면에 표기되어 있습니다.
ISBN 979-11-7048-308-3 (03810)